Ce que je t'avais promis

KATY UPPERMAN

Ce que je t'avais promis

Traduit de l'anglais (États-Unis)
par Axelle Demoulin et Nicolas Ancion

hachette
ROMANS

Couverture : © Hachette Romans Studio
Illustration de couverture : © Kerri Resnick

Traduit de l'anglais (États-Unis) par Axelle Demoulin et Nicolas Ancion

L'édition originale de cet ouvrage a paru chez Sourcebooks Fire,
un département de Sourcebooks, sous le titre :
EVERYTHING I PROMISED YOU

Hachette Livre S.A. – 58, rue Jean Bleuzen, CS 70007, 92178 Vanves Cedex.

Pour Maman et Papa,
qui servent de modèle aux meilleurs
parents de fiction de mes romans.

La bonne aventure

Prologue

Quand elle avait dix-sept ans, ma mère a accepté le défi lancé par ses copains lors d'une fête foraine et a payé une voyante vingt dollars pour qu'elle lui révèle son destin.

Elle a abandonné ses amis sur un sentier poussiéreux, sous une guirlande d'ampoules, pour pénétrer dans une tente éclairée à la bougie. Des tapisseries brodées de constellations ornaient les parois en toile. La table qui trônait au centre était couverte d'un tissu couleur ébène. Des cristaux, des cartes célestes, des coquillages et des ossements y étaient éparpillés. De l'encens à la cannelle brûlait sur un plateau en bois. Pendant que ma mère s'installait, la voyante, un cliché en foulard de mousseline et bijoux en argent, s'est mise à trier les objets, assemblant les coquillages, les cristaux et les os en plusieurs groupes énigmatiques. Elle a examiné les cartes stellaires avant d'étudier les paumes de ma mère.

Un jour, je lui ai demandé si elle s'était sentie mal à l'aise.

— Non, pas du tout. Je dois avouer que j'étais sceptique en entrant dans la tente, mais après m'être assise… J'étais face à une inconnue, d'accord – et elle était bizarre, bien sûr – mais je me sentais parfaitement calme.

À voix basse, avec un accent du Mississippi encore plus traînant que celui de ma mère, la voyante lui a confié ce qu'elle avait perçu grâce aux coquillages, aux étoiles, aux cristaux et aux lignes de sa main :

— Pour vous, les études sont essentielles. Continuez à bien apprendre.

Ma mère, une lectrice insatiable dotée d'une mémoire quasi photographique, a acquiescé.

— Vous recherchez des amitiés profondes, c'est vital pour vous, a poursuivi la voyante. La famille aussi, c'est essentiel à vos yeux. Votre mère vous sert d'échafaudage. Vous resterez proches, même si ce ne sera pas toujours le cas géographiquement.

Puis la diseuse de bonne aventure est tombée dans une sorte de transe silencieuse et ses yeux se sont assombris.

Ma mère s'est penchée, perplexe, mais intriguée.

D'une voix tendue, la voyante lui a assené d'un coup :

— Votre père décédera avant que vous ne quittiez sa maison.

Ma mère comptait déménager l'année suivante pour étudier à Ole Miss, l'université du Mississippi. Ébranlée, elle s'est laissée retomber contre le dossier de son siège. Elle aurait voulu poser des questions, protester : son père était robuste comme un chêne. D'ailleurs, qu'est-ce qu'elle fichait dans la tente d'une voyante alors qu'il y avait une fête foraine à l'extérieur ? Elle aurait dû rester avec ses amis. Elle pouvait se lever et partir… elle *aurait dû* le faire sans attendre.

Mais l'expression sombre de la voyante la clouait sur place.

Ma mère a refoulé ses larmes et s'est préparée à écouter la suite.

— Vous rencontrerez votre âme sœur après le décès de votre père. Grâce à elle, vous trouverez la force de continuer. Et vous rencontrerez l'amour peu après. Votre première impression ne sera pas terrible, mais gardez l'esprit ouvert à toutes les possibilités… et à lui, surtout.

En tendant le bras par-dessus la table encombrée, la femme a posé ses doigts sur le poignet de ma mère, là où son pouls s'emballait. Des picotements l'ont parcourue, des étincelles et des frissons ont couru sur sa peau.

— Un cœur de mère bat en vous. Vous êtes née pour aimer.

C'est à ce moment de l'histoire que ma mère a toujours les yeux embués.

Ensuite, la voyante a parlé de moi.

— Vous mettrez au monde un enfant, une fille aux cheveux blond clair, aux yeux comme ceux de son père, bleus comme les profondeurs de l'océan. Elle sera votre plus grande joie, et elle suivra un chemin semblable à celui que vous tracez. L'amie dont j'ai parlé – le miroir de votre âme – mettra au monde celui à qui votre fille est destinée.

La séance s'est achevée et ma mère a quitté la tente.

Dehors, la fête foraine battait son plein. Des cloches tintaient et des enseignes clignotaient. Une odeur de hot-dog et de beignet flottait dans l'air. Ma mère a cherché ses amis, qui l'ont suppliée de leur raconter son avenir.

Elle a refusé.

Elle a gardé précieusement pour elle ce qu'elle avait appris…

… et s'est émerveillée quand elle a vu le futur prendre forme sous ses yeux.

Ma mère est enseignante et son cercle d'amis est très fermé. Grand-maman et elle se parlent tous les jours. Mon grand-père a été emporté par un cancer de la prostate deux semaines après que ma mère a obtenu son diplôme de fin d'études secondaires. Elle a rencontré Bernadette – Bernie – le premier jour où elle est arrivée à Ole Miss. Elles ont partagé une chambre dans une résidence universitaire et, aujourd'hui encore, elles jurent que l'une ne peut pas exister sans l'autre. Un mois plus tard, au cours d'une soirée, un étudiant de fraternité aux yeux azur a laissé tomber un bonbon à la pastèque dans le verre de ma mère. Ils ont dansé sur deux morceaux avant qu'il ne lui déclare qu'elle était l'amour de sa vie, puis il a vomi son punch sur ses chaussures Steve Madden.

Elle le lui a pardonné.

Ils sont sortis ensemble à la fac et c'est elle qui a épinglé le grade sur son uniforme quand l'armée l'a engagé. Quelques semaines plus tard, ils se sont mariés sous un magnolia. Au cours de la réception, au grand dam de grand-maman, ils ont servi à la louche du punch dans des gobelets en plastique rouge. Ils ont déménagé, ont supporté que mon père parte en mission à l'étranger, puis ont déménagé à nouveau. Bernie a épousé Connor Byrne, un camarade de combat de mon père au sein du programme d'entraînement des officiers de réserve. Peu de temps après, ils ont eu un petit garçon qui pesait presque cinq kilos. Connor s'est évanoui et s'est effondré sur le sol de la salle d'accouchement. Et c'est ma mère qui a coupé le cordon ombilical.

Beckett Byrne.

Cheveux : roux comme la rouille.

Yeux : vert sapin.

Cœur : promis au mien.

Dix-huit mois plus tard, je suis née, aussi menue que Beck était costaud. J'étais un bébé aux cheveux blonds vaporeux avec des yeux bleus comme la mer.

Quand elle m'a serrée dans ses bras pour la première fois, ma mère n'a pas pleuré, non parce qu'elle n'était pas émue ou pas heureuse.

— Parce que, ma douce Lia, m'explique-t-elle en posant la main sur ma joue pour achever l'histoire qu'elle m'a racontée un nombre incalculable de fois, je te connaissais déjà depuis que j'avais dix-sept ans.

Gosses de militaires

Dix-sept ans, Virginie

Quand j'étais en quatrième, mon père a été envoyé en Afghanistan pendant un an. L'une des nombreuses nuits où je n'arrivais pas à dormir, j'ai ouvert mon fidèle journal intime, et j'ai effectué quelques calculs : sur mes treize années d'existence, mon père avait été absent pendant six ans en tout. Il avait été envoyé en mission dans différents pays étrangers pendant près de la moitié de ma vie.

Chaque fois qu'il part, je pleure à chaudes larmes. Ma mère aussi. Mais très vite, la routine s'installe. Nous continuons. Nous survivons.

Si Dieu le veut, mon père aussi.

Six mois, huit mois, douze mois plus tard, il est de retour. Ma mère et moi l'accueillons avec des pancartes où mon écriture ronde annonce en rouge et bleu : *Bienvenue à la maison, papa !* Il me serre dans ses bras, avec son odeur exotique, et murmure à mon oreille :

— Tu m'as manqué, Millie.

Les gens qui assistent à la scène essuient des larmes en le remerciant pour le service qu'il rend à la nation. Il sourit humblement. Il appartient à la troisième génération de militaires dans sa famille. Pour lui, il n'est pas juste question de s'engager dans l'armée : le patriotisme coule dans ses veines.

Notre tradition veut qu'à son retour, nous fassions un saut chez Burger King pour y déguster des Double Whopper et des sodas. Ensuite, nous revenons à la maison que nous louons, dans la ville proche de la base militaire où nous vivons. Mon père traîne ses sacs de voyage poussiéreux dans le garage. Après une bonne douche chaude et quelques bières, il s'endort dans le fauteuil inclinable, emporté par le décalage horaire et le retard de sommeil accumulé.

J'ai toujours été proche de mes parents. Je pense que c'est le cas de la plupart des enfants de militaires. Nous sommes itinérants, comme une famille de caribous qui parcourt la Terre selon les ordres du père, et les seules constantes dans notre univers, ce sont les autres membres de notre petite famille. Je me suis fait des amis en cours de route, mais quand je pense à eux, je les associe à des moments sympas pour relâcher la pression, pour passer le temps. Ce ne sont pas des *amis pour la vie.*

Sauf Beck.

Beck était aussi un gosse de l'armée. Il savait ce que ça signifie de déménager tous les deux ou trois ans, de mettre le contenu de sa chambre dans des cartons et de faire ses adieux à tous les copains. Il savait ce que c'est que d'être le nouveau à l'école. Son père était envoyé en mission aussi souvent que le mien. Au moment du départ, il fabriquait une chaîne en papier dont chaque maillon représentait un mois, puis il les enlevait un par un comme un compte à rebours jusqu'au retour de son père. Il s'appuyait sur Bernie comme je m'appuyais sur ma mère.

Beck comprenait la situation.

Nous passions toutes nos vacances avec les Byrne. Je discutais en FaceTime avec Bernie des séries angoissantes qu'on téléchargeait toutes les deux. J'assistais aux cérémonies de promotion de Connor, comme j'assistais à celles de mon père. De mes trois à mes cinq ans (Beck en avait alors cinq, puis six, puis sept), nos pères ont été affectés à la même unité à Fort Bragg. Nous habitions dans le même lotissement. De mes huit à mes dix ans (des dix aux douze ans de Beck), ça s'est reproduit à Fort Lewis. Nous vivions dans la même rue. Quand j'avais quatorze ans (Beck venait d'en avoir seize), mon père a été muté au Pentagone. Connor a été muté à Fort Belvoir, dans le nord de la Virginie également.

Nous étions à nouveau ensemble.

Bernie et ma mère étaient folles de joie.

Et Beck et moi sommes tombés amoureux.

Changement permanent de poste

Dix-sept ans, en route pour le Tennessee

Déménager en terminale est le pire cauchemar de la plupart des enfants de militaires.

Mais pas pour moi.

Quitter la Virginie.

Quitter Connor, Bernie et les jumelles.

Quitter le lycée Rosebell…

J'ai hâte d'être en juillet, car c'est la date de notre départ.

M'échapper, fuir, battre en retraite.

Voilà les mots qui tournent en boucle dans ma tête alors que je range ma vie dans des cartons. Alors que nous entamons notre voyage vers le Tennessee. Alors que je regarde les gouttes de pluie d'été glisser sur les vitres de notre Explorer. Alors que je remplis des pages de mon carnet Moleskine de listes vides de sens, de réflexions verbeuses et de gribouillis. Alors que je caresse Major, un pointer de trente kilos, allongé à côté de moi. Alors que je dévore les snacks que mes parents achètent dans les stations-service et jettent sur la banquette arrière parce que je « ne mange pas assez » et que « nous sommes inquiets, Lia ».

Cent quatre-vingt-dix-neuf jours se sont écoulés.

Quatre mille sept cent quatre-vingts heures passées à survivre dans un monde sans Beck.

Comme disent mes parents, je ne suis pas moi-même.

Comme c'est débile de penser que je pourrais être moi-même.

Pendant le trajet, ils comblent les silences avec des conversations faussement joyeuses. Ils commandent des milk-shakes au beurre de cacahuètes dans les drives. Ils transforment ce qui devrait être un trajet de dix heures en un voyage de trois jours parce que « des vacances pourraient faire du bien à Lia ».

Pas loin de Knoxville, ma mère se retourne vers moi, les yeux pleins de tristesse.

— Oh, ma chérie. Il nous manque aussi à papa et à moi.

Je déteste qu'elle considère que sa tristesse est égale à la mienne.

— C'est vrai, Millie, renchérit mon père, le regard fixé sur l'autoroute sans fin.

Alors que tout le monde autour de moi abrège mon prénom, Amelia, en Lia, lui aime bien Millie.

— Maman et moi, nous aimions cet enfant comme si c'était le nôtre. C'est horrible ce qui s'est passé.

Ce qui s'est passé.

Personne ne le dit jamais franchement : Beck est mort.

Mon père continue à parler.

— J'aimerais tellement pouvoir faire quelque chose pour t'aider à traverser cette épreuve. Rendre la situation plus facile pour toi.

— Pour Bernie, Connor et les jumelles aussi, ajoute ma mère.

Il n'y a pas de remède à la mort. Elle est permanente et perpétuelle.

Ce sont les mots que le révérend a employés aux funérailles de Beck. Il a parlé de l'amour que tous ceux qui le connaissaient avaient pour Beck, mais quand je fixais le cercueil en acajou de mon petit ami, placé au milieu d'un véritable champ de fleurs, alors que mes parents aux yeux pleins de larmes étaient à côté de moi, que Bernie et Connor pleuraient sur le banc devant nous en portant chacun l'une des jumelles, des filles trop petites pour aller à l'école qui désiraient à tout prix retrouver leur frère, j'avais du mal à penser à l'amour.

Le deuil est permanent et perpétuel.

Pendant que ma mère, mon père, Bernie et Connor versaient des torrents de larmes, j'ai épuisé les miennes. L'été précédent, elles n'étaient qu'une petite bruine pendant que j'aidais Beck à faire ses valises pour la fac. Elles sont devenues une averse quand il est parti pour Charlottesville – pour l'université du Commonwealth de Virginie, VCU, là où il rêvait d'aller et moi aussi – pour commencer à s'entraîner avec l'équipe d'athlétisme. Cet automne-là, c'était la saison des pluies pour moi. En novembre, mes larmes se sont transformées en neige fondante, glacée et dangereuse.

Ce mot revient, encore et encore : permanent.

Un changement permanent de poste. Ce qui, en langage militaire, signifie : « Fais tes valises et monte dans la voiture. »

Nous partons pour Fort Campbell, où mon père sera commandant de l'équipe de combat de la 3e brigade.

Un nouveau départ. C'est ce qu'il affirme en ouvrant la porte de la maison qu'on vient de louer à River Hollow, dans le Tennessee.

Un nouveau départ. C'est ce que prêche ma mère, en empilant la vaisselle sur des étagères qu'elle a recouvertes d'un nouveau papier autocollant.

Un nouveau chapitre, dis-je à Beck, en me retirant dans ma chambre temporaire, où les cartons empilés se dressent comme les pics d'une impressionnante chaîne de montagnes.

Mon père est venu ici avant moi. Il a suspendu mon tableau d'affichage au-dessus de mon bureau. Ma vie d'avant y est exposée : tickets d'entrée, autocollants de VCU, photos d'amis de Virginie et, avant ça, de Colorado Springs. Des portraits de Beck. Le voir en couleur, souriant, *vivant*, c'est comme rouvrir une plaie cicatrisée, encore et encore, et encore.

Je referme la porte de ma chambre, sans bruit, avec précaution.

Ces jours-ci, mon chagrin ressemble à ça : il est silencieux, plein de retenue.

Moi aussi, je suis fermée.

En permanence et à tout jamais, dirait-on.

Faits l'un pour l'autre

Cinq ans, Caroline du Nord

Un de mes premiers souvenirs a pour toile de fond un parc populaire de Spring Lake, en Caroline du Nord. J'allais entrer en maternelle, ce qui veut dire que Beck allait avoir sept ans. Comme mon père et Connor, capitaines à l'époque, étaient en Irak, ma mère et Bernie cherchaient constamment à occuper nos journées. Le parc, avec sa pataugeoire, ses jeux d'escalade et ses espaces verts, nous plaisait beaucoup, à Beck et à moi. Nous étions arrivés tôt, avant que le soleil ne tape trop fort, et nous nous étions installés à un endroit d'où ma mère et Bernie pouvaient nous surveiller en se faisant bronzer.

Beck et moi étions en train de jouer dans l'eau. Nous organisions l'affrontement entre ses G.I. Joe aquatiques et mes Barbie sirènes aux cheveux arc-en-ciel, quand deux garçons de sa classe ont débarqué.

Il m'a si vite abandonnée qu'il a laissé un sillage derrière lui.

Poupées en main, je suis sortie de la petite piscine et je me suis laissée tomber sur une serviette à côté de ma mère et de Bernie. Ma mère m'a remis de la crème solaire et Bernie m'a donné des raisins que j'ai mangés jusqu'à ce que je finisse par exploser d'indignation. J'ai balbutié que Beck était méchant, que je le détestais et que je ne jouerais plus *jamais* avec lui.

— Il n'est pas toujours sympa, a admis Bernie. Fais comme tu veux, ma chérie.

— Je crois que Beck sera triste si vous ne jouez plus jamais ensemble, a argumenté ma mère.

— Il n'est pas triste pour le moment, ai-je souligné en jetant un coup d'œil vers l'autre côté de la piscine, où il jouait au Toro avec ses amis.

— Les garçons sont nuls parfois, a déclaré Bernie en les regardant se faire des passes.

— Je sais ! me suis-je exclamée, ravie d'être comprise. Beck m'ignore dès que ses amis arrivent.

— Mais tu *es* son amie, a-t-elle souligné. Sa plus vieille et sa meilleure amie.

— Vous êtes plus que des amis, mon cœur, est intervenue ma mère. Vous êtes des âmes sœurs.

J'ai froncé les sourcils, entourant mes genoux de mes bras.

— Qu'est-ce que ça veut dire ?

Elle a tendu la main pour replacer une mèche de cheveux échappée de ma queue-de-cheval.

— Il y a un lien entre toi et Beck qui ne ressemble à aucun autre. Un lien qui durera toujours.

J'ai plissé les yeux pour mieux la regarder.

— Comme toi et papa, qui serez ensemble pour toujours ?

— Papa et moi sommes mariés. Qui sait, peut-être que Beck et toi, vous vous marierez un jour ?

J'ai fait semblant de vomir et ma mère a marqué une pause pour rire avec Bernie.

— Ou vous resterez amis, mais *meilleurs* amis, comme Bernie et moi. De toute façon, vous êtes tous les deux dans la vie de l'autre. Pour toujours.

— Comment est-ce que tu le sais ?

— Ta maman a entrevu l'avenir, m'a expliqué Bernie en serrant affectueusement la main de son amie. Elle savait par exemple que nous allions nous rencontrer et devenir amies pour toujours. Elle savait qu'elle allait tomber amoureuse de ton père. Elle savait que j'aurais un fils et qu'elle aurait une fille. Et elle sait que Beck et toi êtes faits l'un pour l'autre. Comme… Mickey et Minnie.

— Ou Han et Chewbacca, a ajouté ma mère.

J'ai pouffé de rire.

— Les chaussettes et les chaussures, a renchéri Bernie.

— Les feux de camp et les s'mores, a répliqué ma mère.

— Le beurre de cacahuètes et la confiture, ai-je conclu en souriant.

Bernie m'a fait un tope-là et ma mère m'a embrassée sur la joue, et je me suis sentie assez bien pour regarder Beck. Je l'ai observé, entre les deux garçons, alors qu'il rattrapait le ballon au vol, en pensant à d'autres inséparables célèbres : les abeilles et le miel, Barbie et Ken, les cookies et le lait, les trottoirs et la craie.

Alors qu'il changeait de place avec l'un de ses copains, Beck a jeté un coup d'œil vers l'endroit où j'étais assise sur la pelouse. Nos regards se sont croisés.

— Lia ! a-t-il appelé. Viens jouer avec nous !

Je me suis tournée vers les adultes.

— Seulement si tu en as envie, m'a rappelé Bernie.

— Ce serait bien que tu leur montres comment on fait, a ajouté ma mère.

J'ai fait semblant de réfléchir le temps de compter jusqu'à cinq, puis je me suis levée d'un bond et j'ai couru rejoindre les garçons, laissant ma serviette froissée sur l'herbe derrière moi.

Inhospitalier

Dix-sept ans, Tennessee

— Millie, allons promener Major, suggère mon père en retirant ses écouteurs et en mettant sur pause l'un des podcasts historiques qu'il écoute sur son téléphone.

C'est la veille du premier jour de terminale. Le dîner s'est achevé il y a une heure et nous sommes tous les trois dans le salon. À la télé, un trio de candidats s'affronte à *Jeopardy*. Je recopie mon emploi du temps – envoyé ce matin par ma nouvelle conseillère d'orientation – dans mon journal, à côté de dessins de règles, de pommes et de stylos. Ma mère murmure distraitement des réponses au jeu télévisé – des questions, plutôt, vu que c'est ça qu'il faut trouver – pendant qu'elle repasse. Elle hésite sur la tenue à porter demain pour son premier jour à l'école primaire East River. Comme si une bande de bambins allait se soucier de savoir si elle coordonne son blazer en chambray avec un pantalon anthracite ou une jupe noire.

— Je vais chercher la laisse, dis-je en posant mon journal sur la table basse.

Dehors, l'atmosphère est moite et ça grouille de moustiques. L'air du mois d'août charrie des odeurs de barbecue et de chèvrefeuille. Papa porte un T-shirt du régiment d'infanterie des Rakkasans, sur un short de sport et des tongs ringardes, tandis que j'ai enfilé un cardigan en laine par-dessus un débardeur, un short en jean coupé et des Converse qui ont connu des jours meilleurs.

Nous nous mettons en route. Papa tient la laisse de Major sans parler, jusqu'à ce que nous arrivions au parc partagé de notre lotissement. Il se compose d'une aire de jeux, d'une grappe de tables de pique-nique, de quelques barbecues et d'un terrain de basket à l'extrémité sud d'un bassin de rétention.

Mon père me donne un coup de coude et me demande :

— Prête pour demain ?

— Si je te réponds non, tu me laisseras sécher ?

Il m'adresse un sourire narquois.

— Dans tes rêves.

— Alors je suis aussi prête que je ne le serai jamais.

Il passe un bras dans le haut de mon dos, comme il le faisait quand tout allait bien.

— Tu devrais passer un peu de temps avec maman tout à l'heure. Lui filer un coup de main pour le nouveau puzzle, par exemple.

Aussi loin que remontent mes souvenirs, quel que soit l'endroit où nous habitons, un puzzle est en cours, étalé sur la table à tréteaux de notre salle à manger. Des fleurs, des paysages, des chats qui portent un chapeau, des énormes hamburgers avec de la laitue, des tomates et du cheddar, le château de la Belle au bois dormant à Disneyland... chaque fois découpés en mille morceaux. Nous nous y attelons tous les trois lorsque nous devons discuter d'un sujet familial, ou quand l'envie nous en prend, jusqu'à ce que l'image soit complète. Puis nous recommençons, avec un nouveau puzzle de mille pièces.

C'est tellement inutile. Un travail de Sisyphe.

Je soupire.

— Je suis fatiguée. Demain, ça va être dur.

— Tu pourrais lui accorder une heure.

— Et si je ne veux pas ?

Il tire sur la laisse de Major pour qu'il s'arrête. Le soleil va bientôt se coucher, mais il y a encore assez de lumière pour que je lise la tristesse sur son visage.

— Qu'est-ce qui se passe entre vous deux ?

Je pense : *Tu ne comprendrais pas.*

Je réponds :

— Rien.

Il secoue la tête.

— Ça m'a apporté beaucoup de sérénité, pendant des années, de savoir que maman et toi, vous étiez là l'une pour l'autre, surtout quand je suis loin de vous. Mais ces derniers temps, vous ne vous parlez presque plus. Je ne me souviens pas de la dernière fois où tu l'as serrée dans tes bras.

Je ne m'en souviens pas non plus.

— Je grandis.

Je l'affirme avec suffisamment de désinvolture pour que ses sourcils se froncent.

— Je n'ai plus besoin de ma mère pour le moindre truc.

— Peut-être, mais tu devrais essayer de garder de bonnes relations avec les personnes importantes de ta vie. Tu ne fais pas beaucoup d'efforts ces derniers temps.

— Oui, eh bien, je ne suis pas au mieux de ma forme.

Je croise les bras, comme si mon père, officier depuis plus de vingt ans, n'allait pas remarquer que je suis sur la défensive.

Quelques mois après l'enterrement de Beck, mon père est parti faire une mystérieuse course.

— Il est allé voir quelqu'un à Virginia Beach, m'a expliqué ma mère quand je suis descendue de ma chambre pour lui demander où il était.

Elle était assise sur un tabouret au bar de la cuisine, occupée à rédiger des plans de cours destinés à l'enseignant qui allait la remplacer jusqu'à la fin de l'année scolaire.

— Il rentrera pour le dîner.

Sur le moment, je me suis demandé pourquoi elle n'était pas allée à Virginia Beach avec lui.

Aujourd'hui, je sais qu'elle est restée à la maison parce qu'elle n'osait pas me laisser seule. J'étais déprimée, et pas de la manière romancée qu'on voit dans les films et les bouquins. Je survivais comme si j'étais sous une épaisse couverture : mes sens étaient étouffés, mes pensées embrouillées, mes émotions intenses et incohérentes. J'étais trop nerveuse pour rester tranquille en journée, trop agitée pour fermer l'œil, aussi souvent en colère que triste, et je faisais une fixation sur ma propre mortalité. Je n'arrêtais pas de penser au fait que Beck était en super bonne santé. Qu'il débordait d'énergie. Si son cœur avait pu le lâcher, comment le mien pourrait-il tenir le coup alors qu'il essayait de se remettre de cette rupture terrible ?

— Tu veux boire un thé avec moi ? m'a proposé ma mère en repoussant ses plans de cours.

J'ai secoué la tête et j'ai fini par avoir le vertige et tanguer sur mes pieds.

Très inquiète, elle m'a demandé :

— Qu'est-ce que tu as mangé au petit déjeuner ?

Je ne me souvenais même pas d'avoir mangé, bu de l'eau ou fait de l'exercice. Je n'avais aucun souvenir de la dernière fois où j'avais dormi plus de quelques heures ou senti le soleil sur ma peau. Ça faisait des semaines que je n'avais pas ouvert mon journal intime, que je ne m'étais pas maquillée, que je n'avais pas parlé à Macy, mon amie la plus proche à Rosebell. Ça faisait encore plus longtemps que je n'avais pas envoyé de SMS à Andi et à Anika, les amies que je m'étais faites à Colorado Springs. Mes parents insistaient pour que je consulte l'un des meilleurs conseillers de Virginie spécialisés dans le deuil, et ils me soutenaient comme ils pouvaient tout en gérant leur propre chagrin, mais mon petit ami était mort, et j'étais un fantôme.

J'ai décidé de mentir :

— Des céréales.

Ma mère s'est levée pour fouiller dans le garde-manger.

— Je vais préparer de la soupe.

— Je ne veux pas de soupe.

— Un smoothie, alors.

Elle a sorti le mixeur. Complètement détachée de la scène, je l'ai regardée couper une banane, puis sortir le lait de coco du frigo. Elle a ensuite ouvert le congélateur et attrapé le sac de fraises congelées qui se trouvait à côté de six pots de glace artisanale. Et là, elle a pris une brusque inspiration et a claqué la porte, oubliant les fraises.

Lentement, elle s'est tournée vers moi, pour savoir si j'avais vu la fameuse glace, et si j'allais bien.

Je l'avais vue, et non, ça n'allait pas.

Le jour où cette glace est arrivée, Beck – qui l'avait commandée – a cessé d'exister.

Je me suis effondrée sur le sol.

Ma mère s'est précipitée vers moi. Elle m'a prise dans ses bras et je l'ai laissée faire, même si nous ne nous étions pas touchées depuis la brève étreinte obligatoire que nous avions partagée au cours de la veillée funéraire de Beck.

C'est la faute de ma mère.

Pas la mort de Beck…

… non, pas ça.

Je la tiens pour responsable de la douleur atroce qui me déchire.

Toute ma vie, elle m'a raconté des histoires d'âmes sœurs, a prétendu que Beck et moi vivrions heureux et aurions beaucoup d'enfants, comme dans les contes de fées.

Je n'ai jamais remis en question mon destin. Jamais douté de mon avenir. Beck était à moi et j'étais à lui. Mais comment avait-elle *osé* me laisser croire que notre amour durerait pour l'éternité ?

Sur le sol de la cuisine, j'ai fondu en larmes.

Quand je me suis enfin calmée, ma mère a préparé des brownies au lieu d'un smoothie. Nous les avons mangés directement dans le moule. Ils étaient riches et légèrement mi-cuits, exactement comme je les aime. Elle en a mangé autant que moi, et je me suis demandé si je pourrais un jour cesser de lui reprocher des prédictions remontant à plusieurs décennies.

Ce soir-là, mon père est rentré à la maison avec un chiot pointer de douze semaines. L'animal avait une queue courte, une truffe humide et des pattes trop grandes.

Je l'ai appelé Major.

Il a en quelque sorte été la lueur dans une période bien sombre.

En cet instant, mon père se penche pour lui gratter le sommet de la tête. Le chien remue la queue. Il est doux, affectueux. J'ai l'impression que mon père pense le contraire de moi ces derniers temps. Ses rides du lion sont prononcées. Des cheveux argentés sont apparus sur ses tempes, pas tout à fait camouflés par sa teinte naturelle blond-roux. Son front est marqué par l'inquiétude. Comme s'il n'avait pas assez à faire avec son travail, avec ma mère, avec Connor et Bernie. Je lui cause bien du souci.

— Tu as besoin de gens autour de toi, Millie. D'un cercle. La vie de Beck est terminée et c'est affreux, vraiment *affreux*, mais il faut continuer. C'est ce qu'il aurait voulu. Tu le sais bien.

Je chasse les larmes qui menacent en clignant des yeux.

Mon père tire sur la laisse de Major, puis me prend la main et me pousse à avancer. Nous nous remettons en route, nous déambulons à pas lents sur le trottoir qui s'assombrit.

Mon père a deux tempéraments : le temps de paix et le temps de guerre. À la maison, avec ma mère et moi, il montre presque toujours son côté temps de paix. Détendu, réceptif, drôle. En cas de désaccords ou de périodes de stress, comme *ce soir*, il adopte sa personnalité de temps de guerre. Sérieux. Observateur. Il ne laisse rien passer.

— Demain, au lycée, poursuit-il alors que nous approchons de la maison, je veux que tu fasses un effort.

— Je fais toujours des efforts.

C'est vrai. Je fais partie des meilleurs élèves depuis la cinquième. Le semestre dernier, je me suis donnée à fond et j'ai obtenu la moyenne maximale.

— Je veux dire socialement, précise-t-il. Souris. Parle aux gens. Fais-toi un ami.

— Mais c'est comme…

J'ai failli dire « recommencer à zéro », mais c'est justement ce qu'il veut. Il voudrait que je sorte du cocon dans lequel je me suis réfugiée depuis novembre, que je teste mes ailes dans ce nouveau monde inhospitalier.

Il ne comprend pas que repartir à zéro, pour moi, ça signifie abandonner Beck.

— C'est comme quoi ?

— C'est… hyper dur.

— Dur ne veut pas dire impossible, philosophe-t-il en me bousculant affectueusement l'épaule. On devient un peu meilleur chaque fois qu'on surmonte des difficultés.

Notre maison apparaît. Ma mère est assise dans l'un des deux fauteuils à bascule sous le porche, en train de siroter du vin dans un verre à eau. Elle nous fait signe quand elle nous aperçoit.

Mon père sourit et lui fait signe aussi.

Major remue sa queue écourtée.

Regarde ma famille, dis-je à Beck. *Elle survit. Elle va bien, même.*

Les yeux rivés sur le trottoir, je promets à mon père :

— Je vais essayer. Demain, je vais essayer de me faire un ami.

Le deuil

Choc : un ballon qu'on transperce avec une épingle. Respiration haletante, vision floue. Si fort que le cœur s'arrête.

Déni : irrationnel, immature. Poings serrés. Mâchoire crispée.

Douleur : un goût de fer-blanc. Peau fendillée, côtes fissurées. Halètement, crispation, supplication.

Culpabilité : un dernier pétale arraché. Rétrospection et regret.

Colère : dynamite, allumée. Grésillante, brûlante, fulgurante.

Négociation : marchandage. Odeur amère. Goût de gâchis.

Dépression : nuages sombres de pluie, cheveux gras, ventre vide, nuits tristes. Sans fin.

Reconstruction : un pansement propre. Un sol remis à plat. Un pas en avant chancelant, puis un autre.

Acceptation : inconcevable.

La nouvelle

Dix-sept ans, Tennessee

Premier jour de terminale.

Premier jour dans un nouveau lycée.

Dans une nouvelle ville, dans un nouvel État.

Depuis que j'ai commencé la maternelle, ma mère me prend en photo sous le porche d'entrée. Je tiens une ardoise sur laquelle ma classe est écrite à la craie blanche. Elle envoie la photo par SMS à grand-mère et à Bernie, ainsi qu'à mon père s'il est à l'étranger. Plus je grandis, plus je trouve cette tradition ridicule, mais je ne me plains jamais parce que ça prend deux secondes et qu'avant, j'aimais vraiment bien les jours de rentrée.

Aujourd'hui, elle sort le tableau : *Terminale !*

Je me lève de table et je balance mon pain grillé dans l'évier. Mon père est parti travailler il y a quelques minutes, élégant en tenue de combat et en bottes militaires. Avant de s'éclipser, il a déposé un baiser sur le sommet de mon crâne et m'a lancé :

— Bonne chance, Millie.

Maintenant, il est en route pour Fort Campbell, probablement en train d'écouter un de ses podcasts, mais j'aime bien penser que, s'il était là, il me défendrait contre la tradition stupide de ma mère.

Elle me tend l'ardoise.

— Une photo rapide ?

Elle a opté pour un blazer en chambray et un pantalon noir. Ses cheveux ondulent légèrement depuis qu'elle les a coiffés ce matin. Elle s'est mise en congé après la mort de Beck pour être aux côtés de sa famille, et près de mon père et de moi. Je ne lui envie pas la tâche impossible de réconforter ceux qui ne peuvent pas l'être, mais comme j'ai eu beaucoup de mal à supporter le deuxième semestre de première, accablée par le chagrin et la solitude, j'ai souvent regretté de ne pas avoir demandé un congé moi aussi.

Elle vient d'être engagée comme spécialiste de l'alphabétisation dans l'école primaire de notre quartier. C'est un poste idéal pour elle et je ne voudrais pas lui gâcher sa matinée, mais je ne suis pas prête à sourire pour une photo.

Je me lève, je lisse la mini-robe à fleurs que j'ai sortie sans réfléchir de mon placard après la douche, et j'attrape mon sac à dos.

— Je suis en retard.

Elle abaisse l'ardoise et me suit dehors. Ma voiture, une Jetta d'occasion achetée récemment, est garée à côté de la sienne, une Volvo flambant neuve. Mon père se contente de rouler dans l'Explorer que nous avons depuis mes treize ans.

Je suis à mi-chemin de la liberté quand elle me lance :

— Mon cœur, s'il te plaît ?

Je ne m'arrête pas.

Je ne lui souhaite pas une bonne journée.

Je lui fais signe sans me retourner, puis je m'enferme dans la Jetta.

Ce n'est que lorsque je fais marche arrière dans l'allée que je me permets de jeter un coup d'œil au porche. Elle est toujours devant l'entrée, abattue. L'ardoise pend dans sa main. Elle essuie une larme sur sa joue et me regarde partir.

Je suis un monstre, dis-je à Beck.

Il ne me contredit pas.

***

Au cours du trajet vers le lycée East River, j'ai les nerfs en pelote. Ce sera la sixième école que je fréquente en dix-sept ans, ce qui n'est pas beaucoup pour une gosse de militaire, mais depuis la sixième je n'ai jamais commencé seule dans une nouvelle école. C'était à Colorado Springs. C'est terrifiant d'entrer dans un bâtiment où on n'a jamais mis les pieds, de faire face à des centaines de visages inconnus, d'assimiler de nouvelles règles et de convaincre une foule de profs inconnus qu'on est bonne élève. En Caroline du Nord, j'avais Beck. À Washington, j'avais Beck. En Virginie, j'avais Beck.

Dans le Tennessee, aujourd'hui… je n'ai personne.

Le chaos règne sur le parking. Les voitures attendent ou tournent en rond. Des groupes d'élèves se faufilent dans la circulation pour rejoindre le campus comme des volées d'oiseaux inconscients. Les places sont attribuées – j'ai la 132 – mais la peinture des pancartes est décolorée. Je mets des plombes à repérer la bonne rangée. Je soupire, soulagée. C'est une petite victoire.

Je tourne le volant de la Jetta pour prendre un virage serré à gauche et m'introduire dans la 132, juste au moment où une fille aux cheveux noirs qui porte un sac en bandoulière débarque sur ma place.

La demi-seconde s'étire alors que ma voiture fonce sur elle, ce qui me laisse le temps d'observer ses cheveux qui s'étalent en éventail lorsqu'elle se retourne vers le bruit de la mort qui approche. Ses lèvres forment un ovale sous le choc. Ses mains se lèvent par réflexe, comme si elles pouvaient la protéger de l'impact d'un véhicule d'une tonne et demie.

Une pensée surgit, avec une clarté terrifiante : *Je vais la tuer.*

Et puis une autre pensée, une autre voix, profonde et désespérée : *Putain, Amelia, freine !*

Je hurle en appuyant à fond sur la pédale.

La Jetta s'immobilise brutalement.

Devant le capot, la poitrine de la jeune fille se soulève. Le pare-chocs ne doit pas être à plus de cinq centimètres de ses genoux.

Nos regards se croisent à travers le pare-brise.

Je me mets au point mort, puis je détache ma ceinture de sécurité, les mains tremblantes. Dans ma hâte de sortir, je manque de tomber la tête la première, mais je parviens à retrouver mon équilibre et je m'exclame :

— Je suis désolée ! Ça va ?

Elle abaisse les mains dans un tintement de bracelets dorés. Elle rejette ses cheveux derrière ses épaules et se redresse, la mâchoire crispée, les sourcils froncés. Elle est d'une beauté naturelle – parfaite, même sans brushing – qui semble inaccessible aux personnes qui, comme moi, abusent du mascara et du brillant à lèvres.

Elle a l'air furieuse.

Puis, comme la neige qui glisse d'un toit en pente, son attitude imposante disparaît. Elle fait quelques pas précipités vers moi.

— Ça va, et toi ?

— Oui, je suis saine et sauve.

J'inspire, dans l'espoir de ralentir mon pouls. Mon brouillard cérébral a failli provoquer une catastrophe, et je n'en reviens pas que, par miracle, cette fille n'ait pas été écrasée par ma nullité.

— Sérieusement, je suis vraiment désolée.

Elle se met à rire… à *rire* !

— T'inquiète. Ça arrive tout le temps.

Je cligne des yeux.

— Hein ? C'est vrai ?

— C'est la folie ce parking, les bons jours. Tu n'es pas la première à avoir failli renverser quelqu'un. Et tu ne seras pas la dernière.

Je ne sais pas si elle raconte n'importe quoi pour me rassurer ou si j'ai intérêt à porter un casque pour quitter et rejoindre ma voiture.

— C'est ton premier jour ici ? devine-t-elle.

— Ça se voit tant que ça ?

Elle rit à nouveau. Le son est solaire.

— Tu es en quelle année ?

— Terminale.

— Waouh. Un changement de lycée en dernière année ? Ça craint.

— Pas tant que ça, dis-je en haussant les épaules.

Je résiste à l'envie de sortir mon téléphone et d'afficher mon emploi du temps, puis de la supplier de m'indiquer le chemin de mon premier cours : gouvernance, un cours avancé de niveau universitaire.

— Moi aussi, je suis en terminale.

Elle fait un geste vers la Jetta, dont le moteur ronronne tranquillement et qui dépasse de la place 132.

— Et si tu finissais de te garer – t'inquiète, je garderai mes distances – et qu'on comparait nos emplois du temps avant la sonnerie ?

J'ai envie de me mettre à genoux et de remercier cette jeune fille généreuse.

Hier soir, j'ai dit à mon père : « Je vais essayer. Je vais essayer de me faire un ami. »

— Oui, ce serait super, merci. Moi, c'est Lia.

— Paloma. Et ne me remercie pas. L'année dernière, c'était moi la nouvelle. On doit se serrer les coudes.

Racines

Dix-sept ans, Tennessee

Par un heureux hasard, Paloma et moi avons le même cours en première journée. Alors que nous nous dirigeons vers la classe, elle m'explique en quoi consiste la pause de trente minutes entre la troisième et la quatrième période.

— La plupart des élèves en profitent pour réviser ou voir leurs potes, mais c'est aussi à ce moment-là que les clubs se réunissent. Viens à la bibliothèque. Je te présenterai aux filles.

Ça ne se passe pas trop mal au cours de gouvernance, parce que je suis à côté de Paloma. Au fil de notre conversation à voix basse, j'apprends qu'elle a quitté la Californie pour le Tennessee, parce que son *tío* et sa *tía*, ainsi que de nombreux cousins, vivent ici. Le Sud lui plaît de plus en plus, m'explique-t-elle, mais Glendale, la ville où elle habitait, et Liam, le petit ami qu'elle a laissé derrière elle, lui manquent.

— Enfin, il me manque *parfois*, précise-t-elle en levant les yeux au ciel comme pour signifier *tu vois ce que je veux dire*.

Je ne sais pas. Pour moi, le manque est permanent.

Les cours de physique et de français sont pénibles. Les profs nous lisent le programme et récitent le règlement. Je passe la majeure partie des deux heures à mariner dans la culpabilité en repensant à l'expression abattue de ma mère ce matin, quand elle m'a regardée partir sans lâcher sa stupide ardoise.

Je fais un vœu en silence : *Qu'elle passe une bonne journée.*

Quand arrive le moment de la pause, j'ai vraiment besoin d'un break. Je retrouve Paloma au fond de la bibliothèque, où des groupes de fauteuils donnent sur l'extrémité sud du campus. On aperçoit un terrain de baseball au loin et un autre de football au premier plan, entouré d'une piste d'athlétisme rouge, qui ressemble beaucoup à celle du lycée Rosebell.

Devant l'une des zones de but, il y a un cercle réservé au jeter de poids. J'imagine Beck là, envoyer les boules en métal et les regarder s'élancer dans les airs comme si elles pesaient à peine plus qu'un œuf. Il s'en voulait quand ses lancers manquaient de panache et refusait de célébrer ceux qui étaient spectaculaires. Il se donnait toujours à fond. Il voulait exceller.

Paloma est accompagnée de deux filles qu'elle me présente comme Sophia et Meagan. Elles sont la personnification de l'hospitalité du Sud, avec leurs sourires accueillants et leurs conversations joyeuses, et elles passent les quelques minutes qui suivent à me briefer sur l'essentiel. Sophia, la cadette d'une famille de cinq enfants, a un père sénateur et une mère comptable. Elle fait partie de l'équipe de volley, et ses boucles brunes tombent en cascade dans son dos. Meagan est blonde comme moi, mais ses cheveux sont courts et striés de rose. Elle a deux sœurs : une en seconde dans notre lycée et une en CM2 à l'école primaire d'East River, là où ma mère commence aujourd'hui. La mère de Meagan est décédée il y a trois ans, d'un cancer du sein. C'est son père qui s'occupe de l'éducation de ses enfants tout en travaillant au siège de Bridgestone à Nashville. Sophia – Soph, comme la surnomme Paloma – et Meagan ont commencé par être voisines, sont devenues meilleures amies en CM1 et, en seconde, elles se sont rendu compte que leurs sentiments étaient plus qu'une simple amitié. Après avoir traversé une tempête de désapprobation de la part des parents de Soph, qui ne l'ont pas accepté au départ, elles se sont mises ensemble et forment un couple heureux depuis.

Quand Paloma a emménagé ici l'année dernière, elle s'est retrouvée en cours de sport avec elles deux, y compris lors des séances dans la piscine du campus.

— Une torture, décrète-t-elle.

— Du sadisme pur, confirme Meagan.

— C'est Paloma qui a eu l'idée de se battre contre l'obligation pour les premières de nager un kilomètre et demi pour réussir leur année, m'explique Sophia.

— Nous avons manifesté dans la cour avec des pancartes, raconte Meagan. *H_2O, c'est trop, on met notre veto !*

Sophia la fait taire en pouffant de rire.

— On a aussi lancé une campagne de protestation sur les réseaux sociaux et Paloma a fait un scandale lors d'une réunion du conseil d'administration du lycée. Le succès a fait des vagues.

Paloma sourit et chantonne :

— Un kilomètre et demi, c'est fini.

Et c'est comme ça que c'est arrivé : le duo formé par Meagan et Sophia s'est transformé en trio.

J'espère qu'elles sont ouvertes à l'idée d'un quatuor.

— Lia a quitté la Virginie pour venir s'installer ici, détaille Paloma à ses amies. Nous nous sommes rencontrées sur le parking ce matin. Elle roule dans une Jetta qui a failli me transformer en crêpe.

Je grimace.

— Je suis encore horriblement gênée.

Je leur expose brièvement les différents endroits où mon père a été envoyé par l'armée et le nouveau poste qu'occupe ma mère à l'école primaire d'East River.

— Nous avons une maison dans le lotissement des Vallons. Enfin, pour les prochaines années, en tout cas.

Meagan et Sophia me regardent avec pitié. Cette réaction est fréquente de la part de ceux qui ont passé toute leur vie dans la même ville. Ils supposent que ça doit être horrible de déménager sans cesse. Mais ce n'est pas vrai. En tout cas, pas pour moi. Les gens se font une idée fausse de ce que ça signifie d'avoir des racines. On peut avoir des liens avec bien d'autres choses qu'un lieu. Les expériences multiples peuvent être utiles. Et les personnes qu'on rencontre nous enrichissent aussi.

— Tes amis de Virginie doivent te manquer, commente Meagan en prenant la main de Sophia.

Je pense : *Quels amis ?*

Quand j'étais en première au lycée Rosebell, Beck avait déjà terminé ses études. Wyatt, Raj et Stephen – ses potes qui avaient fini par devenir les miens – aussi. Il me restait Macy, la petite amie de Wyatt, qui était très rigolote et dont l'oreille était digne de confiance, mais je n'étais pas d'agréable compagnie. J'ai passé presque tout le premier semestre à me plaindre de la solitude. Et au second semestre, après la mort de Beck, j'ai plongé dans un abîme de tristesse. Tout le monde savait ce qui s'était passé, bien sûr. On avait fait appel aux conseillers de plusieurs écoles voisines pour nous aider à faire notre deuil, mais j'étais trop irrécupérable. Alors, dans un effort pour lui épargner ma peine – et aussi pour m'épargner tout ce qui me rappelait Beck quand j'étais avec elle –, j'ai éloigné Macy de ma bulle de noirceur, comme je l'avais fait avec mes parents et les Byrne.

Je me disais – et je continue à me le répéter – que c'était mieux pour tout le monde.

J'affirme d'un ton léger :

— Oh, on reste en contact.

— Quand même, insiste Sophia avec compassion.

Puis elle s'illumine.

— Allons dîner au Shaggy Dog. Pour fêter le début de la terminale.

— Il va falloir me torturer pour que j'accepte, ironise Meagan.

Paloma acquiesce, puis se tourne vers moi.

— Il faut que tu viennes. C'est une microbrasserie, au centre-ville. Ils font un pudding délicieux.

Je réfléchis. Qu'est-ce qui me tente le plus ? Un dîner avec mes parents, au cours duquel ils marchent sur des œufs, pour tenter d'arracher une étincelle de vie à leur fille déprimée, ou un dîner en compagnie de trois filles avec qui j'ai beaucoup de chances de devenir copine ?

Je m'apprête à répondre quand un mouvement près des espaces de travail individuels attire mon attention. C'est un garçon, mince et élancé, avec une mèche de cheveux noirs qui retombe sur son front. Il a une bouche qui sourit de travers et des yeux comme des éclats d'obsidienne. Son regard croise le mien et son sourire s'élargit. La connexion dure juste assez longtemps pour me faire oublier la conversation avec les filles. Pour sortir mon cœur de son état léthargique.

— Lia ? m'interpelle Paloma alors que le garçon rompt le contact visuel pour disparaître derrière un rayonnage de la bibliothèque, sans que personne s'en aperçoive, sauf moi. Alors, le Shaggy Dog ? Tu viens avec nous ?

J'éteins la lueur d'intérêt traîtresse allumée par l'inconnu, puis je me force à afficher un sourire qui imite celui de Paloma.

— Tu m'as convaincue, avec le pudding.

Saisissant

Dix-sept ans, Tennessee

Paloma est au volant d'une Honda Civic avec un autocollant de l'USC, l'université de Californie du Sud, collé sur la lunette arrière. Je franchis la porte d'entrée et me glisse sur le siège passager avant que mes parents n'aient le temps de poser des questions.

— Allez les Trojans, dis-je en bouclant ma ceinture.

Elle démarre et s'éloigne des Vallons.

— L'USC est la seule fac à laquelle je postule. Mes parents ont du mal à accepter que je prenne ce risque. Ils n'arrêtent pas de me répéter que je mets tous mes œufs dans le même panier.

— C'est un très bon panier.

Elle sourit.

— Et toi, tu postules où ?

— VCU. Probablement William and Mary, en Virginie aussi. Ole Miss, dans le Mississippi, parce que mes parents y ont étudié.

— Pas d'universités ici ?

— Peut-être l'université du Tennessee. Peut-être Austin Peay.

— Megs et Soph visent Austin Peay. Ensemble, bien sûr.

— Bien sûr.

Je ne les juge pas. Moi aussi, j'avais le projet d'aller à la même fac que la personne que j'aimais. L'année dernière, je n'aurais jamais envisagé des études supérieures sans être avec Beck. C'est *toujours* le cas, d'ailleurs.

— Celle où je voudrais vraiment aller, c'est l'université du Commonwealth de Virginie.

Au point que j'envisage sérieusement de faire une demande de décision anticipée. Mes parents ne veulent pas que j'aille étudier là, mais Beck et moi avions un plan en tête. Nous devions aller à la fac à Charlottesville, où il ferait des études de génie civil et où je me spécialiserais dans le développement de la petite enfance. Ensuite, il trouverait un boulot dans l'urbanisme et je travaillerais avec des enfants. Nous serions ensemble, pour toujours et à jamais.

Je n'ai pas l'intention d'abandonner ce plan.

— Je veux bien t'aider à comparer les universités, propose Paloma. Quand mon frère a essayé de choisir, ça l'a super stressé. Je suis intervenue, la tête froide, en utilisant une appli qui fait des diagrammes logiques. Je suis devenue plutôt douée pour peser le pour et le contre. C'est comme ça que je sais que je veux étudier à USC.

— Et Liam ?

Elle affiche un sourire penaud.

— USC.

Elle s'engage dans l'allée d'une maison à un étage bien entretenue, dans un quartier qui ressemble beaucoup au mien. Sophia sort du bâtiment en sautillant, suivie de près par Meagan. Elles s'installent sur la banquette arrière et nous nous mettons en route pour le Shaggy Dog. Les filles papotent pendant que Paloma conduit. J'essaie d'écouter, de participer à la conversation, mais mon cerveau rongé par la culpabilité se repasse en boucle ces secondes brèves, mais perturbantes, dans la bibliothèque, quand mon cœur s'est mis à vibrer en réaction à la vue d'un garçon.

Un garçon *qui n'est pas Beck.*

Alors que Paloma s'engage sur le parking du restaurant, mon téléphone sonne dans la poche de ma veste en jean. Quand je le sors, je découvre le visage de Bernie sur l'écran.

Comme si elle lisait dans mes pensées.

Je rejette l'appel et laisse tomber mon portable sur mes genoux.

Paloma fait le tour, à la recherche d'une place libre.

— Ta mère ?

— Non, sa meilleure amie.

Bernie m'appelle depuis que mes parents et moi nous sommes installés à River Hollow, même si je l'ai à peine vue dans les mois qui ont précédé notre départ de Virginie. Sans Beck, je ne supportais plus d'aller chez les Byrne, et quand ils venaient chez nous, je me cachais dans ma chambre. Impossible pour moi d'entendre le rire contagieux de Bernie ou une des blagues sardoniques de Connor, ou de voir les taches de rousseur de Norah et de Mae, sans être submergée par le manque.

— Elle est très jolie, remarque Sophia en se penchant pour examiner mon téléphone qui sonne encore.

— Si c'est l'amie de ta mère, pourquoi c'est toi qu'elle appelle ? s'étonne Meagan.

Bernie laisse enfin tomber. L'écran s'assombrit.

— Son fils et moi…

Les mots s'emmêlent et je n'arrive pas à continuer.

Ça fait presque neuf mois que je n'ai pas prononcé le prénom de Beck à haute voix.

Paloma a trouvé une place de parking, mais personne ne quitte la voiture. Nous restons assises face à un bâtiment en briques dont l'enseigne annonce The Shaggy Dog en lettres lumineuses. Mon préambule reste inachevé. L'attention des filles pèse comme un sac de sable sur mes épaules. Paloma tourne la tête vers moi, ses yeux bruns pétillent de curiosité.

Beck murmure : *N'enterre pas mon souvenir.*

— Le fils de Bernie et moi avons grandi ensemble, dis-je, parce que je veux que Paloma, Meagan et Sophia soient mes amies.

Parce que je les aime vraiment bien.

Et parce que je veux qu'elles soient au courant de l'existence de Beck.

— Il est mort subitement, il y a deux cent quarante-six jours.

C'est le genre d'annonce qui coupe le souffle et jette un froid. L'habitacle est tellement silencieux que j'entends les battements de mon cœur, et je me demande si j'ai bien fait de leur parler de Beck. Mais Paloma expire et lâche le volant pour me prendre la main.

— Je suis vraiment désolée. Il s'appelait comment ?

— Beck. Beckett Byrne.

Elle m'adresse un sourire compatissant.

— Il doit tellement te manquer.

— Tu as eu une année hyper difficile, hein ? devine Sophia.

Je hoche la tête parce que je ne suis pas sûre que je parviendrai à empêcher ma voix de chevroter.

— Mais tu es ici, maintenant, souligne Meagan. Au Shaggy Dog, où le pudding est une tuerie.

Sophia étouffe un cri.

Les yeux de Paloma s'agrandissent d'horreur.

— Quoi ? demande Meagan en les fixant tour à tour. Qu'est-ce que j'ai dit ?

Elle me rappelle Bernie et sa façon de s'exprimer avec conviction, toujours spontanément. Elle a vécu un deuil aussi. Et, à ma grande surprise, peut-être plus qu'à celle des autres, je suis prise d'un fou rire qui me fait hoqueter et qui me fait un bien fou.

Les filles rient aussi. Ça me réchauffe le cœur.

En une journée, elles m'ont rappelé que ça fait du bien de ne pas être seule.

Joué d'avance
Dix ans, Washington

Alors que nous allions bientôt quitter la base conjointe Lewis-McChord dans l'État de Washington, j'ai passé presque tout l'été entre le CM2 et la sixième à jouer dehors avec Beck.

Les Byrne habitaient à deux maisons de la nôtre, dans un quartier proche de la caserne. Mon père et moi, nous aimions cet État : ses arbres à feuilles persistantes, ses pistes de ski et ses plages glaciales avec leurs rochers impressionnants. Ma mère trouvait le Nord-Ouest Pacifique trop gris et beaucoup trop cher. Elle regrettait les étés marécageux du Sud et les plages blanches comme neige embrassées par les eaux céruléennes du golfe du Mexique. Mais comme elle avait Bernie, et que mon père avait passé les six derniers mois aux États-Unis, elle se plaignait rarement.

Sauf que, depuis la fin de l'école au mois de juin précédent, elle n'allait pas bien. Je passais toutes mes journées avec Beck à construire des forts avec du bois de récupération et à faire des acrobaties à vélo dans les terrains vagues du quartier, mais, quand je rentrais à la maison, je trouvais bizarre que ma mère soit sur le canapé, à siroter de l'eau citronnée, à regarder sans le voir un documentaire qu'elle avait téléchargé.

Quand elle n'était pas sur le canapé, elle était dans la salle de bains, sur le point de vomir, en train de gerber ou de se brosser les dents après avoir vomi. Elle mangeait rarement autre chose que du pain grillé beurré. Elle ne se maquillait presque jamais. Plus d'une fois, je m'étais réveillée en pleine nuit en entendant les conversations à voix basse de mes parents dans leur chambre au bout du couloir. Ils ne se disputaient pas – ça leur arrivait rarement – mais ils n'avaient pas l'air heureux non plus.

Quelque chose n'allait pas.

Par une rare journée ensoleillée, alors que je jouais dehors avec Beck, je lui ai avoué :

— Ma mère est mourante.

Il a abaissé le marteau qu'il utilisait pour clouer une planche sur un panneau d'aggloméré. Ses cheveux étaient balayés par le vent et une trace de poussière s'étalait sur sa joue parsemée de taches de rousseur.

— T'es sérieuse ?

— Je crois. Elle est tout le temps fatiguée. Elle ne sort presque jamais. Elle vomit tout le temps.

Il a laissé tomber le marteau chipé dans la boîte à outils de Connor, et s'est installé confortablement sur le sol, en serrant ses genoux repliés dans ses bras. Il m'a observée dans la lumière éblouissante du soleil. J'appréciais cette facette de sa personnalité : Beck était parfois violent dans ses jeux et se comportait en dur, mais quand les circonstances l'exigeaient, il se transformait en garçon réfléchi et attentif, prêt à poser son marteau pour écouter une amie.

— Je ne l'ai pas vue beaucoup, maintenant que j'y pense, a-t-il observé. Mais ma mère aurait dit quelque chose si elle était malade. Si elle était *mourante.*

J'ai haussé une épaule.

— Peut-être qu'elle ne veut pas que tu t'inquiètes, comme ma mère ne veut pas que je le fasse.

— Tu en as parlé à ton père ?

J'ai soupiré.

— Il fait comme si tout allait bien. Comme si j'étais une imbécile qui n'avait pas remarqué que sa mère vivait sur le canapé.

— Hé là, a protesté Beck avec un sourire tendre, il n'y a que moi qui peux te traiter d'*imbécile*.

— Je suis juste…

Consternée, j'ai senti mes yeux se remplir de larmes. Les mots que j'ai réussi à articuler ensuite sont sortis gorgés d'eau, et ma voix était pitoyable.

— Je m'inquiète pour elle.

Il a posé une main sur mon genou, écorché la veille après une chute de vélo.

— Elle va bien, Lia. Il le faut. Qu'est-ce que ma mère ferait sans elle ?

— Qu'est-ce que *je* ferais sans elle ?

Il a soupiré, d'un air compatissant.

— Elle ne va pas mourir. Et même si ça arrivait, *tu* t'en sortirais.

J'ai reniflé.

— Comment tu le sais ?

— Parce que tu m'as. Quoi qu'il arrive, tu m'auras toujours.

***

Quelques jours après avoir confié mes inquiétudes à Beck, j'ai été réveillée en pleine nuit par un fracas.

Un hurlement a suivi, et la peur m'a tétanisée.

Je me suis précipitée hors de mon lit et j'ai couru dans le couloir jusqu'à la chambre de mes parents. Quand j'ai ouvert grand leur porte, j'ai entendu mon père jurer et jurer encore. Les draps étaient froissés, mais il n'y avait personne. La lumière de leur salle de bains était allumée et j'ai traversé la pièce en un éclair. Mon père était accroupi au-dessus de ma mère. Elle était pâle comme un linge. Ses paupières étaient lourdes. Elle était sur le sol, enchevêtrée dans des serviettes-éponges. J'ai remarqué deux trous dans les plaques de plâtre, là où le porte-serviettes avait été arraché avec ses attaches. Son haut de pyjama était humide à l'encolure et le bas...

Il était couvert de sang, de beaucoup de sang.

Le chaos régnait dans mon cerveau, les questions se bousculaient, mais j'étais trop bouleversée pour émettre plus qu'un souffle tremblant. J'ai murmuré :

— Papa ?

Il m'a regardée, les yeux vitreux. Il m'a ordonné, d'une voix calme :

— Va chercher mon téléphone. Appelle Bernie. Dis-lui de venir *tout de suite*. Puis appelle les urgences et apporte-moi le téléphone.

J'ai fait ce qu'il m'a demandé. J'avais peur, mais j'ai fonctionné en pilote automatique parce que, dans ma tête et dans mon cœur, je savais que ma mère avait besoin de moi.

Dès que j'ai eu un opérateur en ligne, j'ai placé le portable dans la main de mon père qui attendait, puis j'ai écouté pendant qu'il décrivait la scène.

— Elle a trente-quatre ans... Oui, elle saigne... Depuis quelques minutes.

Puis, d'un ton brusque :

— Je ne sais pas !

Ma mère a gémi en se serrant le ventre. Sa bouche s'est déformée et elle a baissé les paupières. Je me suis approchée ; j'avais peur de la toucher, mais je voulais à tout prix la réconforter. Précautionneusement, j'ai posé une main tremblante sur son front. Ma paume a glissé sur sa peau moite.

Et puis...

— Elle est enceinte, a déclaré mon père à l'opérateur.

J'ai reculé en retirant ma main. Du blanc a envahi mon champ de vision, ce mot – « enceinte » – m'a donné l'impression d'être emportée par une avalanche.

Le regard de mon père est entré en collision avec le mien.

Ma mère portait un bébé.

— Seize semaines, je crois, a-t-il poursuivi au téléphone.

Il s'est tourné vers moi et a articulé en silence « Je suis désolé ».

Au loin, j'ai entendu la porte d'entrée claquer. Des pas ont gravi les marches. Bernie est apparue dans l'embrasure. Ses cheveux châtains étaient attachés en une queue-de-cheval négligée, elle avait les joues rouges. Ses yeux se sont posés sur ma mère, étendue impuissante sur le carrelage froid en travertin.

Elle a soufflé :

— Oh, mon Dieu, Cam.

— Je sais, a répondu mon père. *Je sais,* bon Dieu. Les secours sont en route.

Bernie a détourné son attention de ma mère – sa meilleure amie, qui gisait sur le sol, fiévreuse et qui se vidait de son sang – pour la porter sur moi, pratiquement recroquevillée en position fœtale à côté d'elle.

— Lia, mon bébé. Viens avec moi.

— Mais... maman.

— Ton papa s'occupe d'elle. Allons attendre l'ambulance.

J'ai pris la main de Bernie. Nous avons descendu lentement les escaliers et nous sommes sorties de la maison. Nous sommes restées ensemble dans l'allée, à tendre l'oreille pour les sirènes. Un *pin pon* lointain a retenti, puis une ambulance a freiné dans un crissement de pneus au bout de notre allée.

Le reste est flou : les ambulanciers qui entrent en trombe chez nous, puis ressortent précipitamment, trottinant aux côtés de ma mère sur une civière. Mon père qui grimpe à l'arrière de l'ambulance et me lance tout à coup :

— Non, Millie. Reste avec Bernie.

Bernie qui me retient alors que je me débats dans l'espoir de courir dans la rue pour suivre mes parents.

Je me suis effondrée dans l'allée, j'ai plongé mon visage dans mes mains et j'ai sangloté.

Bernie a pleuré aussi.

Finalement, nous sommes rentrées dans la maison. L'horloge au-dessus de la cheminée indiquait qu'il était presque trois heures et, même si je me sentais vidée, je n'étais pas fatiguée. Bernie m'a préparé du chocolat chaud, le bon, sur la cuisinière, avec du chocolat fondu, puis elle nous a arrangé un nid de couvertures sur le canapé.

J'ai bu mon cacao.

Bernie s'est assise à côté de moi sans prononcer un mot.

Comme je ne supportais pas ce silence interminable, j'ai demandé :

— Elle est vraiment enceinte ?

Bernie a hoché la tête.

— Elle ne voulait pas que tu le saches. Pas encore. Il y a eu des complications.

— Je croyais qu'elle était en train de mourir.

D'ailleurs, si ça se trouvait, elle *allait* mourir. Elle était *déjà* morte.

Bernie s'est penchée pour récupérer ma tasse. Elle l'a posée sur la table basse, puis a pris mes mains dans les siennes.

— Cette nuit... ce qui s'est passé... Nous devons attendre que ton père appelle, mais, Lia... Elle va s'en sortir.

Beck m'avait dit la même chose quelques jours plus tôt.

Même si je voulais qu'ils aient tous les deux raison, aucun d'eux ne pouvait affirmer avec certitude que ma mère s'en remettrait. Qu'elle reviendrait à la maison.

— Elle n'est pas censée avoir d'autres bébés, ai-je souligné.

Bernie a haussé un sourcil.

— Ah non ?

— Les prédictions de la voyante ? « Vous mettrez au monde un enfant. » C'est moi. Un autre bébé... ça n'a pas de sens.

J'ai étudié l'expression de Bernie pendant qu'elle absorbait mes paroles, qu'elle essayait – sans y parvenir – de contenir un sourire amusé. Elle m'observait comme si j'étais idiote, naïve, parce que je faisais confiance à la prophétie d'une voyante de fête foraine. C'était *complètement* hypocrite. Ma mère croyait à cette prédiction. Bernie aussi. Je le savais, parce qu'elle parlait de son fils Beck comme de mon âme sœur d'aussi loin que remontaient mes souvenirs. Et maintenant, parce que les conclusions de la voyante ne collaient pas au scénario actuel, elles étaient stupides ?

— La vie est déroutante, a-t-elle décrété. Les choses ne sont pas aussi simples que les prédictions d'une diseuse de bonne aventure.

J'ai froncé le nez, pas du tout satisfaite de sa non-réponse.

— Très bien. Alors, ça veut dire que Beck et moi ne serons *pas* ensemble pour toujours.

Elle a ri, et son rire a eu l'effet d'une épingle qui serait venue percer la bulle d'anxiété dans laquelle j'étais enfermée.

— Oh, Lia. Fais ta vie avec Beck parce que tu en as envie. Pas parce qu'une voyante a annoncé à ta mère que tu allais le faire. Je t'adorerai toujours, quoi qu'il arrive.

Elle m'a prise dans ses bras et a enroulé les couvertures autour de nous. Elle a empoigné la télécommande, a allumé la télé, puis a zappé d'un de nos services de streaming à l'autre, pour finalement choisir l'épisode pilote de *Dawson*, une série que ma mère ne me laissait pas regarder parce que ses thèmes étaient prétendument trop matures pour moi. Mais j'avais l'habitude : Bernie me permettait plus de choses qu'elle. Et, de la même manière, ma mère riait quand Beck trempait des Oreo dans notre pot de beurre de cacahuètes.

— J'adorais cette série quand j'étais plus jeune, a déclaré Bernie alors que Dawson et Joey se disputaient pour savoir si elle devait continuer à venir dormir chez lui. Et *Beverly Hills* aussi. Et *La Vie à cinq* et *Veronica Mars*... des séries pour ados juteuses. Il est grand temps que tu fasses la connaissance de Pacey, Rory Gilmore, Buffy et Tim Riggins. Oh, mon Dieu... *Friday Night Lights*. Je craque.

J'ai pouffé de rire et, dans les bras de Bernie, je me suis endormie.

***

Quelque heures plus tard, j'ai été réveillée par la sonnerie de son téléphone. J'étais encore dans le gaz. Bernie a retiré le bras qu'elle avait glissé sous moi et est sortie du salon à pas de loup. Je l'ai suivie furtivement. Elle s'est rendue dans la cuisine en écoutant ce que son interlocuteur lui disait et a fouillé dans notre armoire à café. Elle connaissait nos placards aussi bien que mère. Elle s'est hissée sur la pointe des pieds, a choisi une dosette de torréfaction moyenne, puis l'a introduite dans la Keurig en murmurant des « oui » et des « non » et des « je suis vraiment désolée ».

C'était mon père, je l'ai deviné à son ton.

Je savais aussi que ma mère allait bien. Sinon, Bernie n'aurait pas été en train de se choisir une tasse et de sortir du frigo le lait concentré aromatisé à la noisette.

Mais pourquoi était-elle « vraiment désolée » ?

— Lia va bien, a-t-elle déclaré en se préparant son café. Elle a dormi quelques heures. Je suis là, tant que tu as besoin de moi.

Mon père a répondu quelque chose... il l'a probablement remerciée, car elle a fait « hmhm ».

J'ai posé la main sur mon cœur. Il battait trop vite alors que j'étais immobile.

— Dis à Hannah que je l'aime, a conclu Bernie avant de raccrocher.

Quand elle s'est retournée, Bernie n'a pas eu l'air surprise de me voir là. L'odeur du café emplissait la cuisine, chaude et riche, tandis que nous nous dévisagions. L'expression de la meilleure amie de ma mère était tendue, comme si la tristesse tiraillait ses traits.

— Ta maman va bien, a-t-elle fini par m'annoncer.

— Tu savais qu'elle se remettrait.

— *J'espérais* qu'elle se remettrait.

— Et le bébé ?

— Le bébé... n'est plus là.

Une version douce pour ne pas dire... *est mort.* Ce genre de délicatesse n'était pas naturel chez Bernie et, même si j'appréciais sa prévenance, j'avais dix ans, pas deux. Après ce dont j'avais été témoin cette nuit, je n'étais pas d'humeur à me contenter de phrases édulcorées. Je voulais de la franchise. J'avais *besoin* de franchise.

La certitude avec laquelle j'avais su que la grossesse prendrait fin me dérangeait.

Mais il y *avait eu* un bébé.

Déjà, mon cœur souffrait de cette disparition.

Bernie s'est approchée de moi.

— Lia, je suis désolée.

J'ai hoché la tête, parce que je ne savais pas quoi dire. Je ressentais des choses. Des sentiments puissants, contradictoires, qui brûlaient si fort que je me sentais fiévreuse. J'étais frustrée de ne pas avoir été au courant plus tôt. Effondrée qu'on m'ait privée de l'occasion d'aimer mon frère ou ma sœur. Et surtout, furieuse contre cette voyante qui avait transformé en vérité la catastrophe de cette nuit.

Ma mère ne devait mettre au monde qu'un seul enfant, pas deux.

— Je ne me sens pas bien, ai-je annoncé à Bernie.

— Lia…

J'ai traîné les pieds jusqu'à l'escalier.

— S'il te plaît. Je voudrais être seule.

Dans ma chambre, je me suis alitée – une expression utilisée par grand-maman. Dans mon cas, ça signifie que je me suis allongée et que j'ai pleuré théâtralement dans la douceur de ma couette. J'ai dû finir par m'épuiser, car l'instant d'après, on me secouait pour me réveiller. Quand j'ai ouvert les paupières, Beck était perché sur le bord de mon matelas, une main chaude sur mon épaule.

— Ma mère m'a envoyé te chercher. Elle a préparé des pancakes. Elle veut que tu manges.

— Je n'ai pas faim, ai-je répondu en me frottant les yeux.

— Je sais. Mais quand je me sens mal, ça m'aide de manger.

J'ai remonté l'édredon jusqu'à mon menton.

— Rien que de penser au sirop d'érable, mon estomac se retourne.

Il a pris sur ma table de nuit ma boule magique 8 censée répondre à toutes les questions, un cadeau de Noël que j'avais reçu des années plus tôt. En fermant les paupières, il a demandé :

— Est-ce que Lia devrait manger des pancakes ?

— Beck…

Il a consulté la boule, puis a déclaré d'un ton posé :

— C'est certain.

— Pff, n'importe quoi. C'est juste un jouet.

— Un jouet intelligent. Et si je te mettais de la confiture de fraises sur tes pancakes ? Ou du Nutella.

Mon estomac a gargouillé.

— Du Nutella, c'est tentant. Et… tu me les apporteras ici ? Pour que je puisse les manger au lit ?

Il a acquiescé en m'adressant un sourire adorable.

J'ai pensé à ce moment-là à la fois où Bernie avait plaisanté : « Ooh, Lia, tu es pratiquement ma belle-fille. » Ma mère aimait bien dire : « Beckett Byrne et Amelia Graham : aussi sûr que le soleil couchant. » Et Beck lui-même, quelques jours auparavant, avait promis :

« Tu m'auras toujours. »

Ce n'est qu'à cet instant – alors qu'il était dans ma chambre le pire jour de ma vie et me promettait des pancakes et du réconfort – que notre avenir m'est apparu comme une certitude.

Beck et moi, c'était joué d'avance.

J'ai levé les yeux vers lui en essayant d'invoquer l'amour que je ressentirais un jour, pour tester ce que ça faisait, comme quand il y a une démonstration de produit au supermarché ou comme la bande-annonce d'un film. Mon regard s'est arrêté sur sa bouche, qui frémissait d'hésitation, et j'ai imaginé mon premier baiser… avec lui.

J'ai pensé : *Bizarre. Ce serait vraiment bizarre d'embrasser Beck.*

Il s'est éclairci la voix.

— Ça va ?

— Je crois que ça va aller.

Il s'est levé.

— Je reviens, d'accord ?

J'ai acquiescé et je l'ai regardé traverser ma chambre. Sa masculinité ne semblait pas à sa place parmi mes affaires presque toutes féminines.

Quand il a atteint la porte, je l'ai appelé. Il s'est arrêté et s'est retourné, une main posée sur le chambranle. Il m'a fixée de ses yeux gris-vert inquisiteurs et, tout à coup, j'ai oublié ce que je voulais dire.

Troublée, je me suis contentée de :

— Merci.

Ses lèvres se sont étirées en un sourire.

— Avec plaisir.

Intuition

Dix-sept ans, Tennessee

Grâce à Paloma, Meagan et Sophia, les premières semaines de terminale ne se passent pas trop mal.

Mais arrive le jour que je redoute : celui de l'anniversaire de Beck.

C'est l'épreuve la plus difficile que j'ai eue depuis des mois. J'avais l'intention de m'enterrer dans mon lit en rentrant du lycée, mais mes amies m'ont convaincue de les accompagner à la pâtisserie Buttercup. Après avoir commandé des boissons et quatre cupcakes au glaçage bien riche, nous nous serrons sur des banquettes dans le fond de la salle et Paloma porte un toast au dix-neuvième anniversaire de Beck, parce que même si j'y ai simplement fait allusion en passant après notre rencontre, elle s'en est souvenue.

L'année dernière, Beck a passé son dix-huitième anniversaire à Rosebell. C'était la première fois qu'il rentrait à la maison après avoir déménagé à Charlottesville un mois plus tôt. Sa mère et moi lui avions préparé un déjeuner composé de ses plats préférés : hot-dogs, macaronis au fromage maison, une salade caprese et le gâteau au beurre de cacahuètes que Bernie réserve pour les grandes occasions. Nous avons mangé dans le jardin des Byrne avec sa famille et la mienne, puis nous nous sommes éclipsés afin de passer le reste de l'après-midi tous les deux.

Nous sommes allés aux écuries de Fort Myer pour offrir des pommes en cachette aux chevaux qui tirent les fourgons lors des funérailles militaires au cimetière national d'Arlington, puis nous nous sommes promenés dans le parc du National Mall, en terminant au Jefferson Memorial, où nous avons admiré le magnifique spectacle du coucher de soleil.

Il me manque, et ce qui me manque aussi, c'est la facilité avec laquelle nous étions convaincus que notre histoire durerait éternellement.

Sa famille me manque également. Nos réunions, les repas, les rires, notre complicité.

— J'envisage de contacter la mère de Beck, dis-je à mes amies en faisant tourner les dents de ma fourchette dans le glaçage au beurre de cacahuètes de mon cupcake.

— Tu devrais, approuve Meagan.

Comme elle est à côté de moi, je surprends le regard de Paloma depuis l'autre côté de la table, qui lui intime en silence d'y *aller mollo*. Meagan hausse les épaules, sans s'excuser.

— Je dis juste que la journée a probablement été hyper *hard* pour elle aussi.

Le remords me frappe de plein fouet. Toute ma vie, Bernie a été une alliée, une mère bonus cool, une remplaçante les rares fois où ma mère n'était pas disponible. Et malgré ça, je l'ai abandonnée pendant la pire année de sa vie.

Ma culpabilité doit se lire sur mon visage, parce que Soph intervient pour limiter les dégâts.

— Ce que Megs essaie de dire, c'est que quand ton instinct te dicte quelque chose, c'est souvent pour une bonne raison.

Je me tourne vers Paloma, ses yeux bienveillants bordés de noir, ses cils longs de plusieurs kilomètres.

— Qu'est-ce que tu en penses ?

Elle sourit.

— C'est une bonne idée de suivre son intuition.

Je pose ma fourchette pour faire un aveu honteux.

— J'ai eu beaucoup de mal à ne pas m'effondrer aujourd'hui, et je suis sûre que parler à Bernie va m'achever. C'est ce qui me retient… la peur. C'est super égoïste, non ?

— Non ! s'exclament Paloma et Soph en chœur.

— Oui ! s'écrie Meagan.

Mais dans sa brusquerie, elle abandonne son cupcake pour me serrer la main.

— J'ai connu ça, Lia. Après le décès de ma mère, ma grand-mère s'est mise à venir tout le temps chez nous. Elle nous préparait le dîner et faisait notre lessive. Elle nettoyait nos salles de bains. Mon père trouvait sa présence gênante. Elle l'irritait. Le premier Noël que nous avons passé sans ma mère, mamie a insisté pour se charger entièrement du repas. Elle n'a même pas voulu laisser mon père s'occuper de la cuisson de la dinde. Quand nous nous sommes assis à table, il a fixé la chaise vide de ma mère et a pété un câble. Il a dit à mamie qu'elle dépassait les bornes et qu'elle essayait de prendre le rôle de ma mère. Elle est partie en claquant la porte, nous laissant à table. Je croyais que mon père allait exploser, mais il s'est mis à découper la volaille, totalement détendu, en expliquant que mamie était très triste et qu'essayer de remplacer notre mère faisait partie de son processus de deuil.

— C'est très logique, a commenté Paloma.

Meagan lui adresse un sourire avant de se tourner vers moi.

— Chacun affronte le deuil à sa manière. Toi, tu veux y faire face seule, mais peut-être que la mère de Beck a besoin d'un lien. Ça te demandera beaucoup d'efforts de t'ouvrir à elle, mais imagine ce que tu lui apporteras.

Soph tend le bras par-dessus la table pour lui prendre la main.

— Comme tu es maligne.

Megs *est* maligne : le langage de l'amour de Bernie, c'est « les moments de qualité ». Elle sait parler et écouter. Le contact visuel et les rires partagés lui font du bien. Beck était comme elle.

Il doit être tellement déçu que j'aie exclu sa mère de ma vie.

Je coupe une bouchée de cupcake avec ma fourchette et je regarde mes amies.

— Je peux m'améliorer.

Paloma m'encourage d'un sourire. Soph acquiesce, les yeux brillants.

— Bien sûr que oui, conclut Megs.

Une promesse
Dix-sept ans, Tennessee

Bernie et moi, on s'envoyait souvent des messages à propos des séries qu'on regardait, ou elle m'écrivait pour vérifier où Beck et moi étions et me rappeler qu'il avait intérêt à me ramener à la maison avant l'heure fixée par mes parents. Mais depuis près d'un an, nos échanges sont devenus à sens unique : Bernie me dit bonjour, Bernie espère que je vais bien, Bernie partage des photos de Norah et Mae.

Je m'en veux de l'avoir laissée si longtemps en vu.

Est-ce que j'ai le cœur en miettes ou est-ce que je suis carrément sans cœur ?

Alors que je digère encore le cupcake au beurre de cacahuètes que j'ai mangé tout à l'heure, je prends mon courage à deux mains et je tape un simple *Salut.*

Je l'envoie avant d'être paralysée par le doute.

Comme il est tard, je ne m'attends pas à une réponse, mais elle ne tarde pas.

Salut ma chérie, ça fait plaisir d'avoir de tes nouvelles.

Ma poitrine est tellement lourde que j'ai du mal à respirer. Je fais défiler les dizaines de photos des jumelles que Bernie m'a envoyées. Ça me tue de savoir que j'ai raté une grande partie de leur enfance.

C'est dingue comme Norah et Mae sont grandes.

Une nouvelle photo arrive : deux petites filles aux cheveux blond vénitien, aux joues roses et souriantes, en robes d'été identiques. Je suis si contente que Bernie et Connor aient les jumelles. Ce sont de minuscules rayons de soleil.

Elles sont entrées en maternelle le mois dernier. Puis : *Comment vas-tu ?*

Je décide de ne pas l'épargner et d'être sincère.

Hyper mal. Et toi ?

Horrible. Mais ça fait du bien de te parler.

Meagan avait raison.

Ce qui est étonnant, c'est que ça me fait du bien aussi de rétablir le contact.

Tu nous manques, m'écrit Bernie.

Je me suis promis de ne pas passer la journée à pleurer. L'anniversaire de Beck devrait être joyeux. C'était le cas avant. Je m'essuie les yeux avec ma manche et je demande : *Qu'est-ce que tu regardes en ce moment ?*

Rien. Ça me fait bizarre de regarder des séries pour ados sans toi.

Tout fait bizarre.

Je pense au garçon que j'ai remarqué à la bibliothèque le premier jour au lycée. Nous n'avons pas de cours ensemble, mais je l'ai revu sur le campus, parfois avec des copains, parfois seul, le sac à dos en bandoulière, l'air pensif. Ses yeux d'une profondeur infinie et sa démarche assurée m'attirent d'une manière aussi exaltante que répréhensible.

Oui, *tout* fait bizarre.

Je me dirige vers mon bureau pour fouiller un tiroir rempli de journaux intimes. Quand je trouve celui que je cherche, je le feuillette jusqu'à une page que j'ai remplie juste après mes onze ans : *Liste des séries que Lia et Bernie bingent.* En passant mon doigt sur les titres de séries que j'ai notés à l'encre violette – *Angela, 15 ans*, *Newport Beach*, *Gossip Girl*, parmi tant d'autres –, je retrouve l'endroit où nous nous étions arrêtées, puis j'envoie un autre message à Bernie : *Je commencerai* Friday Night Lights *si tu te lances aussi.*

D'accord, répond-elle. Puis : *Je t'aime, Lia. Nous t'aimons tous. Beck, surtout. Il t'aimait tellement.*

Ça, je n'en douterai jamais.

Beck me faisait sentir tous les jours qu'il m'aimait, par de petites attentions et de grands gestes, par des gestes moyens aussi. En parcourant des yeux le tableau d'affichage au-dessus de mon bureau, je trouve une de mes photos préférées, prise à la plage de Rehoboth quelques mois avant le départ de Beck pour VCU. Ses cheveux sont balayés par le vent, ses taches de rousseur ont été multipliées par le soleil. Son sourire est large et lumineux. Je me tiens à côté de lui, dans un bikini jaune banane, avec une queue-de-cheval désordonnée. Je ris tellement que mes yeux sont presque fermés.

Il me regarde comme si j'étais de la poussière d'étoiles.

Mon téléphone bourdonne à nouveau.

Ce soir, m'écrit Bernie, *fais quelque chose de spécial. Quelque chose pour toi. Ça ferait plaisir à Beck.*

Près du cliché sur la plage se trouvent deux photos épinglées l'une à côté de l'autre. Elles ont toutes les deux été prises à Charlottesville, le week-end où j'ai rendu visite à Beck sur le campus. La première a été faite par Bernie, nette et claire, avec des couleurs saturées : Beck et moi, en bleu marine et rouge, souriant parmi des milliers de personnes au stade de football de VCU. Les Eagles ont éliminé Virginia Tech ce jour-là. La seconde a été prise tôt le même matin, c'est un selfie de nous deux dans la résidence de Beck, avec une mise au point brumeuse et onirique. Il me serre sous son bras et nous nous regardons. Nos nez se touchent presque.

C'était mon dernier week-end avec lui.

Notre dernier repas, notre dernier rire, notre dernier baiser.

Mon meilleur week-end avec lui.

Promis, dis-je à Bernie.

Décision anticipée

Elle passe les dernières heures de l'anniversaire de Beck en ligne, à s'informer sur le processus de décision anticipée de l'université du Commonwealth de Virginie, à prendre des notes et à dresser des listes des choses à faire, de sentiments et de « peut-être que je ne devrais pas » dans son journal.

La date limite est le 1er novembre…

Ça laisse plein de temps pour rassembler les relevés de notes et les lettres de recommandation, pour contacter le Bureau des services pour vétérans, pour poser des questions sur les subventions que son père lui a transférées, pour expliquer ses activités de bénévolat au sein de l'organisation pour lycéens Key Club et des différents groupes de soutien aux familles de militaires de son père, pour rédiger sa dissertation.

Elle a déjà rempli le formulaire de demande gratuite d'aides fédérales avec ses parents, et il y a assez d'argent pour les frais d'inscription sur son compte courant, elle ne doit pas encore les mettre au courant de ses intentions.

Ils savent qu'elle a commencé à s'intéresser à VCU quand Beck a choisi d'y aller.

Avant qu'il et elle ne forment un nous, elle avait prévu de retourner dans le Nord-Ouest Pacifique pour y faire ses études.

Le ciel couvert et le détroit de Puget, le bras de mer gris souris, lui manquaient.

Elle était presque sûre aussi de vouloir passer un semestre à l'étranger, pour avoir l'occasion d'explorer un pays différent.

Mais depuis la mort de Beck, elle en est certaine.

Quatre ans passés à VCU répareront la déchirure de son âme.

Le problème, c'est que si ses parents apprennent qu'elle fait une demande de décision anticipée – si elle est acceptée, elle est obligée de s'inscrire –, ils vont péter un câble.

Mais ça s'arrangera.

Ils finiront par comprendre.

Elle observe la boule magique 8 posée sur son bureau. Celle avec laquelle Beck et elle jouaient souvent, celle qu'ils utilisaient pour s'aider à prendre des décisions importantes ou insignifiantes.

Elle la prend et murmure la question qui lui trotte dans la tête depuis qu'elle a ouvert son ordinateur portable.

Elle la secoue légèrement, puis attend que les bulles se dissipent.

« Sans aucun doute » *annonce le triangle bleu où s'affiche la réponse.*

C'est décidé.

Elle soumettra sa candidature de décision anticipée.

Elle aura des nouvelles en décembre.

Et elle mettra ses parents au courant à ce moment-là.

365 jours
Dix-sept ans, Tennessee

Par un matin glacial de novembre, je me réveille et je découvre qu'un gouffre s'est ouvert en moi.

Je me douche malgré tout. Je laisse mes cheveux détachés pour voiler mon visage. Je m'habille d'un jean foncé et d'un pull noir – un look à mi-chemin entre l'adolescente moderne et la veuve victorienne. Et, parce que je suis maso, j'ouvre ma boîte à bijoux et j'en sors ce que j'ai de plus précieux, une bague avec deux pierres, une aigue-marine et un saphir. J'ai cessé de la porter après la veillée funèbre de Beck. Cette paire de pierres précieuses me faisait me sentir plus seule que jamais.

Aujourd'hui, j'ai besoin de sa présence.

Je trouve mes parents dans la cuisine avec Major, qui a déjà englouti son petit déjeuner. Il est assis devant son bol et en réclame plus. Quand je passe, il renifle affectueusement ma main. Un chocolat chaud est posé sur le plan de travail dans un gobelet à emporter, avec un pain au chocolat qui dépasse d'un sac en papier. Un petit déjeuner spécial, rien que pour moi. Mon père porte une polaire et les Adidas Samba usées qu'il a depuis l'université. Il a dû sortir pour aller chercher mon déjeuner. Ma mère se lève, abandonnant une tasse à moitié remplie de thé, et s'approche. Elle tend les bras comme un zombie, s'attendant à un câlin. Je me dérobe. Son visage s'effondre et j'en suis désolée, mais je voudrais qu'on me laisse tranquille.

— Je dois aller au lycée, dis-je en guise d'explication.

On s'est à peine adressé la parole au cours des deux derniers mois. Je ne lui ai pas parlé des textos de Bernie, ni de *Friday Night Lights*, même si je suis sûre que Bernie lui a raconté que nous étions en contact. Je me demande si elle est envieuse ou triste, puis je décide que ça n'a pas d'importance, que ça ne *peut pas* en avoir.

Je ne sais pas pourquoi, tout est plus facile avec Bernie.

Mon père me jette un coup d'œil mécontent et prend ma mère dans ses bras.

Elle fond en larmes silencieuses.

Major émet un long gémissement.

C'est insupportable, dis-je à Beck.

Je retire mon sac à dos de son crochet, je prends mes clés sur le plan de travail, ma veste dans le placard. Je pose la main sur la porte du garage. J'ai presque réussi à m'enfuir quand mon père articule mon prénom.

Je m'attends à ce qu'il tente de prononcer des paroles sages, qu'il m'adresse un sermon puissant. Il a l'habitude de partager des mots qui encouragent la force et le stoïcisme. Au lieu de ça, il déclare gravement :

— N'oublie pas ton petit déjeuner.

Je prends le cacao et le pain au chocolat, puis je pars.

Dehors, il fait sombre et très froid. Les étoiles les plus tenaces parsèment le ciel, même si, au loin, le lever du jour s'annonce déjà. Je me penche à l'intérieur de ma voiture pour tourner la clé de contact, puis je mets le chauffage à fond avant de marcher dans l'allée pour jeter mon petit déjeuner, auquel je n'ai pas touché, dans la poubelle sur le trottoir.

Impossible que j'avale quoi que ce soit. Pas aujourd'hui.

Solide et pétillant, Beckett Byrne débordait de vie.

Il y a un an, il est mort seul, terrassé par une crise cardiaque.

C'est James, son coloc, qui l'a trouvé.

Mon Dieu, pauvre James.

Il a fait irruption dans la chambre qu'ils partageaient, il était prêt à traîner Beck dehors pour une soirée de beuverie avant leur retour en famille pour Thanksgiving. Il est entré en criant, en frappant les bureaux et les étagères, en faisant l'imbécile.

La plupart du temps, les conneries de James faisaient rire Beck.

Le 22 novembre, il n'a pas bougé.

James m'a décrit cet après-midi-là des mois plus tard, quand je l'ai supplié de me donner des détails, persuadée qu'ils auraient un effet cathartique. Ne pas savoir me torturait… du moins, c'est ce que je croyais. En fait, c'était le deuil, l'absurdité totale de faire face à la mort d'un garçon disparu beaucoup trop tôt.

Et le fait qu'il me manquait.

James a accédé à ma demande et m'a raconté une scène qui tient encore un rôle de premier plan dans mes cauchemars.

Beck était sur son lit.

Ses yeux étaient fermés.

Il avait un bras le long du corps et un autre replié derrière la tête.

Son bureau donnait l'impression qu'il avait l'intention de se réveiller et de continuer à travailler. Ses manuels étaient soigneusement empilés, les pages encombrées par un drapeau arc-en-ciel de Post-it. Son portefeuille était posé à côté de son trousseau de clés. Son téléphone était branché sur le chargeur. J'ai appris plus tard que son ordinateur portable était ouvert sur sa messagerie électronique ; il avait récemment consulté une notification de livraison de glace artisanale qu'il avait fait envoyer à Rosebell.

— Je croyais qu'il dormait, m'a expliqué James en étouffant ses larmes.

Il a donné un coup dans l'épaule de Beck. Il l'a secoué violemment. Il est allé dans le couloir et a crié pour alerter le responsable de la résidence. Il a appelé les secours pendant que le responsable pratiquait un massage cardiaque et le bouche-à-bouche. Il a vomi dans une poubelle alors que les secondes devenaient des minutes, que les minutes devenaient une éternité, que la panique entrait en éruption, comme un volcan, dans sa poitrine.

Alors que dans celle de Beck, tout était désespérément immobile.

Pétrifiée

Dix-sept ans, Tennessee

Toute la journée au lycée, je me déplace dans le brouillard. Je fixe le sol en traversant les couloirs et je saute la pause dans la bibliothèque pour m'enfermer dans ma voiture. Comme c'est le dernier mercredi avant les vacances de Thanksgiving, on regarde des films dans la plupart des cours. Personne n'a l'air de se soucier de mes allures de zombie.

Paloma m'envoie des SMS : *Je suis là si tu veux parler.* Ou : *Je suis là.*

Message de Sophia : *On t'aime.*

Texto de Meagan : *Ce ne sera pas toujours aussi difficile.*

Depuis le Colorado, Andi et Anika affichent des émojis en forme de cœur dans notre fil de discussion partagé.

Même Macy me contacte : *Je pense à toi, mon chou.*

À la fin des cours, je me cache dans les toilettes pour éviter le moment de l'exode massif. Adossée à la porte fermée des W.-C. les plus éloignés de l'entrée, je respire et j'écris à Bernie : *Plein d'amour pour toi, Connor et les jumelles*. Puis je range mon portable, en attendant que les cris et les hurlements dans le couloir cessent.

Lorsque le calme est revenu, je sors dans le hall, dont l'aspect post-apocalyptique est saisissant. Des papiers sont éparpillés sur le sol. Quelqu'un a laissé tomber un soda plein et ne l'a même pas ramassé : la canette renversée flotte dans une mare de Coca. Un pompon de pom-pom girl pendouille du plafond.

Je me sens vraiment mal pour les agents d'entretien qui devront nettoyer cette débauche.

Derrière moi, une voix grave exprime une version différente de cette même pensée :

— J'ai de la peine pour les concierges qui doivent gérer cette merde.

Je me retourne et je découvre un mec à un ou deux mètres de moi.

Le mec.

— Désolé, ajoute-t-il en s'avançant, je ne voulais pas te faire peur.

Nous avons arpenté les mêmes couloirs pendant des mois, et nous nous sommes croisés des dizaines de fois dans la cour, mais j'ai fait de mon mieux pour le chasser de ma tête. Et pourtant, chaque fois que je le vois, je me souviens de ce que j'ai ressenti lorsque nos regards se sont croisés le premier jour, à la bibliothèque. Comme si je pouvais un jour espérer autre chose que du chagrin. Comme si, dans un avenir lointain, mon âme pouvait rencontrer une deuxième sœur. Alors que je me tiens plus près de lui que jamais, je me permets de l'observer : son jean, son sweat anthracite, le sac à dos qu'il porte à l'épaule… Sa peau est olive et nette, ses yeux brillants d'inquiétude. Mais c'est la forme de son nez, cassé une fois ou deux sans doute, qui me fascine.

Les poils de ma nuque se hérissent tandis que je le fixe, respirant avec difficulté, perdue dans un souvenir remontant à plusieurs mois, par un après-midi d'hiver en Virginie. Je dresse l'inventaire de ses cheveux noirs, de ses longs membres et de son nez crochu, combinant ses traits comme les chiffres d'une addition complexe.

Le total me fait l'effet d'un réveil après un profond sommeil.

Il se rapproche, les sourcils froncés.

— Ça va ?

Mon sac tombe par terre. Je déglutis pour chasser la boule qui s'est formée dans ma gorge.

— Merde, s'exclame-t-il alarmé, tu ne vas pas bien.

J'ai été mal toute la journée et ceci… a provoqué l'effondrement de la façade derrière laquelle je me cachais.

Je me retrouve exposée à son regard.

Et je pleure.

Ça fait douze mois. Trois cent soixante-cinq jours, et je suis une putain de loque.

Un humain moins solide que lui tournerait les talons et prendrait la fuite, abandonnant la meuf mélodramatique, cheloue et triste qui forme des flaques d'eau à ses pieds.

Mais cet humain… Cet humain laisse tomber son sac et prend la meuf cheloue dans ses bras.

Des sanglots secouent mon corps et entraînent des spasmes dans les muscles de mon cou. Pendant une série de secondes terrifiantes, je n'arrive plus à reprendre mon souffle. Dans les bras d'un inconnu, je halète, je pleure et je sanglote. Je suis *mortifiée.* Je n'ai pas perdu le contrôle comme ça depuis longtemps et maintenant que j'ai cédé à l'émotion, je suis foutue.

Enfin, *enfin*, je reprends le contrôle.

Je recule en évaluant les choix qui s'offrent à moi : m'expliquer ou partir à toutes jambes.

Je penche pour cette dernière hypothèse lorsque je trouve le courage de lever les yeux vers lui. L'inquiétude déforme ses traits, et mes larmes ont laissé des taches sombres sur son sweat-shirt. Il n'a pas ramassé son sac à dos, sans doute parce qu'il pense que je vais encore m'effondrer.

— Ça va mieux ? me demande-t-il à voix basse.

Nous sommes si près l'un de l'autre que je sens l'odeur de son chewing-gum à la chlorophylle.

— Je ne sais pas. Peut-être. Je veux dire…

Je pousse le soupir le plus profond du monde.

— … non. Même pas un tout petit peu.

Sa bouche esquisse un sourire plein d'espoir, l'air de dire *elle…* se disait *elle n'est peut-être pas totalement tarée.*

— Je t'ai déjà vue, déclare-t-il en me dévisageant. Tu es arrivée cette année, non ?

Je passe les doigts sous mes yeux, essayant d'effacer les traces de ma crise de larmes, comme s'il allait l'oublier si je n'avais plus de traînées de mascara.

— Je me suis inscrite en août. Je suis en terminale.

— Pareil. Tu rentres chez toi ?

Chez moi. Près de mes parents. Pour le reste de cette journée, l'horrible soirée et l'horrible nuit qui s'annoncent.

J'acquiesce à contrecœur.

Il prend son sac à dos sur le sol et me tend un bras, comme pour que nous marchions ensemble.

Merde : c'est ça qu'il propose.

— Moi, c'est Isaiah, m'annonce-t-il alors que nous avançons dans le hall jonché de déchets.

— Lia, dis-je avec désinvolture, souhaitant oublier que je viens de pleurer dans ses bras.

Il marche au même rythme que moi, puis s'arrête sans prévenir. Je me fige aussi, comme si j'étais attachée à lui. Il se penche et ramasse quelques papiers qu'il jette dans une poubelle de recyclage toute proche. Puis il recommence l'opération sur son chemin.

Je suis son exemple : je ramasse les détritus et je saute pour attraper le pompon solitaire parce que c'est utile. Une bonne action pour combattre la saleté de cette journée terrible.

Au bout du couloir, nous nous retournons. On ne dirait plus qu'un cyclone s'est déchaîné, juste qu'un vent fort a tout balayé. Isaiah tend le poing et je le cogne légèrement, comme si les dix dernières minutes n'avaient pas mis mon univers sens dessus dessous.

Une fois dehors, il croise les bras pour se protéger du froid.

— Tu as besoin que je te dépose ?

— Non, ça va.

Il m'examine et me demande, d'un ton sérieux :

— Tu es sûre ?

Même si je sais très bien qu'il ne me parle plus de transport, je réponds :

— J'ai une voiture.

Lorsqu'il s'arrête sur le trottoir, il se passe la main dans les cheveux, révélant une cicatrice pâle en forme de V sur son front. Ça lui va bien, mais c'est impressionnant.

… *avec ses cicatrices superficielles et profondes…*

Mon estomac se noue.

— Bon, Lia. C'était cool.

J'ai l'impression d'être en chute libre. Je fais passer mes clés d'une main à l'autre en tentant de me ressaisir. Je bredouille une série de mots qui, je l'espère, expriment sincèrement ma gratitude.

— Merci pour tout à l'heure, dans le couloir. D'avoir bien réagi. Je sais que c'était gênant, mon comportement.

Une lueur réapparaît dans ses yeux.

— Je ne sais pas du tout de quoi tu parles.

Je parviens à esquisser un sourire.

— Tu aurais pu rendre la situation encore plus gênante. J'apprécie beaucoup que tu ne l'aies pas fait.

Son visage se fend d'un large sourire, et mes neurones se réveillent en sursaut. Je vois avec une clarté absolue le garçon qui se tient devant moi : la profondeur de son regard, ses jolies pommettes hautes, ses lèvres épaisses. Je ressens sa présence comme la chaleur d'un feu de camp par une nuit froide. Je savoure sa gentillesse, le réconfort de son étreinte, qui continue à me faire de l'effet. Quelque chose s'agite dans mon ventre, le bout de mes doigts picote et mes joues deviennent brûlantes. Oh non, je ne suis pas en train de tomber malade ?! Mais quand mon cœur se met à battre trop vite, j'identifie ces sensations.

Ce sont deux aimants, le positif et le négatif, qui sont attirés l'un vers l'autre.

Son sourire diminue, et son expression se fait mystérieuse. Il scrute mon visage. Il s'humecte la lèvre, savourant l'énergie qui crépite entre nous, et la retenue qui m'empêchait de sombrer dans l'irrationnel s'effondre.

Je m'approche plus près encore. J'ai le tournis et j'ai trop chaud. Il dégage des parfums d'hiver : la fumée, le genièvre et la chlorophylle. Je me hisse sur mes orteils pour coller ma bouche contre la sienne. S'il est surpris, il est consentant. Avec un soupir, il incline la tête pour approfondir le baiser. Je ferme les paupières, je m'offre et je m'abandonne, perdue dans la sensation.

Mais lorsque ses doigts touchent mon visage, je me souviens de qui je suis et de ce que j'ai traversé. Et surtout, je me souviens de l'importance de cette journée. Je m'écarte en titubant.

— Je suis vraiment désolée.

Je m'excuse auprès de Beck aussi.

Je suis vraiment désolée.

Isaiah acquiesce, se touche les lèvres, l'air à la fois stupéfait et brûlant de désir.

Le bruit d'un moteur qui s'approche interrompt la gêne entre nous… heureusement. Un Suburban argenté entre dans le parking, conduit par une femme noire d'âge moyen qui porte un pull bordeaux. Elle s'arrête devant l'entrée. *Crazy in Love* de Beyoncé résonne malgré les vitres fermées du SUV. Elle nous adresse un signe, en souriant à Isaiah.

Il lui fait signe, puis se tourne vers moi.

— Je dois y aller.

— J'adore Beyoncé.

C'est idiot comme déclaration, mais nos interactions sont de plus en plus gênantes, et faire un commentaire sur une chanteuse pop semble plus anodin qu'évoquer le baiser totalement inapproprié que je viens de lui donner.

Il sourit, l'air dubitatif.

— Tu es sûre que ça va ?

Je réponds un peu sèchement :

— Oui. Certaine.

Il acquiesce, peu convaincu, peut-être légèrement vexé.

— Bonnes vacances, alors.

Je le regarde ouvrir la portière du Suburban.

— Pareil. Joyeux Thanksgiving.

Je rentre chez moi en sanglotant. Mes larmes salées se mêlent au goût de menthe qui s'attarde sur mes lèvres.

Cerveau brouillé

Douze ans, Caroline du Sud

Le bébé que nous avons perdu était un garçon.

Ma mère avait passé un test génétique peu avant la fin de sa grossesse.

Je n'arrive toujours pas à le concevoir… un petit frère.

Cet hiver-là, nous avons quitté la base de Lewis-McChord. J'étais hyper déçue. En dehors de la fausse couche, j'ai adoré notre vie dans le Nord-Ouest Pacifique. Tout se passait très bien au collège et j'étais super contente de vivre dans la même rue que Beck. La seule chose qui a rendu le déménagement supportable était la certitude que les Byrne allaient être mutés le même mois. Papa était affecté à Fort Carson, dans le Colorado, et Connor à Fort Jackson, en Caroline du Sud. Ma mère et Bernie se sont étreintes sur le trottoir entre nos deux maisons. Beck et moi ne nous sommes pas pris dans les bras – ça aurait été trop bizarre… –, pourtant m'éloigner de lui ne me semblait pas juste, comme si j'étais un puzzle auquel il manquait une pièce.

Mes premiers mois au Colorado ont été difficiles. Beck et moi, on s'envoyait des tas de SMS et on se parlait parfois en FaceTime, mais nos soirées cinéma me manquaient. Nager à Long Lake Park aussi. Ça me manquait de le voir jubiler quand il me battait au pickleball et bouder quand je le prenais de vitesse sur les pistes de ski. Pendant trois ans, il avait été tout pour moi.

Avec le temps, Colorado Springs a façonné une autre version de moi. Je me suis fait de nouveaux amis. Andi, une pianiste au rire contagieux. Anika, qui rêvait de devenir scénariste, toujours prête à regarder des séries et des films avec moi. Il y avait même un garçon, Hayden, un champion de football qui m'a appris la division des fractions et a été mon premier vrai crush.

En cinquième, j'ai atterri dans la classe de SVT de Mme Bonny. Elle était née et avait grandi en Australie : son accent était charmant. Elle avait décoré son labo d'affiches de koalas perchés dans des eucalyptus, d'eaux bleu turquoise entourant la Grande Barrière de corail et de rochers rouge brique de Kings Canyon. Elle nous a même apporté des Tim Tam, des barres chocolatées australiennes, pour que la classe les goûte. J'étais sous le charme et obsédée par l'idée de visiter l'Australie. Je m'imaginais passer un semestre d'échange à Melbourne ou à Sydney quand je serais à la fac. Même si ce n'était pas pour tout de suite, j'ai soumis l'idée à mes parents, qui l'ont trouvée géniale, à condition que je leur promette qu'ils pourraient venir pour une longue visite. Avec l'approbation enthousiaste d'Andi, d'Anika et de Hayden, j'ai fait le serment de réaliser un jour ce rêve.

Nous avons retrouvé les Byrne deux ou trois fois pendant ces années à Colorado Springs : nous avons passé ensemble les congés de printemps à Hawaï, vacances pendant lesquelles j'ai fêté mes onze ans, et un week-end de ski à Park City, en Utah. Ma mère et Bernie sont allées à Cabo San Lucas, au Mexique, une escapade organisée par papa et Connor dans le but de sortir ma mère de sa mélancolie, et de fêter la nouvelle que Bernie et Connor attendaient des jumelles. Au printemps de mon douzième anniversaire, mon père a été envoyé en Afghanistan et, juste après le début de la quatrième, ma mère m'a permis de sécher les cours pour que nous puissions aller en Caroline du Sud aider les Byrne avec leurs petites filles, qui étaient nées fin août.

Pendant le vol, j'ai posé la question qui me taraudait depuis que Bernie m'avait appelée pour m'annoncer qu'elle était enceinte.

— Ça te fait de la peine que Bernie ait deux bébés en bonne santé après ce qui s'est passé avec le nôtre il y a quelques années ?

— Parfois, a reconnu ma mère. Mais ça n'éclipse jamais la joie que je ressens pour Bernie, Connor et Beck. Je suis très reconnaissante qu'ils n'aient pas vécu la même épreuve. Et toi, ça te rend triste ?

J'ai fait tourner mon ginger ale dans son gobelet en plastique. De minuscules bulles ont flotté à la surface.

— Jalouse, plutôt. Deux petites sœurs ? Beck a trop de chance.

Ma mère a ri.

— Il ne sera peut-être pas du même avis quand Bernie lui demandera de changer les couches.

— Dégueu, ai-je décrété en fronçant les narines. Mais il l'aidera. Il est très gentil.

Elle a replacé une mèche de cheveux derrière mon oreille.

— Tu as hâte de le voir, hein ?

J'ai hoché la tête.

— Je suis un peu stressée aussi. Et si ce n'était plus pareil ?

— Ce ne sera peut-être plus comme avant, mon cœur. Mais Beck est Beck et tu es toi, et ce qu'il y a entre vous est particulier. Ça le sera toujours.

J'ai avalé une nouvelle gorgée de ginger ale, espérant que ça atténue mon appréhension.

Le problème, c'est que j'avais toujours cru à la prédiction de la voyante ; je n'avais jamais eu de raison d'en douter. Pourtant, ces derniers temps, je me surprenais à *vraiment* souhaiter que la partie nous concernant Beck et moi se réalise. J'avais un crush pour Hayden – il était mignon, intelligent et sympa –, mais passer ma vie avec un footballeur de Colorado Springs n'était pas mon rêve. Les deux dernières années de séparation forcée avaient renforcé ma conviction : Beck était mon avenir. L'idée de le voir avec une autre – même hypothétiquement – me nouait l'estomac. Et s'il s'était trouvé une petite amie en Caroline du Sud ? Et si, dans dix ans, Bernie m'appelait pour m'annoncer qu'il était fiancé ? Et si, un jour, je devais assister à un mariage où Beck, en costume, promettait avec un sourire radieux l'éternité à une autre que moi ?

Après l'atterrissage, ma mère a loué une berline et nous avons roulé jusqu'à Fort Jackson, où habitaient les Byrne. Dans le Colorado, nous vivions aussi à la base, à Fort Carson, et en voyant les résidences bien entretenues avec leurs drapeaux américains flottant au vent et les potées de géraniums, j'ai eu l'impression d'être enfin chez moi. Connor nous a accueillis à la porte. Il portait un minuscule nouveau-né. Il m'a serrée contre lui d'un bras, puis a embrassé la joue de ma mère qui s'extasiait devant le poupon.

— Mae, a déclaré fièrement son père.

Bernie a descendu les escaliers en portant Norah, la sœur de Mae. Elle dormait, mais Bernie a fondu en larmes avant d'atteindre le palier, puis elle s'est excusée de pleurer :

— Argh, mes hormones sont totalement déréglées !

Nous nous sommes rassemblés dans le salon pour que Connor et Bernie puissent nous tendre à chacune, à ma mère et à moi, un bébé emmitouflé. J'ai pris Norah, qui était chaude et sentait le lilas. Ses traits miniatures étaient parfaits. À peine âgée de quelques semaines, elle ressemblait déjà à son grand frère.

Son grand frère, qui manquait à l'appel.

— Où est Beck ? a demandé ma mère.

Connor et Bernie ont échangé des regards gênés.

— Il est sorti avec des amis, a répondu Connor.

— Il sera bientôt là, a ajouté Bernie. Nous lui avons dit de ne pas rentrer plus tard que cinq heures.

J'ai consulté l'horloge suspendue au-dessus de la cheminée.

Il était cinq heures et demie.

***

Beck est rentré à six heures dix en affichant une indifférence pleine de mépris. Connor et Bernie étaient furieux, ils avaient la mâchoire crispée et les poings serrés, mais ils n'ont pas crié, sans doute pour m'épargner la gêne. Plus tard dans la soirée, je suis allée chercher un verre d'eau dans la cuisine et, en retournant dans la chambre d'amis, j'ai entendu Connor se fâcher sur son aîné.

— Lia était déçue. Tu aurais dû être là.

Quelle humiliation ! Ça se voyait *tant que ça* que je m'attendais à un accueil plus chaleureux ? J'ai collé mon dos au mur, incapable de m'en aller.

— Elle s'en fichait, a affirmé Beck. Elle ne m'a pas adressé la parole une seule fois pendant le dîner.

— Sans doute parce qu'elle trouve que tu es un imbécile. Écoute, je sais que ces dernières semaines ont été difficiles. Tu es fâché contre moi et je le comprends très bien, mais ne t'en prends pas à Lia. Demain, tu devrais l'inviter à sortir avec tes amis.

— M'enfin, papa, il n'en est pas question. Elle a *douze* ans, c'est une gamine.

Mon visage s'est mis à brûler d'indignation ; j'avais douze ans *et demi*. Dix-huit petits mois nous séparaient,

Beck et moi. Deux années d'études. Il se fichait pas mal de notre différence d'âge, pendant les trois années que nous avions passées dans l'État de Washington, ou quand nous faisions du snorkeling à Hawaï, ou quand je l'avais dépassé lors des descentes à ski dans l'Utah.

— Lia fait partie de la famille, a martelé Connor du ton sans réplique qu'il utilise avec parcimonie. Ta mère et moi, nous attendons de toi que tu la traites comme telle. Compris ?

Beck a grommelé son accord. J'ai filé avant qu'il ne me surprenne en train d'espionner, et je me suis réfugiée dans la chambre d'amis où ma mère était déjà allongée sur sa moitié du lit.

Je suis restée éveillée une bonne partie de la nuit. Plusieurs fois, j'ai entendu les jumelles s'agiter. À deux reprises, Connor a fait les cent pas pour calmer l'un des bébés. Une fois, j'ai entendu Bernie chanter *Beautiful Dreamer*, la berceuse qu'elle nous chantait à Beck et à moi, quand nous étions petits et que je dormais sur le sol de sa chambre, dans un sac de couchage orné de licornes.

À cette époque-là, tout était facile.

Je me suis retournée dans le lit en autopsiant ma plus vieille amitié. Était-ce possible que Beck ait été gentil avec moi juste parce que ses parents l'exigeaient de lui ? Est-ce qu'il me fréquentait pour me faire plaisir... moi, une pseudo-petite sœur qui, en réalité, l'emmerdait ?

Il avait peut-être *effectivement* trouvé une petite amie.

Le lendemain matin, au petit déjeuner, il a eu le culot de marmonner :

— Hé, Lia, tu veux jouer à l'ultimate avec mes amis et moi tout à l'heure ?

— Non, ai-je répondu avec une indifférence totale.

Connor a haussé les sourcils. Bernie a abaissé sa tasse de café en serrant les lèvres. Dans leurs couffins tout proches, les jumelles ont gémi en duo.

— Lia, est intervenue ma mère de son ton qui disait *ne me fiche pas la honte*. Ça a l'air sympa, l'ultimate. C'est du frisbee, non ?

— Ça a l'air nul.

Connor a jeté à Beck un regard très appuyé.

Beck a soupiré et levé les yeux au ciel.

— On aurait vraiment besoin d'un joueur en plus.

J'ai passé un long moment à le fixer. Avant, son regard était chaleureux, ses propositions irrésistibles. Mais ce matin-là, son visage était totalement dénué d'émotion. Sans la moindre culpabilité, je lui ai opposé un refus cinglant :

— Beckett, je n'ai aucune envie de jouer à l'ultimate avec toi et tes potes. En plus, je risquerais de gâcher votre partie, je ne suis qu'une *gamine*.

Connor a laissé tomber son front dans sa paume.

Bernie a grimacé.

Ma mère est restée bouche bée.

J'ai adressé un sourire caustique à Beck avant de me lever et de sortir de la cuisine, laissant mes céréales à la cannelle ramollir.

***

La veille du jour où ma mère et moi devions quitter la Caroline du Sud, Connor a insisté pour nous emmener, Beck et moi, au zoo et au parc de Riverbank.

— Les bébés vont dormir une bonne partie de la journée. Laissons à Bernie et Hannah du temps ensemble.

Du temps ensemble ? Elles en avaient eu plein. La visite du zoo avait pour objectif de nous forcer, Beck et moi, à interagir. Nous n'avions pas échangé le moindre mot depuis plus de vingt-quatre heures – depuis que j'avais quitté, furieuse, la table du petit déjeuner – et j'avais passé la majeure partie de ce temps à envoyer des textos à Andi et à Anika pour me plaindre de l'abruti qu'était devenu mon soi-disant meilleur ami.

À l'entrée du zoo, Connor a payé nos billets, puis s'est installé sur un banc. Il a sorti son ordinateur portable de son sac à dos et a annoncé :

— J'ai du travail à rattraper. Allez vous balader. Retrouvez-moi ici pour le déjeuner.

J'ai fait la grimace. Je n'avais aucune envie de me promener dans le zoo avec Beck. Mais Connor avait déjà posé sa cheville sur son genou, et il tapait sur son clavier, trop occupé, apparemment, pour se soucier de son fils et de moi une seconde de plus.

— Allons-y, a maugréé Beck en se dirigeant vers les grizzlis.

Nous avons suivi le périmètre du zoo, passant devant les gorilles et les tortues des Galápagos, puis les animaux d'Afrique : éléphants, girafes, autruches et zèbres. Nous avons vu mes préférés, les wallabies et les koalas, avant d'admirer les lions, les tigres et les babouins.

— Oiseaux ou reptiles ? a demandé Beck, en consultant le plan qu'il avait emporté au moment du départ.

— Reptiles, je crois.

— Je pensais que tu choisirais les oiseaux.

— *Tu* veux voir les oiseaux ?

— Non. Mais je ne veux pas voir de reptiles non plus.

— Alors, n'y va pas, ai-je répliqué sèchement.

Je l'ai laissé planté sur le sentier, bouche bée, et je suis allée seule à l'aquarium et au pavillon des reptiles.

Quand il m'a retrouvée, j'avais vu plus de serpents, de lézards et de tortues que je ne l'aurais voulu. J'étais devant le bassin de deux cent mille litres, en train d'observer des anguilles, des requins et un arc-en-ciel de poissons tourner en rond. Il s'est approché de moi et m'a dit, à voix basse :

— Excuse-moi, Lia.

— Ne t'excuse pas. Moi aussi, je m'en fous des reptiles.

— Non, je te demande pardon pour l'autre jour, de ne pas avoir été à la maison quand tu es arrivée. Je suis désolé de ne pas être allé te chercher quand tu es partie en plein petit déjeuner.

Je n'ai pas quitté des yeux le poisson bleu et jaune que j'avais repéré.

— Je suis désolée que tu aies été obligé de me supporter. J'aurais préféré ne pas venir.

— Je suis content que tu sois là.

— N'importe quoi. Tu m'as traitée comme un boulet.

— Tu n'es pas un boulet.

— Je le sais bien !

Toutes les personnes à portée de voix se sont retournées pour nous regarder.

Beck m'a pris la main et m'a emmenée sur un banc tout proche. Une fois assis, il a déclaré :

— Je suis vraiment désolé.

— Très bien. Tu es pardonné.

Il a lâché un rire amer et a secoué la tête.

— Si tu savais…

Et avec cette demi-phrase énigmatique, je me suis mise à réfléchir. « Ces dernières semaines ont été difficiles », lui avait dit Connor l'autre soir. « Tu es fâché contre moi… »

— Beck, je ne *sais pas*, justement. Tu ne me parles pas, tu m'as à peine regardée.

Il a poussé un profond soupir et s'est passé une main sur la figure.

— J'étais furieux… je *suis* furieux. Mais contre mon père. Pas contre toi.

— Pourquoi ?

— Parce qu'il part en mission dans quelques semaines.

Mon cœur s'est serré : c'était la pire nouvelle imaginable.

— Où ?

— En Afghanistan. Seulement pour six mois, mais quand même.

Les enfants de militaires font partie d'une espèce à part qui peut ajouter « seulement » en annonçant une absence parentale de six mois. Six mois, c'est mieux que neuf, c'est mieux que douze… nous le savions d'expérience.

— Pourquoi tu ne m'as rien dit ?

Il a haussé les épaules en signe de défaite. Ça m'a fait de la peine.

— Ton père y est en ce moment : ça ne me semblait pas correct de me plaindre. Mais mes parents viennent d'avoir des jumelles et c'est le branle-bas de combat à la maison. Il va se barrer, et on va devoir se débrouiller seuls, ma mère et moi. Il s'en fiche.

Ce n'était pas vrai. J'étais certaine que Connor était désemparé à l'idée de quitter sa famille. Mais je n'ai pas contredit Beck parce que j'avais eu la même réaction irrationnelle et injuste à propos des missions de mon père : comment osait-il partir à l'aventure à l'autre bout du monde, en nous abandonnant et en nous demandant de nous débrouiller seules ?

— Ta mère râle ?

— Oui, mais elle fait comme si tout allait bien. Ça va être dur pour elle, tu sais. Deux bébés ? Garder la maison en bon état ? S'inquiéter pour mon père ? Tout repose sur elle.

— Et sur toi. Tu seras là pour elle.

— Ce n'est pas la même chose.

L'évocation d'une mission avait réduit ma colère en miettes. Beck avait été distant. Beck avait été irritable. Maintenant que je savais pourquoi, j'avais juste envie d'être là pour lui, comme il l'avait été pour moi lors des absences de mon père, de mes premiers jours d'école, de la fausse couche de ma mère, et d'un million d'autres événements qui n'avaient pas beaucoup d'importance jusqu'à ce que je les additionne.

J'ai envoyé une prière au ciel : *S'il vous plaît, faites qu'il n'arrive rien à Connor.*

Puis je me suis rapprochée de Beck, jusqu'à ce que mon bras soit parallèle au sien. J'ai laissé ma tête reposer contre son épaule et j'ai prononcé les seuls mots qui avaient un sens.

— Je suis vraiment désolée que ça arrive.

Il a fait un geste comme s'il allait me prendre la main, et mon pouls s'est accéléré. Hayden et moi, on s'était donné la main quelques fois en rentrant du collège, et il m'avait embrassée sur la joue avant que je ne parte pour la Caroline du Sud. Mais la perspective d'un contact physique avec Beck me brouillait tellement le cerveau que j'avais l'impression que les poissons de l'aquarium géant étaient déformés.

Beck a changé de cap, a glissé ses doigts autour de mon avant-bras et m'a serrée tendrement avant de s'écarter un peu. Nous sommes restés assis en silence, à admirer les bancs de poissons glisser en cercles gracieux et synchronisés dans l'eau claire de l'aquarium.

Eux aussi passaient leur vie à nager côte à côte.

Un chemin, un plan

Dix-sept ans, Tennessee

Quelques jours après le deuxième pire Thanksgiving de ma vie, mes parents m'invitent à déjeuner… pour que nous ayons une conversation sérieuse à propos du futur, c'est du moins ce que je soupçonne. Je suis encore sous le choc de ce qui s'est passé au lycée mercredi : les sanglots, l'étreinte, le baiser, les pleurs.

Qui est-ce que je suis devenue ?

Une vagabonde. Une imposture. Une calamité.

J'ai connu Beck pendant quinze ans, avant de trouver le courage de l'embrasser.

J'ai embrassé Isaiah après quinze minutes à peine.

Nous allons tous les trois au Shaggy Dog sur ma suggestion, parce que le pudding est vraiment excellent. Une fois installée, je prends un petit pain au levain dans la corbeille posée sur la table et je le beurre. Mes parents font pareil et me sourient en maniant leurs couteaux à lame arrondie.

— Alors, commence mon père une fois que nous avons commandé les boissons, tu as réfléchi à ce que tu veux faire après le lycée ?

Je hausse les épaules. Je n'ai pas besoin de réfléchir. Je le sais déjà.

— Voilà ce que je pense, continue-t-il, comme si je lui avais demandé son avis. L'université George Mason et William and Mary, si tu décides de retourner en Virginie. Ole Miss, évidemment. Austin Peay et l'université du Tennessee, si tu veux rester dans cet État.

— Et VCU ?

Son sourire s'estompe.

— Sérieusement, Millie ?

— Oui, sérieusement.

Déconcerté, il se tourne vers ma mère.

— Mon cœur, commence-t-elle avant d'hésiter, de reporter son regard sur celui de mon père, puis sur le restaurant sans rien fixer.

Nous n'avons tellement plus l'habitude d'avoir des discussions, elle et moi. Parler avec elle, c'est comme marcher sur un trottoir verglacé avec des talons compensés. Finalement, avec douceur, elle déclare :

— Tu peux aller à l'université n'importe où. Virginie, Mississippi, Tennessee. Ou retourner à Washington, comme tu en as parlé. Tu te souviens quand tu étais passionnée par l'Australie ? J'aimerais beaucoup que tu envisages de passer un semestre à l'étranger, comme tu en avais le projet avant. Mais ce qui compte pour nous, c'est que tu sois heureuse. Tu n'as pas besoin d'aller à VCU pour ça.

L'année dernière, c'est-à-dire avant, quand j'évoquais l'université du Commonwealth de Virginie, mes parents tentaient de me dissuader sans insister. Mon père disait, faisant allusion au nom qui désigne les seize équipes sportives d'Ole Miss :

— Tu as du sang de Rebels.

Et ma mère ajoutait :

— Nos années à Ole Miss ont été parmi les meilleures de notre vie.

Puis ils entonnaient avec enthousiasme l'hymne des Rebels, en mimant des coups de cymbales.

Depuis le décès de Beck, leur attitude à l'égard de VCU est moins légère et plus agressive.

Ça m'est égal. Je sais où est ma place. Depuis que j'ai embrassé Isaiah – mon Dieu, je ressens un pincement à la poitrine chaque fois que je pense que je me suis lancée sans lui demander son avis –, j'ai redoublé d'efforts pour réaliser la vie dont on avait rêvé avec Beck. Je me donnerai à fond pour mener à bien nos projets, sans me soucier des avis extérieurs et des jugements que je n'ai pas demandés.

— J'ai déjà posé ma candidature, dis-je à mes parents.

À en juger par leurs réactions – une veine palpite sur la tempe de mon père, et la bouche de ma mère est tellement béante qu'une mouche risque de s'y engouffrer –, ils vont péter les plombs si je précise que c'était une demande de décision anticipée. Je rejette les épaules vers l'arrière pour donner une fausse impression d'assurance et j'opte pour un mensonge :

— J'ai posé ma candidature anticipée. J'ai réglé les frais de dossier et j'ai pris contact avec le Bureau des services aux vétérans et tout le reste. Je croyais que vous seriez fiers de moi.

— Si c'était vrai, signale mon père, tu nous en aurais parlé quand tu l'as fait.

Les sourcils froncés, il laisse échapper une bouffée d'air.

— D'accord, tu as postulé. Ce type de candidature n'est pas contraignant. Ça ne veut pas dire que tu t'es engagée à y aller s'ils t'acceptent.

Contrairement à la décision anticipée, qui *est* contraignante.

— Mais je *compte* y aller s'ils m'acceptent.

Il sourit avec condescendance.

— Mais tu postuleras ailleurs. Il faut avoir plusieurs possibilités.

— Tu as le temps, renchérit ma mère. Et maintenant que tu as déposé un dossier de candidature, ça devrait être relativement facile d'en déposer d'autres.

— Mais je n'ai pas besoin de temps, ni d'autres dossiers, ni d'autres possibilités.

Mes parents se regardent avant de se tourner vers moi avec un air rempli de pitié.

Pourquoi est-ce qu'ils croient toujours savoir ce qui est le mieux pour moi ?

— J'irai à VCU ou je n'irai pas à l'université.

Notre serveuse revient juste à ce moment-là, et je suis soulagée de l'interruption. Mon père, tendu, commande un cheeseburger. Ma mère un sandwich bacon, laitue, tomate. J'opte pour une soupe et une salade.

— C'est idiot de rejeter les autres facs, reprend mon père une fois que la serveuse s'est éloignée. Tu serais très bien à William and Mary. Et tu sais ce que nous pensons d'Ole Miss.

Ma mère hoche la tête.

— Nous serions évidemment ravis que tu restes dans le Tennessee. Austin Peay a un super programme pour les futurs enseignants.

Elle me touche la main.

— C'est toujours ce que tu veux ? Enseigner ?

— Bien sûr, dis-je, puis je récite la prédiction faite il y a longtemps par la voyante : « Elle suivra un chemin semblable à celui que vous tracez ».

Le visage de ma mère se décompose.

— Oh, Lia. J'espère que tu suivras le chemin que tu auras choisi. Tu peux tout faire. Devenir n'importe quoi.

Je secoue la tête.

— Mon plan, c'est l'enseignement. Et VCU.

Mon père se raidit comme quand il adopte sa posture de combattant. D'un ton bourru, il décrète :

— Les plans changent.

— M'enfin, papa, tu crois que je ne le sais pas ?

J'ai l'impression que mes côtes se resserrent, compriment mes poumons et mon cœur. Je fixe mes genoux en tordant ma serviette entre mes mains. Je me demande comment lui faire comprendre – comment *leur* faire comprendre – qu'abandonner mon destin, ça reviendrait à trahir Beck.

— La vie est imprévisible, cruelle et complètement injuste, et l'année dernière, la partie la plus importante de mon plan m'a été volée. Est-ce que c'est si mal de m'accrocher à ce qu'il me reste ?

— Non, admet mon père. Mais sois raisonnable. Il n'y a rien pour toi à VCU. Rien d'autre que de la souffrance et des obligations qui n'ont plus de sens.

Ma mère me serre la main.

— On sait que Beck te manque. On sait que tu es triste. Mais aller à VCU ne va pas le ramener.

Je suis super énervée par leur refus de m'entendre.

— Je comprends ce que tu ressens, poursuit mon père. Mais foncer dans une impasse plutôt que de changer de cap... Je n'ai pas envie de te voir faire ça.

Je sens monter une irrépressible envie de hurler jusqu'à ce que ma gorge saigne.

La serveuse arrive avec le déjeuner. Nous gardons le silence pendant qu'elle pose les assiettes devant nous. Et tandis qu'elle s'éloigne. Même quand nous commençons à manger.

Ma soupe ne passe pas.

Les feuilles de ma salade ont un goût amer.

Je pose ma fourchette et je rappelle à mes parents :

— J'ai fait de mon mieux pour survivre, l'année dernière. J'ai eu de bonnes notes, j'ai déménagé dans une nouvelle ville, je me suis fait des amis. Je m'en sors. Mais vous n'avez pas idée...

Ma voix se brise. J'expire un souffle tremblant, m'accrochant fermement à ce qui me reste de calme.

— Vous n'avez *aucune* idée à quel point c'était difficile de perdre Beck. Je vous demande juste… Il faut que vous me fassiez confiance.

— Que dirais-tu de cette proposition ? rétorque ma mère, les yeux pleins de compassion. Si tu postules à au moins deux autres universités et que tu gardes l'esprit ouvert au cours des prochains mois, papa et moi soutiendrons ta décision finale.

Il hoche la tête.

— Vois où tu es acceptée. Nous irons visiter les campus, y compris celui de VCU. Si au bout du compte, c'est à Charlottesville que tu veux aller, nous te soutiendrons.

J'acquiesce, pieds et poings liés par mon mensonge. Si VCU accepte ma décision anticipée, peu importe à combien d'autres facs je postulerai. Mais je suis prête à céder du terrain pour qu'ils me lâchent.

Mon père pose la main sur mon épaule. On dirait qu'il va pleurer quand il déclare :

— Nous désirons ce qu'il y a de mieux pour toi, Millie. C'est ce que nous avons toujours voulu.

Parfaitement normale

Dix-sept ans, Tennessee

Au Noël dernier, mes parents ont eu la délicatesse de glisser des cadeaux sous le sapin, quelques-uns pour eux, beaucoup pour moi. Je ne leur ai rien offert. Il y avait trop de brouillard dans ma tête pour faire des achats en ligne et, même si Macy avait proposé de m'accompagner, je n'avais pas assez d'énergie pour supporter une virée au centre commercial. Déballer les cadeaux dans le salon le matin de Noël en essayant de prendre une expression reconnaissante était comme tenter de respirer sous l'eau.

Cette année, je veux faire mieux.

En fin de journée, le dernier vendredi de cours avant les vacances d'hiver, Paloma et moi allons au centre commercial de Green Hills. C'est bondé, mais nous nous prenons par le bras et nous nous faufilons à travers la foule, pour partir à la chasse aux cadeaux.

Elle choisit un peignoir pour sa mère et moi un parfum au jasmin pour la mienne. C'est plus compliqué pour nos pères. Après une heure de recherches, nous nous décidons pour des portefeuilles de chez Dillard. Puis, affamées, nous allons chercher des sodas et des bretzels chez Auntie Annie. Nous sommes en train de nous empiffrer en observant les gens quand quelqu'un appelle Paloma. Deux garçons se dirigent vers nous en évitant les acheteurs pressés. L'un d'eux, que j'ai vu discuter avec des amis au lycée, a un teint d'un brun profond et les cheveux rasés.

L'autre est Isaiah.

— Salut, Trev ! s'exclame Paloma en bondissant pour étreindre le plus grand des deux grands types.

Elle frappe le poing d'Isaiah, puis se tourne vers moi pour me présenter.

— Lia, Trevor. C'est une des premières personnes que j'ai rencontrées lorsque j'ai emménagé à River Hollow l'année dernière. Et lui, c'est Isaiah.

Trevor sourit.

— Enchanté, Lia.

— Moi aussi.

Il donne un coup d'épaule à son pote. Le message est clair.

Isaiah lève les yeux vers les miens et murmure :

— Salut.

Je réponds comme si je ne l'avais jamais vu :

— Bonjour.

Quelle hypocrite je fais ; quand je pense que j'avais la langue dans sa bouche il y a moins d'un mois.

Paloma et Trevor passent quelques minutes à échanger des nouvelles. Apparemment, il fait partie de l'équipe de basket, qui joue des matchs de présaison depuis quelques semaines. Il vient de commencer à sortir avec Molly, une élève de première, et il espère vraiment qu'elle aimera le bracelet qu'il lui a choisi. J'écoute leur conversation, les yeux rivés au sol, en pensant qu'Isaiah et Trevor forment une amitié étonnante. Trevor a l'air sociable, il est bavard et rit facilement. Isaiah, à l'inverse, a un peu un style gothique. Il semble du genre créatif. Depuis notre rencontre, je me demande s'il est branché par la photo, s'il joue d'un instrument ou s'il peint. Je me suis posé des tonnes de questions sur lui, en fait… et ça me rend curieuse de savoir quelle relation il a avec Trevor, le basketteur.

— Pour qui est-ce que tu fais du shopping, Isaiah ? l'interroge Paloma.

Il se racle la gorge.

— Euh, Naya.

Je relève brusquement la tête, et mon regard se heurte au sien.

C'est qui, cette Naya ?

Sans doute sa petite amie.

Merde. Il a une copine.

Il a une copine, et je l'ai embrassé.

Il détourne les yeux.

La chaleur ravage mon cou, mon visage.

— C'est adorable, commente Paloma, puis elle me sourit et suggère : On ne devrait pas s'y remettre ? Je dois encore trouver un cadeau pour Liam.

Je hoche la tête. J'ai perdu l'usage de ma voix.

— Bonnes vacances ! leur lance Paloma.

— Joyeux Noël, P, répond Trevor. Ravi de t'avoir rencontrée, Lia.

Je les salue d'un geste mollasson tandis qu'ils disparaissent dans la foule.

Paloma se laisse tomber sur notre banc, déchire un morceau de bretzel et le pointe dans ma direction d'un air accusateur.

— Meuf, qu'est-ce qui t'a pris ?

J'avale ma limonade pour essayer d'éteindre le feu sur mon visage.

Elle insiste.

— Tu m'expliques ?

Je pointe mon gobelet dans la direction où les garçons sont partis.

— Tu veux dire… ?

Elle rit.

— Je veux parler du malaise entre Isaiah et toi. Tu le connais ?

Je soupire.

— Oui, on s'est rencontrés.

— Et… quoi ? Tu as eu une mauvaise vibe ?

— Oh, non, la vibe était très bonne.

Elle m'adresse un sourire de chat qui vient d'attraper une souris.

— Raconte-moi tout.

Je m'exécute.

Elle réagit en fonction de mes explications : compassion quand je décris comment je me suis effondrée, fierté quand je détaille comment Isaiah et moi avons nettoyé le couloir, espoir quand je lui parle des quelques moments où j'ai eu une conversation de personne émotionnellement saine.

— Puis je l'ai embrassé, lui dis-je, et elle manque de tomber du banc.

— Il t'a embrassée en retour ?

— Oui.

— Et… ?

Je ferme les paupières.

— C'était bien.

Admettre cette vérité provoque en moi des sentiments contradictoires. Je me sens *horriblement* coupable.

— Alors, où est le problème ? couine Paloma.

Je la corrige :

— *Les* problèmes. D'abord, j'ai passé toute ma vie à croire que je n'embrasserais jamais personne d'autre que Beck.

— Lia, c'était un geste impulsif à la fin d'une journée très difficile. Et je ne sais pas si en parler te fera te sentir mieux ou encore plus mal, mais ce n'est pas comme si tu avais trompé qui que ce soit. Tu ne dois pas t'en vouloir.

Je lâche un petit rire moqueur.

— Trop tard. Et puis, et Naya ?

Elle hausse un sourcil.

— Naya ?
— La fille pour laquelle il cherche un cadeau ?
— C'est sa sœur.
— Je… oh.
— Tu croyais que… ?
— Je ne sais pas ce que je croyais.

Elle sourit, même si son expression est voilée d'inquiétude.

— Je ne le connais pas bien, mais il a l'air gentil.
— Oui.

Je me souviens qu'il m'a prise dans ses bras sans hésitation. Je repense au fait qu'il a ramassé les déchets laissés par les autres lycéens. La façon dont il a géré ma crise de larmes comme si c'était la chose la plus normale du monde qu'une fille s'effondre par un après-midi d'apparence ordinaire.

Les yeux de Paloma brillent d'une lueur amusée.

— Un gars gentil *et* qui embrasse bien.

Je la tire du banc.

— Bon, ça suffit. Il ne te fallait pas un cadeau pour Liam ?
— Si, répond-elle en me laissant l'entraîner dans la mer de gens qui font leurs courses de Noël.

Je souris. Je lui en dois une : elle a changé de sujet.

Un jour
Quatorze ans, Virginie

Alors que j'avais quatorze ans, nous avons déménagé une fois de plus.

J'étais triste de quitter Colorado Springs, mais je n'étais pas abattue à l'idée d'aller vivre dans le nord de la Virginie. La dernière nuit qu'Andi et Anika ont passée à la maison m'a donné l'impression de lire le dernier chapitre d'un de mes livres préférés. Le lendemain, Hayden et moi nous sommes étreints en guise d'adieu dans le salon vide de notre location, alors que nous avions tout juste fini d'emballer nos affaires. Mon père venait de rentrer d'Afghanistan et le poste qu'il allait occuper au Pentagone au sein de l'état-major de l'armée n'impliquerait pas de missions de plus de quelques semaines. Même si j'étais déçue de quitter mes amis et ma prof préférée, Mme Bonny, ça valait la peine, si en échange mon père était à la maison pendant les trois années à venir.

Et pour ne rien gâcher, Beck était en Virginie.

Les Byrne étaient arrivés six mois avant nous. Connor travaillait à Fort Belvoir pour l'INSCOM – la branche de l'armée de terre chargée de la collecte du renseignement. Ils s'étaient installés à Rosebell, et nous avons fait comme eux. Les trajets étaient faciles pour mon père, ma mère avait des possibilités d'enseigner dans les environs et il y avait une bonne école pour moi. J'étais super contente d'être à nouveau dans la même ville que les Byrne.

Ils sont venus le jour où on nous a livré nos affaires, chargés d'un plat emballé dans du papier d'aluminium, d'une bouteille d'alcool et d'un bouquet de fleurs sauvages. Ma mère et Bernie se sont assises sur une couverture sur la pelouse devant la maison pour cocher les boîtes numérotées sur une liste pendant que les déménageurs déchargeaient le camion rempli comme une boîte à sardines. Norah et Mae jouaient dans l'herbe avec leurs figurines Fisher Price. Mon père et Connor étaient à l'intérieur ; ils sirotaient du whisky dans des gobelets en carton et aiguillaient les cartons vers les pièces correspondantes.

Après la catastrophe qu'avait été la visite en Caroline du Sud, je redoutais ce qui allait se passer entre Beck et moi en Virginie. Nous n'étions plus des enfants, et il avait une longueur d'avance sur moi à Rosebell. Peut-être qu'à ses yeux, je ne serais qu'un boulet.

Mais je me trompais. Il était sur le porche avec sa famille quand ils sont arrivés dans notre nouvelle maison. Son sourire était radieux. Il m'a tout de suite serrée contre lui et m'a donné l'impression d'être dans les bras d'un grizzli. Depuis la dernière fois que je l'avais vu, il avait grandi et s'était musclé. Il était herculéen, je n'étais qu'un lutin dans ses bras.

Et tout à coup, ma relation avec Hayden m'a semblé n'être qu'une répétition générale.

Beck et moi sommes allés dans le jardin, où les anciens locataires avaient laissé un pneu suspendu à un énorme érable rouge. Trois ans plus tôt, nous nous serions serrés sur la balançoire, mais j'allais avoir quinze ans dans six mois et il venait d'en avoir seize, et je n'ai pas eu envie de retrouver tout de suite la proximité physique que nous partagions quand nous étions petits. À la place, il m'a poussée sur la balançoire et l'amitié que nous avions connue toute notre vie s'est renouée naturellement.

Il m'a expliqué tout ce qu'il savait du lycée de Rosebell, où il avait passé les derniers mois de sa seconde et les premières semaines de sa première. Je lui ai parlé du trajet en voiture auquel j'avais survécu, de Colorado Springs dans le Colorado à Rosebell en Virginie, en compagnie de mes parents, qui venaient de se retrouver après de longs mois de séparation.

— Ils n'arrêtaient pas de se tripoter, ai-je précisé en frissonnant.

Il a ri.

— Six mois, c'est hyper long. On peut les comprendre, non ?

— Non, ai-je décrété en étirant mes jambes tandis que la balançoire remontait. C'est dégueu.

— Ils sont amoureux, a-t-il protesté en attrapant le pneu.

Il l'a maintenu en place et l'a fait pivoter pour que je me retrouve face à lui. Sa voix était désormais celle d'un baryton profond : elle vibrait dans mes os. Il m'a regardée droit dans les yeux.

— Un jour, tu comprendras. *Nous comprendrons.*

Je comprenais peut-être déjà.

Nos trois années de séparation m'avaient rendue nostalgique de Beck, de son humour, de nos longues conversations, du réconfort de sa présence. Être à nouveau avec lui m'a permis de comprendre, tout à coup, pourquoi mes parents n'arrêtaient pas de se parler, pourquoi ils se tenaient toujours la main ou posaient la paume sur la jambe de l'autre, pourquoi je les surprenais à se regarder dans les yeux, comme s'ils étaient seuls au monde.

Je voulais la même chose : tout cela et bien plus.

Et je le voulais avec Beck.

« Ils sont amoureux », avait-il déclaré.

Est-ce que c'était de l'amour, ce courant électrique qui faisait surgir la chair de poule sur ma peau ?

Est-ce qu'il le sentait aussi ?

— Le lycée va te plaire, a-t-il professé en envoyant la balançoire dans les airs. C'est une bonne école, avec des gens sympas. Je te présenterai la semaine prochaine.

Est-ce qu'il ne se rendait pas compte de la prise de conscience qui faisait fondre mon cerveau, ou est-ce qu'il ressentait la même chose et changeait volontairement de sujet ?

Je me suis penchée en arrière, laissant mes cheveux s'envoler dans mon dos pour évacuer cette idée.

Beck n'était pas amoureux de moi. Il était sympa et aimait faire l'imbécile. C'était mon meilleur ami. Un jour, avec un peu de chance, notre vrai destin nous trouverait, mais pour l'instant, il était la famille que j'avais choisie, comme il l'avait toujours été.

Il a fait tourner la balançoire et m'a adressé un grand sourire, et j'ai été submergée par une vague d'affection.

Nous étions à nouveau ensemble, exactement comme je l'avais souhaité. Je n'allais pas compliquer les choses en cédant à mon crush. Dans l'immédiat, je devais me contenter de notre amitié.

***

Dès ma première matinée au lycée Rosebell, Beck m'a rejointe et, fidèle à sa parole, m'a présenté à son cercle d'amis. Raj, membre de l'équipe de décathlon de Rosebell et coureur de haies. Stephen, un type avec un chignon passionné de natation. Et Wyatt, qui faisait partie de la troisième génération d'élèves de Rosebell. Comme il ne mesurait qu'un mètre soixante-trois, il compensait sa petite taille par son humour. La petite amie de Wyatt faisait également partie du groupe. Elle portait des lunettes à monture épaisse et un jean pattes d'eph, et son magnifique sourire montrait ses dents écartées. Elle semblait habituée à la rudesse des garçons, mais ça ne l'amusait pas.

Elle m'a plu tout de suite.

Lorsque la cloche a sonné, les gars m'ont quittée avec des saluts militaires, Macy m'a adressé un signe *peace* ironique et Beck m'a indiqué comment me rendre à mon premier cours.

La journée s'est déroulée sans encombre, jusqu'au déjeuner. Macy m'a invitée à m'asseoir avec le groupe, ce qui était très gentil, étant donné que j'étais en troisième, elle en seconde et que les garçons étaient tous en première. J'ai réussi à faire la queue pour les sandwichs sans trébucher ni faire tomber mon sac ou cogner personne, mais les mois d'octobre en Virginie sont plus chauds que dans le Colorado, et la cafétéria avait des allures de sauna. Je me suis débarrassée de mon pull et je l'ai drapé sur un bras en attendant mon sandwich.

Ce matin-là, j'avais enfilé un débardeur blanc et l'ombre de mon soutien-gorge était visible. Prune, plus sexy que tous les autres sous-vêtements que je possédais (ma mère ne me l'avait acheté que parce que je l'avais suppliée).

Visible, mais *à peine*.

Deux types poireautaient dans la queue à côté de la mienne, quelques mètres derrière moi, attendant le repas chaud composé de frites et d'une saucisse fichée sur un bâtonnet. Ils ont maté mon débardeur sans la moindre discrétion. J'ai croisé les bras et j'ai soutenu le regard du plus grand des deux. Il avait des extenseurs dans le lobe de l'oreille et ses cheveux étaient irréguliers, comme s'il les avait coupés lui-même à la cisaille. Son copain portait une casquette de baseball pourrave aux couleurs des Nationals de Washington. J'ai affiché une moue dégoûtée, en espérant qu'ils ne remarquent pas la rougeur qui avait envahi mon visage.

Beck et ses amis étaient dans un coin reculé de la cafétéria. Il a croisé mon regard et m'a souri, et je me suis sentie mieux en réalisant que je n'étais pas seule.

Je me sentais mieux... jusqu'à ce que les deux types qui me mataient dépassent les gens dans leur file et envahissent mon espace personnel.

Celui avec les cheveux hirsutes a heurté mon sac, puis a lâché bêtement :

— Oups.

Ils ont ri. Puis ils se sont rapprochés, et leurs odeurs de fauve ont fait irruption dans ma bulle personnelle. J'ai entendu le mot « cul », puis « nichons », et j'ai eu envie de rentrer sous terre. Je me suis contentée de courber les épaules et de baisser le menton pour me faire toute petite.

Il y avait plus que deux personnes avant que mon tour ne vienne.

Je pouvais m'enfuir ou attendre.

J'avais trop de fierté pour laisser deux connards m'empêcher d'acheter un sandwich.

Ils étaient juste derrière moi à présent, et faisaient des commentaires sur mon jean moulant, l'odeur de mon shampoing et mon top malencontreusement transparent. Puis le plus grand m'a frôlée et a appuyé sa paume dans le bas de mon dos... il m'a vraiment touchée. Sous le choc, j'étais incapable de bouger. Sa main a glissé plus bas, jusqu'à mes fesses, et le mec avec la casquette a ricané, soit de ma gêne, soit du culot de son copain.

Ma peur s'est transformée en fureur.

J'ai reculé brusquement.

— Ne me *touche* pas.

Il a levé les mains en feignant l'innocence. Son pote l'observait avec un sourire narquois. Mais avant que je puisse hurler ma colère, Beck a débarqué.

Il a saisi le bras du plus grand et l'a forcé à pivoter vers lui.

— C'est quoi ton problème ?

— Il n'y a pas de problème, a répondu le type en se dégageant de l'emprise de Beck.

— Je crois que si.

— Hé, c'est terminé, ai-je déclaré en prenant la main de Beck. Allons-y.

Il m'a repoussée et s'est penché vers le gars d'un air menaçant.

— Tu viens de peloter une fille qui voulait clairement que tu lui foutes la paix.

Craignant qu'un prof ne surprenne Beck en train de crier et ne le tienne pour responsable de l'incident, j'ai parcouru la cafétéria des yeux. À part deux caissières occupées et un surveillant distrait qui vidait une poubelle à l'autre bout de la salle, je n'ai vu aucun adulte surveiller l'espace bondé.

Le garçon, qui n'avait plus l'air très imposant à côté de Beck, a affirmé :

— Non, mec. Elle en avait envie.

Beck s'est tourné vers moi et m'a demandé d'un ton moqueur :

— Lia ? Tu aimes te faire tripoter le cul par un inconnu ?

— Non, ai-je répondu avec une assurance surprenante. Je lui ai demandé de me laisser tranquille.

— N'importe quoi, a marmonné le peloteur.

Beck a collé son visage près du sien.

— Ne t'approche pas d'elle.

Le mec l'a défié :

— Qu'est-ce que ça peut te faire ?

Beck l'a poussé et le mouvement m'a fait penser à King Kong écartant d'un coup de patte les New-Yorkais terrifiés pour foncer vers l'Empire State Building. Le type a titubé en arrière, s'est cogné à son copain, qui l'a rattrapé et est parvenu de justesse à maintenir leur équilibre.

— C'est ma meilleure amie, a déclaré Beck. Et si tu la touches encore une fois, je te massacre, connard.

Il était rouge et son regard était assassin, mais quand je suis passée dans son champ de vision, son expression s'est adoucie. Il a passé un bras par-dessus mon épaule et m'a emmenée plus loin.

— Ça va ? m'a-t-il interrogée alors que nous nous dirigions vers la table où ses amis nous attendaient.

— Oui, ai-je affirmé en essayant de ne pas prêter attention à mon cœur qui battait trop vite et à mes paumes moites. J'ai juste faim.

Il a souri.

— On peut partager mon déjeuner.

Une fois que nous sommes arrivés à la table, Macy est passée en mode maman ours : elle s'est assurée que j'allais bien, m'a proposé de m'accompagner aux toilettes pour que je puisse me ressaisir.

— Ça va, lui ai-je dit.

J'étais sincère.

Aux côtés de Beck, j'étais intouchable.

— Ces types sont des connards, m'a confié Macy après que Beck m'a donné un des deux sandwichs à la dinde et au fromage que Bernie lui avait préparés. L'année dernière, ils ont harcelé une fille de mon cours de littérature jusqu'à ce que ses parents portent plainte auprès de l'administration. Ils ont eu trois jours de renvoi.

Elle a levé les yeux au ciel.

— C'est nul, hein ? Ce sont des prédateurs. Ils ont recommencé juste après.

— Mais c'est sans doute fini maintenant, a fait remarquer Wyatt.

Raj a donné une tape dans le dos de Beck.

— Notre héros leur a fait passer le message.

Beck a haussé les épaules.

— Mon père m'aurait remonté les bretelles si je les avais laissés mal se comporter avec Lia.

J'étais très déçue en entendant ça. C'était cette raison qui avait motivé son intervention chevaleresque ? La crainte que Connor lui tombe dessus ?

Il m'a donné un coup d'épaule, puis s'est penché pour murmurer :

— Tu es sûre que ça va ?

Sa voix grave dans mon oreille, son bras musclé contre le mien, le fait qu'il se tracasse pour moi, discrètement... un frisson m'a parcourue. Je l'ai réprimé.

J'ai acquiescé. Oui, ça allait. Parfaitement *bien.*

Plus tard dans l'après-midi, il m'a envoyé un texto : *Je te ramène chez toi ?*

Bien sûr.

***

Le reste de la semaine s'est déroulé à peu près de la même manière, si ce n'est que je ne me suis plus fait tripoter. J'ai rencontré de nouvelles personnes dans mes cours et j'ai rejoint quelques clubs – le Key Club, qui organisait des actions sociales, le club de français et un club d'écriture créative animé par ma prof de littérature –, mais j'ai surtout passé beaucoup de temps avec Beck et ses amis. Parfois, le doute s'insinuait dans mon bonheur : est-ce qu'ils voulaient vraiment traîner avec une élève de troisième ? Mais quand je vérifiais ma théorie en arrivant en retard au déjeuner ou quand je ratais nos discussions du matin, quelqu'un, généralement Beck ou Macy, me demandait où j'étais passée.

Je nageais en plein bonheur.

Quelques semaines après l'incident de la cafét, alors que nous nous rendions à notre cinquième heure de cours, Macy, Wyatt et moi sommes passés à côté d'une jolie fille aux cheveux bruns et lisses. Elle portait un sweat-shirt de l'équipe d'athlétisme de Rosebell et affichait une mine renfrognée, qui s'est accentuée lorsque nos regards se sont brièvement croisés.

— C'est Taryn, m'a expliqué Wyatt alors que nous l'avions dépassée. Il y a eu un truc entre Beck et elle.

Je me doutais bien que Beck était sorti avec des filles, même si nous n'avions jamais abordé le sujet. Je n'étais pas amoureuse au point de ne plus avoir les pieds sur terre. Évidemment qu'il s'intéressait aux filles. Mais en voir une en chair et en os m'a coupé le souffle pendant quelques secondes effrayantes.

— C'est fini, m'a assuré Macy, peut-être parce que je commençais à devenir bleue. C'était déjà fini avant que tu n'arrives à Rosebell. Et ça n'a duré qu'une seconde.

— Ce n'était pas important, a confirmé Wyatt.

Donc, Beck avait été attiré par une grande brune, une athlète au regard intimidant. Une fille très différente de moi, une petite blonde qui choisirait toujours les travaux d'intérêt général plutôt que les sports qui font transpirer. Je me fichais de Taryn – je ne *voulais* surtout pas en avoir quelque chose à faire – mais je devais avoir l'air vraiment bouleversée, pour que Macy et Wyatt continuent à parler de la relation sans intérêt que Beck et elle avaient eue.

Macy a passé un bras sous le mien.

— Ce n'était rien de comparable à ce qu'il a avec toi.

— Qu'est-ce qu'il a avec moi ?

— Tu sais, son comportement quand il est avec toi.

J'ai haussé un sourcil.

— Comment ça ?

Wyatt et elle se sont regardés, amusés, puis m'ont fixée comme deux cerfs pris dans les phares d'un semi-remorque.

— Allez, dites-moi. C'est quoi son comportement quand il est avec moi ?

Wyatt a secoué la tête.

— Beck m'étranglerait pour trahison, et ce serait mérité.

Il a embrassé Macy sur la joue et a filé dans le couloir.

Elle m'a entraînée à l'écart, hors du flux de la circulation. Elle a remonté ses lunettes sur son nez et a décrété :

— Les garçons peuvent être vraiment obtus. Je vais te dire ce que j'ai observé, d'accord ? Mais je ne veux pas que tu flippes.

J'étais déjà en train de flipper.

Beck et moi passions beaucoup de temps ensemble. Le week-end précédent, nous nous étions réfugiés dans sa chambre avec du pop-corn et des bonbons Red Vines, et nous nous étions fait un marathon du *Seigneur des Anneaux*, la trilogie complète, puis nous avions passé des heures à débattre de la supériorité des films par rapport aux romans. Il préférait les films et moi les livres. Nous étions dans une impasse lorsqu'il m'avait fait basculer sur le lit et chatouillée jusqu'à ce que je sois prise d'un fou rire et que je m'écrie :

— D'accord, tu as gagné ! Les films sont mieux !

Il avait souri, penché au-dessus de moi, triomphant. Il avait écarté une mèche de cheveux de mon visage et avait dit :

— Ne nous disputons plus jamais.

J'étais restée éveillée pendant des heures cette nuit-là, à analyser ses commentaires et ses gestes, à disséquer sous tous les angles possibles la douceur avec laquelle il avait touché mes cheveux.

Parce que… et si ?

Non, nous étions amis depuis toujours et j'étais probablement en train de projeter mes propres sentiments sur lui. Mais je n'arrivais pas à apaiser mes pensées et mon estomac ne se dénouait pas. Les sentiments de plus en plus profonds que j'éprouvais pour Beck me terrifiaient.

Et s'il ne tombait jamais amoureux de moi comme j'étais en train de tomber amoureuse de lui ?

Épuisée, je m'étais endormie sans réponse.

Au beau milieu du couloir plein d'élèves, Macy a continué :

— Il est très… attentif avec toi.

— Qu'est-ce que ça veut dire ?

— Tu sais… il fait attention à toi. Il te comprend.

— Parce qu'on se connaît depuis toujours. Littéralement. Depuis toujours.

— Bien sûr, a-t-elle admis pour me faire plaisir. N'empêche, il est toujours souriant quand tu es là, et il implose pratiquement quand il pense que quelqu'un t'a fait du mal. Je crois qu'il aimait bien Taryn, mais il ne la cherchait pas quand elle n'était pas avec nous. Il n'affirmait pas haut et fort qu'elle était sa meilleure amie. Elle semblait être… une remplaçante.

— Pas étonnant qu'elle m'ait fusillée du regard alors… Elle croit sans doute que j'essaie de lui voler son petit ami.

— Ce n'est pas son petit ami, a souligné Macy.

— Ce n'est pas le mien non plus.

Elle a à nouveau passé son bras sous le mien et nous avons recommencé à marcher.

— Sérieusement, chérie, a-t-elle repris en nous faisant contourner un groupe qui avançait plus lentement. Même avant que tu n'arrives au lycée, je savais tout de toi. Beck parlait tout le temps de toi.

J'ai retenu le sourire qui menaçait de fendre mon visage en deux.

— Ça devait être pénible.

— Pas du tout. De toute évidence, il t'aimait bien, alors on t'aimait bien. Et maintenant, on t'aime vraiment, parce que tu es aussi cool que ce qu'il a toujours affirmé.

22 décembre

Chère mademoiselle Graham,

J'ai le plaisir de vous informer que le comité d'admission de l'université du Commonwealth de Virginie vous accepte dans le cadre du programme de décision anticipée. Permettez-moi d'être la première à vous féliciter pour vos résultats exceptionnels. Votre dossier scolaire, votre travail comme bénévole, votre dissertation, les témoignages des personnes qui vous connaissent et vos qualités se sont distingués parmi un nombre record de candidats. Nous sommes convaincus que vous vous épanouirez dans l'environnement d'apprentissage diversifié et exigeant de VCU.

La brochure ci-jointe vous fournira des informations au sujet du dépôt de garantie, de l'aide financière, du logement et de divers autres aspects de la vie sur le campus. Dans les semaines à venir, je vous encourage à vous renseigner au maximum sur les possibilités offertes aux étudiants de premier cycle à VCU. Nos professeurs et nos étudiants sont impatients de partager avec vous l'esprit des Aigles !

Nous vous félicitons chaleureusement et vous souhaitons, ainsi qu'à votre famille, de joyeuses fêtes. Si vous avez des questions, n'hésitez pas à contacter le bureau des admissions pour les étudiants de premier cycle. Nous nous réjouissons d'avance de vous accueillir sur le campus pour le prochain semestre d'automne.

Très cordialement,

Laura L. Ovidio
Doyenne des admissions de premier cycle

Un fil

LIA : J'ai été acceptée à VCU.

SOPHIA : OMG !

MEAGAN : Félicitations !

PALOMA : Lia ! Je suis super fière de toi !

MEAGAN : Je n'en reviens pas que tu aies déjà la réponse.

LIA : C'est l'avantage d'une décision anticipée.

PALOMA : Tu es emballée ?

LIA : Je flippe. Ça paraît vraiment très concret d'un coup.

PALOMA : Tu m'étonnes.

SOPHIA : Tu le mérites.

MEAGAN : VCU a de la chance de t'avoir.

LIA : Oui... je suppose.

MEAGAN : Tes parents sont fous de joie ?

LIA : Je ne le leur ai pas encore dit.

PALOMA : Sérieux ? Comment t'arrives à garder ça pour toi ?

LIA : Je crois que je n'ai pas encore assimilé la nouvelle moi-même.

SOPHIA : Annonce-leur ce soir. Puis, tu nous raconteras comment ça s'est passé.

LIA : Pas question. Je vais attendre après Noël.

MEAGAN : Quoi ? Pourquoi ?

LIA : Je ne suis pas sûre qu'ils seront « fous de joie ».

PALOMA : Mais c'est un exploit ! C'est hyper compétitif, VCU.

LIA : Ils seront fiers. Probablement. C'est la décision anticipée qui risque de les faire buguer.

PALOMA : Ils veulent que tu aies plusieurs choix.

MEAGAN : Je comprends.

SOPHIA : Mais si VCU est ce que tu veux vraiment...

LIA : Oui, c'est vrai. Mais c'est compliqué.

PALOMA : Tu sais que NOUS on est folles de joie, hein ?

MEAGAN : Notre future aigle. Kra kra.

LIA : Ha ha ha. Vous êtes vraiment les meilleures.

Pas de pression
Dix-sept ans, Tennessee

La veille de Noël, après quelques jours passés à tenter de digérer la réponse positive de VCU reçue dans ma boîte de réception, je descends et trouve mes parents penchés sur le puzzle en cours, une scène hivernale idyllique, alors qu'ils font un FaceTime avec Bernie, Connor et les jumelles. Je me tiens en retrait et j'écoute Norah et Mae parler du spectacle de Noël que leur classe a organisé ; leurs parents confirment que c'était adorable.

— Votre maman a envoyé des photos, explique ma mère aux deux petites. Vous voulez nous chanter une des chansons que vous avez apprises ?

Mae entame une version zozotante de *Silent Night* tandis que Norah se blottit sous le bras de Bernie, heureuse de laisser sa sœur lui voler la vedette. Elles ressemblent tellement à leur frère… Ça doit être une torture, parfois, pour Connor et Bernie d'entrevoir Beck dans les taches de rousseur des filles, dans leurs sourires à fossettes, dans l'exubérance de Mae, dans le regard rêveur et comploteur de Norah.

Elles me manquent presque autant que lui.

Je me déplace et le parquet grince sous mes pieds.

Mes parents se retournent. Ma mère me fait signe de m'approcher, en me montrant l'iPad, puis le puzzle. Mon père m'adresse un sourire encourageant.

Même si Bernie et moi sommes à la moitié de la première saison de *Gossip Girl* et que nous échangeons régulièrement des textos à ce sujet, nous n'avons pas communiqué à propos de quoi que ce soit d'important, et nous n'avons pas encore discuté au téléphone. Ce serait comme ouvrir une boîte qui ne peut pas être refermée.

Je fais non de la tête, puis je me retourne et je monte l'escalier quatre à quatre.

Dans ma chambre, je regrette pendant quelques instants d'avoir une fois de plus évité les Byrne.

Plus tard, le cliquetis des tasses graduées et le ronronnement du robot mixeur de ma mère me parviennent depuis la cuisine. Chaque année, elle prépare des roulés à la cannelle qui passent la nuit dans le frigo, puis gonflent dans le four chaud pendant que nous ouvrons les cadeaux, emplissant la maison d'une délicieuse odeur de pâtisserie. Traditionnellement, nous les mangeons, bien collants et sucrés, comme brunch, après les cadeaux et les douches, avant les siestes et les coups de fil à grand-maman et aux Byrne pour leur souhaiter un joyeux Noël.

L'année dernière, il n'y a pas eu de roulés à la cannelle.

Je me lève, prête à manier le rouleau à pâtisserie, quand mon téléphone sonne. Je le retire de son chargeur, m'attendant à ce que ce soit Paloma, même si elle m'a envoyé un texto ce matin pour me dire qu'elle était en route vers la maison de son *tío* et de sa *tía* pour aider à faire des *tamales*.

C'est Bernie.

Je décroche sans savoir pourquoi.

— Bonjour, ma chérie, déclare-t-elle, un peu essoufflée. Je n'étais pas sûre que tu répondrais.

Beck serait effondré s'il voyait comme je suis froide avec sa famille. Si nos destins avaient été inversés, si c'était lui qui était encore là, il aurait mis ses propres besoins entre parenthèses. Il aurait été là pour mes parents. Il était généreux. Altruiste. Extraordinairement attentionné.

Je ferme les paupières pour faire barrage aux larmes d'humiliation qui me montent aux yeux.

— Lia, reprend Bernie, rompant le silence devenu gênant. J'ai une nouvelle à t'annoncer. Une grande nouvelle, que je voulais que tu apprennes de ma bouche... Connor a décidé de quitter l'armée.

Je suis stupéfaite. Connor et mon père ont tous les deux servi sous les drapeaux pendant plus de vingt ans. Alors que mon père parlait parfois de changer de voie, Connor plaisantait en affirmant que l'Oncle Sam devrait arracher ses plaques d'identité militaire de ses doigts froids et durcis par la rigidité cadavérique.

— Je n'arrive pas à y croire, dis-je à Bernie.

— Parfois, je n'y arrive pas non plus. Mais il est prêt. Il a raté trop de moments importants de la vie de Beck. Il ne veut pas que ce soit le cas avec Norah et Mae. Il va enseigner l'histoire au lycée.

J'entends un sourire dans sa voix quand elle ajoute :

— Crois-moi ou pas, il est enthousiaste à l'idée de retourner en classe.

— Waouh !

Je m'assieds sur mon lit et je plie les jambes en dessous de moi.

— Ce sera un super prof. Où est-ce que vous allez habiter ?

— Nous restons en Virginie.

Sa voix douce se charge de nostalgie quand elle précise :

— Beck est ici.

Évidemment. Il passera l'éternité dans un petit cimetière d'Alexandria.

— J'ai une invitation à te proposer, j'espère que tu y réfléchiras, poursuit Bernie. Mais pas de pression.

— D'accord.

Je suis déjà nerveuse. Les gens disent systématiquement « pas de pression » pour se déculpabiliser quand ils mettent la pression.

— Tes parents ont prévu de venir passer quelques jours en mars, pour la cérémonie de départ de Connor organisée par l'armée. Ce sera pendant tes vacances de printemps. Nous serions ravis que tu viennes aussi.

Non.

J'aimerais beaucoup soutenir Connor et, de plus en plus, je pense que je pourrais supporter de les voir tous les quatre. Mais retourner à Rosebell est au-dessus de mes forces. L'esprit de Beck hante les rues, les restaurants d'Arlington, le bassin artificiel à Washington DC. La maison des Byrne.

Peut-être que les souvenirs de mon séjour en Virginie avec Beck devraient me réconforter ?

Ils me déchirent en mille morceaux.

— S'il te plaît, réfléchis-y, conclut Bernie, ce qui a pour effet d'ébranler un peu ma certitude. Il y a une place pour toi à la cérémonie, et une place pour toi dans nos vies. Toujours.

Une nouvelle page
Dix-sept ans, Tennessee

Le jour du Nouvel An, je note des résolutions dans mon journal.

Je chérirai mes amis.

Je tenterai quelque chose de nouveau.

Je traiterai mieux mes parents.

J'honorerai Beck.

Puis j'invite Paloma, Meagan et Sophia. Mes parents (et Major) sont ravis quand elles sonnent à la porte. Je leur jette un coup d'œil glacial avant de répondre, puis de faire les présentations pendant que mon chien tourne en rond dans l'entrée.

— Je vais préparer des cookies ! annonce ma mère en conduisant les filles vers la cage d'escalier.

Quand nous sommes dans ma chambre, Meagan déclare :

— Tes parents sont super sympas.

— Ouais.

Je baisse la voix :

— Je ne leur ai toujours pas parlé de VCU.

Les yeux de Soph s'écarquillent.

— Quand est-ce que tu comptes leur dire ?

— En février. Quand on recevra les réponses de candidature anticipée. Je leur ferai croire que c'est le processus que j'ai utilisé. Ce que je n'ai pas encore trouvé, c'est les arguments pour les convaincre que VCU est la fac qu'il me faut.

— Tu crois vraiment qu'ils essaieraient de te décourager d'y aller ? intervient Paloma.

— C'est certain. Ils croient que je m'intéresse à VCU uniquement parce que c'est là que Beck étudiait.

— Tu voulais aller où, avant qu'il ne parte pour Charlottesville ? demande Meagan.

J'explique à mes amies mon envie de retourner dans le Nord-Ouest Pacifique et mon rêve de passer un semestre à Melbourne ou à Sydney.

— Mais j'étais une gamine, à l'époque. Je n'avais aucune idée de ce qu'il fallait chercher dans une université ni de ce que je voulais faire après le lycée. VCU est une *super* fac.

À m'entendre, on dirait que j'essaie autant de me convaincre qu'elles.

— C'est vrai, admet Paloma. Mais l'Australie ! Ce serait vraiment génial. Tu pourrais y passer un semestre grâce à VCU, non ?

— Probablement, dis-je, bien que je ne sois même pas sûre que l'université ait un programme d'échange.

Quand Beck et moi sommes sortis ensemble, je n'ai plus eu envie de passer cinq mois dans un autre hémisphère et j'ai considéré ce projet comme une chimère.

Paloma s'assied sur mon lit avec Soph, pendant que Meagan se perche sur ma chaise de bureau. Je me laisse tomber sur le sol avec Major, qui accepte de se coucher maintenant qu'il a eu l'occasion de renifler mes copines. J'essaie de me recentrer, de retrouver ma bonne humeur, mais le doute fait rage dans ma tête alors que je repense aux posters que j'admirais dans la classe de Mme Bonny : Kings Canyon, la Grande Barrière de corail et les koalas trop mignons.

Pff… l'Australie, c'est aux antipodes de Charlottesville.

Je demande à Beck : *Est-ce que c'est la bonne décision ?*

Sans se rendre compte du doute qu'elle a instillé dans mon esprit, Megs examine les photos punaisées sur le tableau au-dessus de mon bureau. Disneyland, les montagnes enneigées de Park City, la plage de Rehoboth. Major, en chiot adorable qu'il était. Deux photos de moi et de Macy, dont je n'ai pas eu de nouvelles depuis novembre, quand je n'ai pas répondu à son message, mais dont je sais, grâce aux réseaux sociaux, qu'elle est inscrite à l'université de Georgetown et qu'elle s'éclate dans un appartement avec Wyatt. Et Beck… Des photos de nous deux dans le parc à Washington DC avec des cerisiers en fleur en arrière-plan. Au parc d'attractions de Busch Gardens, en Floride, les cheveux ébouriffés par les montagnes russes. À deux sur le pneu suspendu à un arbre, dans notre jardin à Rosebell.

— C'est lui ? demande Meagan en montrant un gros plan pris juste après que Beck a signé sa lettre de motivation pour VCU.

Il affiche un sourire spontané et désarmant.

J'acquiesce.

— OK, décrète-t-elle avec un sourire malicieux. Maintenant je comprends pourquoi tu voulais le suivre à l'université.

Je ris et je lui tire la langue.

— Attendez.

Sophia se lève pour examiner de plus près mon tableau. Elle pose le doigt sur le coin d'une de mes photos préférées. Beck quand il était petit, les cheveux roux carotte, s'efforce de tenir un bébé emmailloté, perché de façon précaire sur ses genoux.

— C'est lui aussi, là ?

— Oui. Et moi.

Meagan ouvre des yeux comme des soucoupes.

— Quand tu disais que tu l'as connu toute ta vie, tu voulais vraiment dire *toute ta vie*.

Paloma attire mon attention et hausse un sourcil, me posant une question en silence : *Tu veux que je mette fin à ça ?*

Oui... vraiment.

Mais ensuite, je pense à ma quatrième résolution de nouvelle année, écrite au stylo gel violet.

Mon histoire est liée à Beck, découpée comme les tomes d'une saga. En grandissant, j'étais *Lia, destinée à Beck*. J'adorais être *Lia, le grand amour de Beck*. Pendant trop longtemps, j'ai été *Lia, la fille en deuil*. Maintenant, il est temps de me transformer en une autre version de moi-même, la protagoniste d'un récit qui n'est pas encore écrit. Une histoire sans titre ni intrigue, mais dont le message me paraît évident : Lia, qui se souvient. Lia, qui partage les bons moments.

Comme je ne sais pas par où commencer, j'explique :

— Nos parents sont amis depuis la fac. Beck et moi, nous nous sommes rencontrés le jour de ma naissance. Il a assisté à toutes mes premières fois. Mes meilleures journées. Il était tout pour moi.

Paloma doit se rendre compte que je suis sur le point de fondre en larmes, car elle me rejoint sur le sol et prend ma main. Elle déclare gravement :

— Il était vraiment BG.

L'humour fait mouche. Un rire pétille dans ma poitrine et je le laisse échapper, sachant que Beck trouverait lui aussi très drôle cette observation déplacée de Paloma.

— Oui, il était BG, dis-je entre deux éclats de rire.

— Tu devrais parler de lui plus souvent, me suggère Meagan.

— Je sais. C'est... c'est encore difficile pour moi.

Elle replace derrière son oreille la mèche récemment teinte en rose.

— Ça a été difficile pour moi après la mort de ma mère, pendant très longtemps. Mais maintenant, parler d'elle, c'est comme porter un flambeau. Comme si je gardais son esprit en vie.

— Elle m'a dit la même chose au printemps dernier, nous confie Paloma. Après la mort de mon *abuelo*. Elle m'a encouragée à parler de lui. C'est à ce moment-là que j'ai commencé à guérir.

Meagan sourit et lui envoie un baiser.

— Je suis la reine du deuil.

Nous passons un moment à aborder des sujets moins déprimants. Les vacances. Nos emplois du temps pour le semestre à venir. Sophia parle de son équipe de volley. Paloma nous montre le bracelet de chez Tiffany que Liam lui a envoyé pour Noël et nous dit qu'il a prévu de venir à River Hollow aux vacances de printemps. Megs nous raconte que son père a tenté de faire frire la dinde de Noël cette année – avec l'accord de sa mamie –, ce qui s'est soldé par un truc carbonisé en forme de volaille et un dîner au restaurant vietnamien du quartier.

Nous sommes en train de rire quand on frappe à ma porte. Ma mère entre avec un plateau de cookies aux pépites de chocolat. Elle le pose sur mon bureau et mes copines se jettent dessus. Elle ne s'attarde pas et je lui en suis reconnaissante, mais avant de s'éclipser, elle m'adresse un sourire comme je ne lui en ai plus vu depuis une éternité. Ses yeux pétillent et ses rides de sourire – qu'elle déteste – se forment. Je sais que son cœur jubile de me voir avec des amies après tant de solitude.

— Merci, maman.

Puis je la chasse et je referme la porte.

Bal
Quinze ans, Virginie

Raiden Tanaka s'est approché de moi dans la cour alors que je me rendais à mon premier cours. Macy marchait à mon côté et, quand il s'est mis en travers de notre chemin, les bras chargés de roses, nous nous sommes arrêtées.

— Salut, Lia.

Il a levé une main pour essuyer la sueur de son front ; on était en février, en plein cœur de l'hiver, mais il était luisant de transpiration.

Raiden était toujours assis à côté de moi en cours de maths. C'était un niveau de seconde, mais j'étais en troisième et lui en terminale. Il m'avait expliqué en début d'année qu'il souffrait de dyscalculie : il confondait les nombres comme un dyslexique confond les lettres.

— Les maths me font trébucher, s'était-il justifié en frottant sa nuque rougie. Mais je ne suis pas bête.

— Manifestement pas, avais-je répondu, séduite par sa franchise.

Depuis, nous étions devenus des copains de maths.

Raiden était un virtuose du violoncelle et il était mignon. Ses parents étaient originaires du Japon. Il avait des cheveux noirs brillants et des yeux d'un brun intense. Il avait aussi les cils les plus longs que j'aie jamais vus dans la vraie vie.

Il m'a tendu les roses et m'a annoncé :

— Je me demandais si tu accepterais de venir au bal avec moi.

J'étais tellement stupéfaite qu'il a fallu un coup de coude de Macy pour me faire réagir.

— Oh, waouh, Raiden.

— Waouh, ça veut dire *oui* ? a-t-il insisté, une lueur d'espoir dans les yeux.

— Oui, bien sûr, ai-je répondu, remise de ma surprise. Merci de me le proposer.

Il a souri.

— Je ne vois personne avec qui je préférerais y aller. On réglera les détails en classe plus tard, d'accord ?

— OK. Et merci pour les fleurs.

Il s'est avancé et m'a entourée d'un bras, une étreinte aussi maladroite que douce. Puis il est parti d'un pas joyeux.

Macy s'est tournée vers moi. Ses yeux pétillaient d'une lueur malicieuse.

— Raiden Tanaka, a-t-elle déclaré, à la fois amusée et ravie.

Elle le connaissait parce qu'ils faisaient tous les deux partie de l'orchestre de l'école ; elle jouait du violon depuis la quatrième.

— Je n'aurais jamais imaginé ça.

— N'en fais pas une montagne. On est juste amis.

Même dans le froid, je me suis sentie rougir. L'invitation de Raiden était inattendue, mais elle me faisait plaisir. Il était mignon et très gentil, et j'étais sûre que nous allions bien nous amuser.

— Quand même. Le bal. Alors que tu es en troisième.

— Pas mal, hein ? ai-je commenté.

Je m'imaginais déjà en mousseline de soie, les boucles tombant sur mes épaules, une fleur odorante à mon poignet. Raiden, en costume, me faisant virevolter sur la piste de danse.

— Qui l'aurait cru ?

À Rosebell, les élèves de troisième et de seconde n'avaient le droit d'aller au bal que s'ils étaient invités par quelqu'un de première ou de terminale. Je ne m'étais pas fait d'illusions. En dehors des quelques copains que je m'étais faits en cours, je fréquentais le cercle social de Beck. Jamais Raj ou Stephen ne m'auraient proposé d'être leur partenaire au bal. Ils me considéraient plutôt comme une petite sœur. Wyatt était avec Macy. Et Beck détestait les bals d'école, et la danse en général.

« Trop ringard, affirmait-il. Trop cliché. »

— Je me demande ce que Beck va en penser, s'est interrogée Macy, exprimant à haute voix la pensée qui venait de s'ancrer dans ma tête.

J'ai haussé les épaules.

— Il n'ira pas au bal. Mais ça ne veut pas dire que je ne dois pas y aller.

— Bien sûr. Je me demande juste si ça l'embêtera.

— Ça m'étonnerait.

Elle m'a jeté un regard dubitatif, mais elle n'a pas tempéré mon enthousiasme. Elle a passé son bras sous le mien, en prenant soin de ne pas écraser les fleurs que j'allais porter le reste de la journée, et m'a proposé :

— Tu veux aller acheter une robe ce week-end ?

***

Les interrogations de Macy sur la réaction de Beck m'avaient suffisamment dérangée pour que je passe la matinée à me demander si je devais faire un détour par mon casier pour y cacher les roses avant le déjeuner.

Mais pourquoi ?

Ça faisait des mois que j'avais un crush sur Beck, et il ne m'avait pas donné la moindre indication que ses sentiments s'étaient intensifiés comme les miens. J'aurais adoré que notre relation devienne plus qu'une simple amitié, mais le *statu quo* me convenait. Visiblement, il lui convenait aussi.

J'ai emporté les roses à la cafétéria.

Quand je me suis assise et que j'ai placé le bouquet au bout de la table, à l'écart, Beck l'a observé. Puis il a levé les yeux vers moi.

— Quelqu'un t'a offert des fleurs ?

J'ai sorti le repas de mon sac.

— Oui.

Je n'aimais pas sa moue désapprobatrice, mais j'ai gardé une expression neutre.

En jetant un coup d'œil en coin aux roses, il a demandé :

— Pourquoi ?

— Pourquoi pas ?

— Ce n'est pas une réponse.

Même si ça m'énervait qu'il croie avoir un droit de regard sur ce qui se passait dans ma vie, j'ai pris un ton enjoué parce que je n'avais pas envie de me disputer avec lui.

— Je ne suis pas sûre que cette question mérite une réponse.

— Qui te les a données ?

Une tension désagréable s'est installée à notre table. Raj, Stephen, Wyatt et Macy avaient cessé de manger pour suivre la scène.

— Qu'est-ce que ça peut te faire ? ai-je rétorqué.

— Je m'en fiche. C'est juste… par curiosité.

J'ai joint les mains sur la table et soutenu son regard.

— Raiden Tanaka me les a offertes quand il m'a demandé de l'accompagner au bal.

Du coin de l'œil, j'ai surpris la grimace de Raj, tandis que Stephen laissait échapper un « Ouille ».

— Au bal ? a répété Beck comme si cette tradition lui était totalement étrangère.

— Oui. C'est une soirée organisée par l'école. Tout le monde se met sur son trente-et-un et danse, pose pour des photos et passe un super moment. J'ai été invitée. Ta curiosité est satisfaite ?

— Non. C'est qui Raiden Tanaka, putain ?

J'ai soupiré.

— Il est en maths avec moi.

Macy s'est penchée par-dessus Wyatt pour tapoter le bras de Beck.

— C'est un mec bien.

— Mais oui, bien sûr, a ironisé Beck.

Puis il s'est adressé à moi :

— Tu lui as dit que tu irais ?

— Oui. Je crois qu'on va bien s'amuser.

Il a hésité.

— Tu vas passer ton anniversaire au bal avec Raiden Tanaka ?

Le bal avait lieu le troisième samedi de mars. Je le savais. Mais je n'avais pas réalisé que c'était le jour de mes quinze ans. Mon pouls s'est accéléré quand je me suis rendu compte que j'avais décidé de fêter mon anniversaire lors d'un bal en compagnie d'un garçon que je connaissais à peine, plutôt qu'avec mes parents et les Byrne, comme les années précédentes.

L'inquiétude devait se lire sur mon visage, car Beck a décrété d'un ton suffisant :

— Ce sera un super anniversaire.

Il ne m'a plus adressé la parole pendant le reste du déjeuner.

Je ne l'ai pas regardé.

J'ai pris le bus pour rentrer chez moi, avec les roses, parce que j'en voulais à Beck d'avoir gâché mon plaisir.

Il m'a envoyé un texto – *Tu viens ?* – et je l'ai ignoré parce que je me sentais d'humeur mesquine et vengeresse. J'espérais qu'il était sur le parking. Qu'il m'attendait. Et qu'il s'inquiétait pour moi.

Quand ma mère est rentrée du travail, je lui ai montré mes fleurs et je lui ai parlé de Raiden et du bal. Elle a eu l'air ravie et a commencé à proposer des idées de robes et de coiffures.

— Tu t'en fiches que je ne sois pas à la maison pour mon anniversaire ?

— Bien sûr que non. Mais c'est super que tu ailles à cette soirée. Nous passerons la journée à faire la fête pendant que nous te préparons. Et nous inviterons les Byrne vendredi soir ou dimanche après-midi. On s'arrangera.

J'étais submergée par tant d'émotions contradictoires que mes yeux se sont remplis de larmes.

— Beck est furieux.

Ma mère n'a plus parlé du bal. Elle m'a serrée dans ses bras et m'a écoutée raconter la dispute de midi d'une voix pleine de désespoir.

— Oh, Lia, s'est-elle écriée une fois mon récit terminé. Je suis désolée. On dirait que Beck est...

Elle a pincé les lèvres, comme si elle trouvait que ce n'était pas une bonne idée d'exprimer ce qu'elle avait en tête.

— On dirait que Beck est quoi ?

— Jaloux, peut-être ?

Elle l'a dit à voix basse, comme si elle trahissait une confidence, ce qui m'a amenée à me demander si Bernie et elle parlaient souvent de Beck et de moi.

— Peuh, ai-je craché. Ou alors c'est un con. Il n'a même pas l'intention d'aller au bal !

— Quoi qu'il en soit, il n'aurait pas dû faire passer sa mauvaise humeur sur toi. Mais tu sais, le plus souvent, il y a une explication au comportement des gens.

— Tu crois que Beck est jaloux. De quoi ?

— Je ne vais pas parler pour lui, mon cœur. Mais d'habitude, il est très gentil avec toi. Il apprend que tu vas passer du temps avec un autre garçon, et tout à coup, il se comporte, comme tu l'as dit, comme un con ? Il regrette peut-être de ne pas t'avoir invitée au bal. Ou il est déçu de ne pas pouvoir passer ton anniversaire avec toi. Ou alors il commence à prendre conscience de quelque chose qui le concerne. Et te concerne. En tout cas, je suis sûre que vous allez régler ça.

Son téléphone a émis une petite sonnerie que je connaissais bien : c'était un message de Bernie.

Je savais sans avoir à regarder que le sujet était le bal.

***

J'ai passé mon quinzième anniversaire à me faire gâter de plein de manières différentes. Mes parents m'ont emmenée pour un brunch, pendant lequel mon père a promis de m'apprendre à conduire dès que je serais prête. Puis ma mère et moi sommes allées nous faire faire une manucure et une pédicure. Ensuite, nous avons été dans un salon de coiffure chic à Washington DC, où mes cheveux ont été tressés en une coiffure romantique. Bernie est venue m'aider à me maquiller et, par bonheur, n'a pas mentionné son fils une seule fois.

Depuis deux semaines, il y avait un malaise entre Beck et moi. Nous nous reparlions, mais avec raideur. Nous n'avions pas évoqué une seule fois le bal ou mon anniversaire. Il ne me faisait plus de gros câlins. Il avait cessé de me chatouiller, de m'ébouriffer les cheveux et de m'attraper la main dans les moments où on s'amusait. J'avais commencé à prendre le bus assez régulièrement, parce que c'était trop pour moi de rester assise à côté de lui dans le Toyota 4Runner pourri que ses parents lui avaient acheté pour ses seize ans.

Quand Raiden est venu me chercher le samedi soir, mes parents l'ont escorté à l'intérieur pour les photos. Son costume était assorti à la robe ivoire que j'avais choisie pendant ma séance de shopping avec Macy. Il a apporté un petit bouquet, comme je l'avais espéré. Les roses blanches, le jasmin de Madagascar et la gypsophile étaient parfaits, et ses mains ont légèrement tremblé lorsqu'il l'a glissé sur mon poignet. Il avait apporté à ma mère des pivoines, ses fleurs préférées, et une boîte de petits cupcakes au glaçage magnifique.

— Joyeux anniversaire, a-t-il déclaré en me les tendant.

J'étais étonnée. Je ne lui avais pas parlé de mon anniversaire.

Nous avons mangé les cupcakes avec mes parents. Il s'est bien débrouillé avec mon père : il a répondu à des questions sur l'actualité comme s'il avait été briefé juste avant, et il a été très poli avec ma mère. Elle m'a lancé plus d'un sourire approbateur.

Le bal se déroulait au Hilton de Washington DC, près du quartier historique de Dupont Circle. La salle était magnifique et Raiden n'aurait pas pu être plus gentil. Nous avons passé plusieurs chansons sur la piste de danse avec son cercle d'amis – qui, pour la plupart, étaient membres de l'orchestre – à rire et à faire des pas ridicules. J'ai vu Wyatt et Macy, qui portait une élégante robe à fleurs, ainsi que Raj et sa cavalière, Aimee, qui fréquentait le lycée de Mount Vernon et avec qui il avait une relation par intermittence. J'ai aussi vu Stephen, qui était venu seul et en était visiblement très fier. J'ai reçu des tonnes de « bon anniversaire » de mes amis et de ceux de Raiden.

J'ai essayé de ne pas penser à mes anniversaires précédents, avec les Byrne. J'ai essayé de ne pas penser au manque dont je n'arrivais pas à me défaire. J'ai essayé de ne pas penser à la tension qui s'était installée entre Beck et moi.

Et puis j'ai vu Beck, debout en bordure de la piste de danse.

Il portait un costume, un *beau* costume. Je ne l'avais jamais vu dans une tenue plus habillée qu'un blazer, et ces rares occasions ne se produisaient que parce que Bernie a un talent fou pour menacer son fils. La cravate de Beck était desserrée, les boutons supérieurs de sa chemise défaits. Ses cheveux étaient dans leur adorable pagaille habituelle. Il avait une main dans une poche et l'autre tenait un gobelet de punch. Je me suis demandé si quelqu'un avait mis de l'alcool dans le punch, sinon je ne voyais pas comment il aurait pu tolérer un truc aussi « ringard » et « cliché » qu'un bal de lycée…

Il parlait à Taryn, la fille avec qui il était sorti avant que je ne vienne vivre à Rosebell. Macy l'avait qualifiée de remplaçante. Elle était superbe dans une longue robe noire, les cheveux attachés par une barrette en perles. C'était facile de comprendre pourquoi Beck avait été attiré par elle : elle était belle, posée et sûre d'elle. Je ne pouvais pas m'empêcher de leur jeter des coups d'œil pendant que *Yeah !* d'Usher se terminait.

J'étais à deux doigts de l'implosion. La chaleur, l'énergie et *la jalousie* me ravageaient de l'intérieur.

Alors qu'une chanson lente et sentimentale de Tim McGraw commençait, Beck s'est détourné de Taryn pour attirer mon regard.

Il était une allumette brûlante qui se consume.

Raiden est entré dans mon champ de vision. Il a souri, a entouré ma taille de ses bras et a positionné ses mains poliment. Il n'a probablement pas fait exprès de nous faire pivoter pour que je tourne le dos à Beck, mais ça valait mieux. J'ai posé mes paumes sur les épaules de Raiden et j'ai essayé de retrouver le bonheur que je ressentais avant l'arrivée de Beck. Raiden m'avait offert une soirée formidable et, après tout, au bal, on est censé danser avec son cavalier.

Mais j'avais à peine trouvé le rythme avec lui que j'ai senti une tape sur mon coude.

Quand j'ai levé la tête, j'étais face à Beck.

— Je peux voler une danse avec Lia ? a-t-il demandé à Raiden.

La bouche de Raiden s'est ouverte, puis refermée. J'avais l'impression qu'il avait envie de suggérer à Beck d'aller se faire voir, mais qu'il n'avait pas le courage d'envoyer bouler un type qui pesait vingt-cinq kilos de plus que lui.

Comme il mettait trop de temps à réagir, le regard de Beck s'est posé sur moi.

— Lia ?

J'ai hoché la tête avant que Raiden ne puisse formuler une réponse. En espérant que mon expression ne paraisse pas trop enthousiaste, je l'ai regardé quitter la piste de danse en traînant les pieds pour rejoindre quelques-uns de ses amis près de la table des rafraîchissements. Puis je me suis tournée vers Beck.

Je m'attendais à ce qu'il dise quelque chose, qu'il m'explique pourquoi il était venu ou qu'il s'excuse pour le comportement qu'il avait adopté depuis qu'il avait appris que Raiden et moi allions au bal ensemble. Mais il n'a rien dit. Il s'est avancé et m'a attirée contre lui. Il n'y avait aucune hésitation dans sa façon d'initier la danse, c'était tout le contraire de Raiden, qui avait placé timidement ses mains le long de ma colonne vertébrale. Beck et moi nous étions étreints des milliers de fois, mais ce soir-là, il me tenait comme si le contact entre son corps et le mien était électrisant.

Peut-être que ma mère avait raison : sa réaction était peut-être due à la jalousie. Ou il avait eu une révélation sur lui-même, ou sur moi, ou sur ce qu'il pourrait y avoir entre nous, comme moi depuis quelques mois. Quoi qu'il en soit, ce soir-là, il m'a fait comprendre qu'il tenait assez à moi pour enfiler un costume et une cravate, se rendre au bal de l'école et se déplacer sur la piste en m'entourant de ses bras.

J'ai fermé les paupières et appuyé la joue contre son torse, je me sentais si bien dans ses bras.

Pendant les dernières notes du morceau, il a baissé le menton, et sa joue a touché la mienne. Il sentait trop bon, son odeur habituelle était complétée par une touche de parfum. Ses mains chaudes sont remontées, remontées, remontées, jusqu'à se poser contre ma nuque.

— Joyeux anniversaire, Lia, a-t-il murmuré.

À la fin de la chanson, il m'a laissée partir.

Après le bal, Raiden m'a ramenée chez moi. Nous ne sommes allés à aucune after-party parce que je devais rentrer tôt, ce dont j'étais secrètement contente. Il avait passé la soirée à me traiter comme une princesse, même après mon slow avec Beck. Mais j'avais surtout envie de me retrouver seule avec mon journal et mes sentiments pour Beck qui venaient de m'être confirmés.

— Je me suis bien amusé, a déclaré Raiden en me raccompagnant à la porte.

— Moi aussi. Merci pour les cupcakes.

Il a haussé les épaules.

— Tu devrais plutôt remercier ton ami de m'avoir fait savoir que c'était ton anniversaire.

J'ai souri, croyant qu'il parlait de mon amie.

— Macy est prévenante.

— Non, pas Macy. Le type qui a interrompu notre danse.

Il m'a fallu quelques secondes pour comprendre, alors qu'une seule personne nous avait interrompus, Raiden et moi, sur la piste de danse.

J'ai balbutié :

— Beck ?!

— Oui, il m'a pris à part la semaine dernière et m'a parlé de ton anniversaire. Il m'a aussi dit que ta mère aimait les pivoines et que je devais m'informer sur ce qui se passait dans le monde si je ne voulais pas me ridiculiser devant ton père.

J'ai cligné des yeux, abasourdie.

Beck avait coaché Raiden ?

Après la scène qu'il avait faite quelques semaines auparavant ?

— C'était sympa de sa part de me donner les infos utiles, a admis Raiden en me prenant la main.

— Oui.

J'avais du mal à retrouver l'usage de la parole.

— C'est vrai.

Il s'est penché, a posé un bisou sur ma joue, puis il est parti.

Je suis entrée dans la maison comme si j'étais sur un nuage et je suis montée dans ma chambre. J'étais séduite non pas par Raiden, mon cavalier, mais par Beck, qui avait ravalé sa fierté pour s'assurer que ma soirée soit réussie.

Je me suis assise sur mon lit, j'ai sorti mon téléphone et je lui ai envoyé un message.

Merci. ♥

Sans honte

Dix-sept ans, Tennessee

Second semestre de terminale.

Je prends des cours de céramique.

Au second semestre de première, pendant que je traversais les mois les plus sombres de ma vie, mes parents m'ont regardée, les sourcils froncés, m'inscrire aux cours les plus difficiles que le lycée de Rosebell proposait. Ils n'ont pas caché leur surprise lorsque je les ai tous réussis, et je me demande encore pourquoi ils étaient si étonnés. Après le décès de Beck, j'ai abandonné mes amis et les clubs. J'ai fait une pause dans le bénévolat et j'ai laissé tomber les Byrne. Comme j'avais tout investi dans les cours, c'était bien normal que j'obtienne de super résultats.

Le mois dernier, quand Paloma a suggéré que nous nous inscrivions ensemble au cours de céramique, j'ai hésité. Est-ce qu'un cours aussi peu exigeant sur le plan académique allait affaiblir ma candidature auprès de VCU ? J'ai finalement accepté, en partie pour que mes parents constatent que j'étais guérie – même si je ne sais pas trop ce que ça signifie – et en partie pour être avec Paloma pendant la dernière heure de cours de la journée.

J'arrive avant elle dans l'annexe derrière la bibliothèque qui fait office de classe. Elle débarque trois secondes avant la sonnerie. Sa queue-de-cheval se balance d'un côté à l'autre alors qu'elle se précipite vers la table que je lui ai réservée. Il y a quatre tabourets, mais aucun élève d'une autre année n'a choisi de se joindre à nous, et c'est tant mieux.

— Ça va être super, déclare-t-elle en s'asseyant sur un siège.

Elle attend toujours des nouvelles de l'USC, mais je serais sciée si elle n'y était pas admise. Sa moyenne est encore meilleure que la mienne. Elle pose son sac sur la table, en sort un tube de rouge à lèvres et se regarde dans l'écran de son téléphone pour peindre sa bouche d'un rose brillant. Quand elle est satisfaite, elle tourne vers moi son regard alourdi par le mascara.

— Alors ? me demande-t-elle. Comment s'est passé le premier jour de ton dernier semestre ?

— Mieux que prévu. Et toi ?

Elle sourit.

— C'est le début de la fin. Tu veux qu'on fête ça avec du pudding tout à l'heure ?

J'acquiesce et lui adresse un sourire alors que la sonnerie retentit.

Notre prof, Mme Robbins, porte du vernis à ongles jaune paille et ses boucles blond-roux forment un nid au-dessus de sa tête, ce qui me rappelle Mme Bille-en-tête des livres *Le Bus magique*. Je l'écoute parler de son système de notation, qui consiste, en gros, à donner un A pour l'effort. J'en profite pour observer la salle de classe. Les murs sont couverts d'étagères chargées sur lesquelles sont exposés des projets des étudiants de semestres précédents. À gauche, un placard contient des pots de vernis. À droite, une demi-douzaine de tours de poterie, poussiéreux sous l'argile séchée. Derrière Paloma, je vois des briques de terre fraîche, pleines de potentiel, et des boîtes contenant des aiguilles de potier, des éponges et des outils de modelage. L'air est chargé de senteurs de terre et de fleurs.

L'espace de Mme Robbins ne ressemble en rien à une salle de classe, et j'adore ça.

Elle est en train de distribuer le programme du cours quand la porte s'ouvre avec fracas. Isaiah – que j'ai embrassé – entre avec une confiance nonchalante.

Paloma croise mon regard et affiche un sourire moqueur.

— Désolé d'être en retard, lance-t-il à Mme Robbins.

Elle sourit d'un air narquois, ce qui me fait penser qu'elle l'a déjà eu comme élève.

— Que ça ne se reproduise pas, monsieur Santoro.

Elle scrute la salle à la recherche d'une place, et son regard se pose sur la table que Paloma et moi partageons parce que – *merde* –, il y reste plusieurs tabourets inoccupés.

— Tu peux te mettre là-bas, près de l'argile.

L'attention d'Isaiah se porte sur moi.

Il s'illumine du sourire le plus franc que j'aie jamais vu.

Le feu se répand sur mon visage.

Il s'approche, l'air à l'aise et cool dans un jean, un sweat-shirt des Grizzlies de Memphis et des Converse noires usées. Sur l'un des bouts en caoutchouc blanc, quelqu'un a dessiné des étoiles roses.

Mme Robbins nous demande de prendre quelques minutes pour lire le programme, pendant qu'Isaiah pose son sac à dos sur le sol et tire le tabouret le plus proche du mien. Il s'assied avec un soupir de fin de journée.

— Quoi de neuf, Paloma ? lui demande-t-il en inclinant le menton dans sa direction.

— *Nada.* J'ai hâte de fourrer les mains dans l'argile.

Il tourne son sourire vers moi, plus doux maintenant, c'est plus une interrogation qu'un salut. Je lui adresse un petit signe de tête – *faisons comme si de rien n'était* – avant de baisser les yeux sur mon programme de cours, en feignant de me concentrer sur les points importants alors que je repense à la chaleur pleine de désir de notre baiser de novembre.

C'est déroutant, gênant et vraiment angoissant d'admettre que j'ai beaucoup pensé à Isaiah Santoro depuis ce jour-là.

— Lia, me dit-il, tu es prête à te lancer dans la poterie ?

Je lève mes yeux vers les siens.

— Oui. Mme Robbins a l'air sympa.

Il me dévisage rapidement : ma queue-de-cheval, ma polaire, la bague aigue-marine et saphir que j'ai recommencé à porter le jour où nous nous sommes rencontrés. Il répond :

— Elle est super. C'est elle qui dirige le club d'arts plastiques.

— Tu en fais partie ? l'interroge Paloma.

— Oui. J'ai convaincu Trev de s'inscrire aussi cette année.

— C'est vrai que le basket vous occupe à peine.

Je fronce les sourcils.

— Tu joues au basket ?

Comme si je devais tenir une liste de ses activités extrascolaires.

— Il est capitaine, m'explique Paloma. Il est membre de l'équipe depuis la troisième, ce qui n'est pas courant.

— C'est tout moi : pas courant du tout, commente-t-il avec une autodérision charmante. Les matchs de championnat commencent la semaine prochaine. J'espère vous voir toutes les deux dans les tribunes.

— Bien sûr, répond Paloma.

Isaiah me regarde.

— Je ne connais pas grand-chose au basket.

J'omets de préciser que mon défunt petit ami était fan de football.

— Mais je pourrais venir voir le match.

— On ne vient pas *voir*, corrige Paloma. On vient crier à tue-tête.

— Tu n'as pas besoin de hurler, m'assure Isaiah d'un ton calme en s'adressant à moi comme si nous étions seuls sur cette vaste planète.

J'essaie de comprendre ce que je dois penser de ce commentaire lorsqu'il ajoute :

— Venir, c'est suffisant.

On discute

Dix-sept ans, Tennessee

Quelques jours plus tard, j'ai perdu tout bon sens : je reste après le cours de céramique pour parler à Mme Robbins du club d'arts plastiques.

— J'aime beaucoup votre cours. Si vous avez de la place dans le club, j'adorerais en faire partie.

Elle sourit en m'observant par-dessus ses lunettes.

— Il reste beaucoup de place. Si tu as au moins une moyenne de C et que tu peux te joindre à nous pendant la pause le jeudi, tu es acceptée.

— Je réponds à la première condition et je suis dispo le jeudi.

— Alors on se voit demain. Ravie de te compter parmi nous, Lia.

Avant de quitter le campus, je passe à la bibliothèque afin d'emprunter quelques livres pour un travail de recherche que je dois rédiger pour le cours de littérature contemporaine. Nous devons inclure au moins deux livres papier dans nos citations, même si Internet est à portée de main. Je mets une éternité à trouver des sources, et le temps d'arriver sur le parking, l'entraînement de basket vient de s'achever.

Isaiah attend sur le trottoir près de l'arrêt-minute, vêtu d'un short de sport, d'un sweat à capuche Nike et de Jordan noir et blanc. Il a son téléphone collé à l'oreille.

Même de loin, je vois bien qu'il a un problème.

Je dois passer devant lui pour rejoindre ma voiture. Il raccroche au moment où j'arrive à sa hauteur.

Je lui demande :

— Tout va bien ?

Il range son portable dans sa poche.

— Je n'ai personne pour venir me chercher. La batterie de la voiture est morte et Marjorie attend que quelqu'un l'aide à redémarrer avec des câbles. Sinon, oui. Tout va bien.

Avant que mon cerveau n'ait le temps de rattraper ma bouche, je propose :

— Je peux te déposer.

— T'inquiète. Je peux rentrer à pied.

— Tu habites où ?

— À l'ouest de la ville, près de la poste.

— C'est genre à huit kilomètres d'ici. Viens, ma voiture est là-bas.

Dans la Jetta, il me donne son adresse et je l'entre dans le GPS avant de sortir du parking. Étant donné où il habite, son école d'affectation devrait être le lycée Rudolph. Je le sais, parce que j'ai fait la recherche de maison avec mes parents quand nous sommes arrivés à River Hollow, et ils ont posé à l'agent immobilier un million de questions à ce sujet.

Je demande à Isaiah :

— Comment ça se fait que tu ailles à East River si tu vis à l'ouest de la ville ?

— J'ai demandé à venir ici en troisième. East River est un meilleur établissement que Rudolph, et comme je peux lancer un ballon dans un panier avec un taux de réussite pas trop mauvais, ils ont accepté ma candidature.

— Un taux de réussite pas trop mauvais ? Je croyais que tu étais une sorte de prodige du basket.

Il me décoche un grand sourire.

— C'est toi qui le dis, pas moi. Tu te plais à East River ?

Je hausse les épaules en actionnant le clignotant.

— C'est différent de mon ancien lycée. Beaucoup plus petit. Mais j'adore Paloma. Je ne sais pas ce que je ferais sans elle, Meagan et Sophia.

Comme je n'ai pas très envie de parler de moi, je lui pose une question qui m'intrigue depuis novembre.

— Cette femme qui est venue te chercher avant Thanksgiving… c'est ta mère ?

— Non. Mais je vis avec elle.

— Oh. Pourquoi ne vis-tu pas avec ta vraie mère ?

Puis je retrouve mes bonnes manières, qui avaient disparu depuis le début de la conversation.

— Je ne veux pas être indiscrète. Je suis juste… Ça m'intéresse.

— Tu n'es pas indiscrète. On discute, c'est bien. La femme avec qui je vis, Marjorie, c'est ma mère d'accueil.

Je suis abasourdie et je n'arrive pas à masquer la réaction qui doit se lire sur mon visage.

Le feu passe au vert et j'appuie sur l'accélérateur.

— Elle avait l'air gentille, ce jour-là, sur le parking.

— C'est un ange, confirme Isaiah, la voix empreinte de tendresse.

Il laisse échapper un rire sardonique.

— Enfin, sauf quand la batterie de sa voiture est à plat.

Je trouve adorable la façon dont il parle de sa mère d'accueil. C'est touchant. Je n'arrête pas de me dire que je ne suis pas sûre d'être prête à ouvrir à nouveau mon cœur, je me répète que je dois garder une distance émotionnelle. Mais en réalité, je suis désarmée.

— Tu vis avec elle depuis combien de temps ?

— Bientôt six ans.

— Elle est mariée ? Je veux dire, tu as un père d'accueil ?

— Non, mais j'ai une sœur dans ma famille d'accueil. Naya. Elle a neuf ans. Elle vit avec nous depuis presque un an.

Nous approchons de sa maison, et ma tête est pleine de questions, si nombreuses que je ne sais pas laquelle choisir. Il doit croire que ma curiosité est satisfaite, car il suggère :

— À mon tour ?

Je lui jette un coup d'œil.

— De ?

— Te poser des questions. Parce que c'est comme ça que ça fonctionne, une conversation.

Je suis certaine qu'il doit avoir pas mal d'interrogations, après ce qui s'est passé dans le couloir. C'est normal, je me suis effondrée et je l'ai embrassé. Ça risque d'être un terrain miné pour moi, mais ce serait vraiment bizarre de refuser.

— OK, vas-y.

— Le jour où nous nous sommes rencontrés, commence-t-il.

Je me prépare psychologiquement. Je serre plus fort le volant tandis que mon pouls s'accélère.

— Il s'est passé quelque chose de particulier, ou c'était une tristesse générale ?

En tournant dans sa rue, je réponds :

— C'était une tristesse générale. L'année dernière m'a mis une grosse raclée. Mais ce jour-là n'était pas n'importe lequel. C'était le premier anniversaire de la raison pour laquelle l'année dernière a été si terrible.

Je ralentis lorsque le GPS annonce qu'on est arrivés et je me gare devant un pavillon de plain-pied avec une façade en briques. Une table de bistro et deux chaises sont installées sous le porche d'entrée. L'allée en béton est recouverte de dessins à la craie légèrement éclairés : des arcs-en-ciel, des dragons cracheurs de feu et un château avec des douves. J'attends qu'Isaiah m'adresse une autre question.

Son regard est comme un rayon de soleil. Je le sens sur ma joue… sur mes cheveux.

— Je suis désolé que tu aies eu une année merdique, déclare-t-il.

Je le fixe, surprise.

— Tu ne veux pas en savoir plus ?

— Oh, si.

Il passe une main dans sa tignasse, me laissant entrevoir la cicatrice sur son front, et un souvenir me revient : *une silhouette dégingandée et des cheveux d'ébène.*

— Mais je sais ce que c'est que d'être triste. Je me suis pris des raclées plein de fois. Tu m'en diras plus quand tu le sentiras.

Il sort de la voiture, étire les bras au-dessus de sa tête une seconde, montrant un bout de peau sous le bord de son sweat à capuche. Je détourne le regard parce que je ressens à nouveau cette attirance qui me fait super peur.

Son sourire soudain m'éblouit.

— Merci de m'avoir déposé, Lia.

Mot doux

Quinze ans, Virginie

Pour moi, Beckett Byrne était un dieu parmi les adolescents : débrouillard et fort, intelligent et extraverti, gentil et drôle. Il faisait partie des meilleurs joueurs de l'équipe d'athlétisme et les recruteurs sportifs des universités rivalisaient pour l'avoir. Son sourire était à couper le souffle. Sa loyauté était inébranlable. Il était un peu trop sûr de lui parfois, mais il était doté d'un charme indéfinissable qui faisait que les gens – et moi, en tout premier lieu – l'adoraient.

Au milieu de ma seconde, ce n'était plus un crush : j'étais carrément dingue de lui.

Quand Beck venait avec sa famille, il était prévenant avec ses sœurs, gentil avec sa mère et son père et très respectueux avec mes parents. À nous deux, nous préparions des biscuits pour les jumelles, nous regardions des films et nous prenions le métro pour aller faire de très longues promenades dans Washington DC. Notre itinéraire préféré allait du Capitole au Monument de Washington, puis du mémorial de Lincoln à celui de Martin Luther King et enfin à celui de Jefferson. Là, nous nous posions sur un banc et nous papotions en contemplant le bassin artificiel.

Après le bal, mon anniversaire et notre danse, je me suis surprise à l'observer, à rêvasser, à avoir envie de me serrer contre lui, mais je me retenais de me lancer. J'avais trop peur de faire tanguer notre bateau branlant. Parfois, je le surprenais en train de m'observer lui aussi. Il souriait, tirait sur ma queue-de-cheval, me faisait une grimace ou m'adressait un clin d'œil, et intérieurement, je fondais. Il avait recommencé ses gros câlins. Il me conduisait au lycée et me ramenait. Il ne s'intéressait pas aux autres filles. Mais, malgré le destin annoncé par la voyante, nous n'étions toujours que des amis.

J'étais frustrée. J'avais envie de m'installer sur sa planète, pas de rester en orbite autour d'elle.

Le premier jour des vacances d'hiver, on devait lui extraire les dents de sagesse. Il en voulait à Bernie d'avoir pris ce rendez-vous au début de ce qui devait être un moment de détente, mais elle ne voulait pas que son aîné rate des cours. Ce matin-là, alors qu'ils partaient pour le cabinet du chirurgien-dentiste, Beck m'a envoyé un texto depuis le Subaru de sa mère.

Je m'ennuie.

Et puis :

Si je meurs aujourd'hui, va dans mon placard et cherche mes magazines de charme. La boîte est sur l'étagère du haut, sous les G.I. Joe. Mets-les à la poubelle avant que ma mère tombe dessus.

J'ai frissonné : les garçons peuvent être tellement dégoûtants.

Tu me dégoûtes, ai-je répondu.

Il a répliqué : *Tu m'enchantes.*

J'ai souri et je lui ai demandé, en reprenant son euphémisme ringard : *Pourquoi tu as des magazines de charme alors qu'il y a Internet ?*

Des petits points sont apparus alors qu'il tapait sa réponse. *Pour la même raison pour laquelle tu préfères les livres aux adaptations cinéma. Rien ne vaut l'imagination.*

Je me suis mise à rire.

Si je survis, a-t-il envoyé, *ne parlons plus jamais de ces magazines.*

J'ai tapé : *Tu survivras, et je te taquinerai avec ça jusqu'à la fin de tes jours.*

La conversation s'est arrêtée là. J'ai repris *Vampire Diaries*, la série que Bernie et moi avions commencé à regarder depuis peu. Je supposais qu'ils étaient arrivés à destination. Je n'enviais pas Beck. L'idée de se faire arracher des dents avec d'énormes racines me retournait l'estomac.

Mon téléphone a vibré. *Tu passes tout à l'heure ? Je te promets de ne pas saigner sur toi.*

Mon cœur, cet organe stupide, s'est mis à battre la chamade.

J'ai répondu : *J'ai hâte de voir tes joues de hamster.*

***

En fin d'après-midi, ma mère m'a déposée chez les Byrne. Bernie m'a conduite à l'intérieur. Norah et Mae étaient installées sur le canapé, absorbées par *Encanto : La Fantastique Famille Madrigal* et se partageaient un bol de crackers au fromage. J'ai embrassé leurs boucles d'or rose avant de me tourner vers leur mère.

— Il est dans sa chambre, m'a-t-elle informée en levant les yeux au ciel. C'est une mauviette, Lia. Une grosse mauviette. Tiens, apporte-lui ça, tu veux ?

Elle m'a tendu deux poches de glace, puis m'a fait signe de partir.

Je suis descendue au sous-sol, où se trouvait la chambre de Beck, ainsi qu'une grande pièce qui servait d'espace de jeu aux jumelles. J'ai frappé à la porte, méfiante après la discussion de ce matin à propos des magazines érotiques. D'une voix bourrue, il m'a dit d'entrer.

Les stores étaient tirés et les lumières éteintes, à l'exception de la petite lampe de chevet. Beck était allongé sur son lit, vêtu d'un pantalon de jogging et d'un T-shirt du lycée. Ses yeux ont quitté l'écran de son ordinateur portable, posé sur une pile d'oreillers à côté de lui. Son expression était tellement pitoyable que je n'ai pas pu m'empêcher de rire.

Ses joues n'étaient pas vraiment boursouflées, mais il avait l'air faible et pâle, plus épuisé qu'après une matinée à la salle de sport. Il a appuyé sans regarder sur une touche de son clavier pour mettre en pause *Elf*, un film que nous adorions revoir pour Noël, puis a tapoté la place à côté de lui. Je me suis assise en me mordant la lèvre pour m'empêcher de sourire.

— Tu as survécu, l'ai-je taquiné.

— À peine. C'était de la torture, a-t-il marmonné.

— Espèce de bébé, c'était une intervention dentaire. Comment tu te sens ?

— Hyper mal. C'est *horrible*, putain.

— Bébé, ai-je répété.

Mais cette fois, mon ton manquait de mordant. Mon visage a chauffé lorsque j'ai réentendu dans ma tête ces deux syllabes : *bé* – *bé*. Je les avais prononcées avec tendresse, comme un mot doux. Espérant qu'il soit trop sous l'emprise des analgésiques pour évaluer mon ton, mon rougissement ou ce que les deux impliquaient, je lui ai tendu les packs de gel.

Il a croisé les bras et incliné la tête en arrière.

— Tu veux bien ?

J'ai laissé échapper un *pff* comme si ça m'embêtait, alors qu'en réalité, j'étais contente de me rapprocher de lui. Il sentait le déodorant qu'il utilisait depuis l'âge de dix ans, le shampoing Dove qu'il avait fait mousser toute sa vie et la lessive Tide de Bernie. J'ai placé les poches glacées sur ses joues couvertes de taches de rousseur, en faisant attention à la pression que j'appliquais.

Il a soupiré.

Il a fermé les paupières.

Il a levé ses mains pour couvrir les miennes.

C'était nouveau.

— Amelia, a-t-il chuchoté.

Mon prénom… c'était nouveau aussi.

— Ça va mieux ? ai-je demandé.

— Tellement mieux.

Il a tourné la tête et a ouvert les yeux pour me regarder, en coinçant l'un des packs de gel entre sa joue et l'oreiller en dessous. J'ai libéré ma main, il l'a attrapée.

— Tu veux bien t'allonger avec moi ?

Ma tête s'est mise à tourner comme une toupie. Beck me faisait confiance pour l'accompagner dans sa convalescence, pour le chouchouter et le réconforter. Mais c'était plus que ça : une sorte de prise de conscience mutuelle, un sentiment d'acceptation partagé. Nous nous dirigions vers quelque chose d'inédit.

Et ça paraissait *naturel.*

Je me suis recroquevillée à côté de lui.

Parce que tout ce qui s'était passé depuis que je m'étais assise sur son lit était indéniablement surréaliste, j'ai demandé :

— Tu es dans le gaz ?

Il a ri. Le son était chaleureux et vaporeux.

— J'ai pris huit cents milligrammes d'Ibuprofène.

Le remède de l'armée à tous les maux, comme un pansement sur un trou laissé par une arme à feu.

— Pas étonnant que tu aies mal. On ne t'a rien donné de plus fort ?

— Si, mais je voulais être réveillé quand tu viendrais.

Il a passé son bras autour de moi. D'une main, j'ai maintenu une poche de gel en place. De l'autre, j'ai massé sa paume calleuse, la pulpe de ses doigts, la peau veloutée de son poignet.

Il a expiré.

— C'est tellement bon. Je t'embrasserais bien si mon visage ne me faisait pas aussi mal.

Ma respiration s'est arrêtée brusquement.

Il l'a remarqué.

Il a serré doucement mes doigts.

— Bientôt ?

— Oui, ai-je murmuré. Bientôt.

J'ai marqué une pause et j'ai souri contre son torse.

— Et quand tu seras prêt à manger des aliments solides, je te ferai des pancakes au Nutella.

— Tu m'enchantes vraiment, Amelia Graham, a-t-il répondu.

Il s'est endormi quelques minutes plus tard.

Je suis restée à ses côtés. J'ai terminé le film qu'il avait commencé, profitant de ma nouvelle réalité.

En l'espace d'un après-midi, j'étais devenue la fille que Beck désirait, celle dont il avait besoin. Celle que j'étais censée être depuis toujours.

Ce qui me manque…

1. *La confiance absolue*
2. *Les parfums combinés du déo Degree, du shampoing Dove et de la lessive Tide*
3. *Les gros câlins*
4. *Le rire le plus profond et le plus sûr de soi du monde*
5. *Les balades à Washington DC*
6. *Les grandes mains, calleuses et douces*
7. *La confiance en l'avenir*
8. *Les yeux vert kaki*
9. *Les reparties*
10. *Son culot*
11. *Son rougissement instinctif*
12. *Ses taches de rousseur*
13. *Les pancakes au Nutella*
14. *Faire partie d'un tout*

Refuser la lune

Dix-sept ans, Tennessee

Je ne parle pas à Paloma, Meagan et Sophia du club d'arts plastiques. Elles s'étonneront de ne pas me voir à la bibliothèque, mais je ne suis pas prête à répondre à leurs questions sur les raisons pour lesquelles j'ai décidé – par le plus grand des hasards – de rejoindre un club alors qu'on est à plus de la moitié de la terminale.

J'envoie un message rapide à mes amies : *Je ne peux pas venir à la bibliothèque !*, puis je me dirige vers le fond du campus. Au moment où je franchis la porte du garage qui servait de classe de Mme Robbins, la cloche retentit. Quelques dizaines de têtes se tournent pour voir qui est arrivé, ce ne sont que des visages inconnus… à l'exception de celui d'Isaiah Santoro. Il est installé à sa place habituelle, à côté de Trevor.

— Bienvenue, Lia, me lance Mme Robbins depuis l'entrée. Choisis un siège, nous allons commencer.

Il y a une place libre à la table d'Isaiah. Il s'en aperçoit et me fait signe de venir m'asseoir en poussant le tabouret avec son pied.

— J'ai entendu dire que tu avais ramené mon pote chez lui l'autre jour, déclare Trevor alors que je m'installe.

— Oui.

J'essaie de déterminer si ça a de l'importance qu'Isaiah ait raconté à son ami les dix minutes que nous avons passées dans ma voiture.

Isaiah m'adresse un sourire.

— Ça m'a sauvé.

Je me sens rougir.

La prof explique l'activité du jour : dessiner à l'aveugle.

— Vous allez dessiner en vous concentrant sur votre modèle. Ne regardez pas votre feuille avant d'avoir terminé.

Elle nous montre des exemples, des paysages et des coupes de fruits qui semblent avoir été créés par des élèves de CP.

— C'est un excellent exercice pour vous aider à apprendre à dessiner ce que vous voyez, plutôt que ce que vous pensez voir. Nous commencerons par des portraits aujourd'hui et nous continuerons lors de la prochaine réunion. Inutile de vous précipiter. Je vais vous distribuer le matériel pendant que vous vous répartissez par groupes de deux.

Avant que je ne puisse paniquer en me demandant avec qui je vais travailler, Isaiah rapproche son tabouret du mien.

— Sérieux, mec ? proteste Trevor. Tu me lâches ?

— Trouve-toi un nouvel ami, lui conseille Isaiah. Comme je viens de le faire.

Trevor nous examine tour à tour, puis lève gentiment les yeux au ciel et se dirige vers une table de trois personnes près de l'armoire à vernis. Isaiah et moi attendons dans un silence pesant que Mme Robbins passe avec du papier et des crayons.

— Interdit de regarder, nous rappelle-t-elle.

Isaiah fait glisser une feuille vers moi.

— Tu veux me dessiner d'abord ?

— Tu me promets de ne pas te vexer si je te fais ressembler à un ogre ?

Il sourit.

— Promis.

J'aligne le papier, je choisis un crayon et je centre sa pointe près du haut de la page, là où devrait se trouver le sommet de la tête de mon modèle. Puis je lève les yeux pour étudier les traits d'Isaiah ; ce n'est pas la pire des corvées d'être obligée d'examiner son visage assez longtemps pour transférer ses cheveux noirs, sa mâchoire puissante et son nez imparfait sur le papier. Il me fixe, immobile, les yeux extraordinairement brillants.

— Tu n'es pas censée dessiner ? me demande-t-il.

La salle est bruyante, pleine d'activité, mais sa question m'atteint comme si elle avait voyagé en ligne directe jusqu'à mon oreille, à travers deux boîtes de conserve reliées par une ficelle.

— Je… si. Si, tu as raison.

Troublée, je jette un coup d'œil à la feuille blanche, la main crispée, en serrant le crayon.

— Hé là, me gronde Isaiah. Interdit de regarder.

Il pointe deux doigts pour ramener mon attention sur ses yeux.

— C'est ici que ça se passe.

Je lâche un petit rire, comme si c'était un exercice stupide, comme si je n'étais pas mal à l'aise d'être connectée à lui de cette façon. Mais petit à petit, je me détends et je commence son portrait. Je n'ai pas besoin de baisser les yeux sur le papier pour savoir que ma tentative est catastrophique, mais je continue. J'esquisse des cheveux ondulés, un menton carré et des sourcils broussailleux. J'essaie de capturer ses yeux : ronds et légèrement en amande, bordés de cils sombres et épais. Ils sont cerclés de ronds violets, indices d'un mauvais sommeil. Je les ajoute en ombrant légèrement la feuille. En me demandant ce qui l'empêche de dormir, je me mets à dessiner son nez asymétrique.

Il rompt le contact visuel le temps d'évaluer mon travail. Quand son attention revient sur moi, sa bouche est relevée en un sourire narquois. Je la dessine dans cette position, ses lèvres pleines recourbées avec malice.

Je pense avoir terminé, mais je scrute son visage encore un instant pour m'en assurer. C'est là que je me souviens de sa cicatrice. Aujourd'hui, elle est cachée sous ses cheveux, mais ça ne me semble pas juste de ne pas l'inclure, ce serait comme ignorer la lune parce que le soleil brille. Je l'ajoute à mon portrait sans trop appuyer.

— Voilà, dis-je en posant le crayon.

Je pousse mon œuvre vers lui. J'ai peur de regarder.

Il prend le dessin pour l'examiner attentivement. Je m'attends à ce qu'il pouffe de rire parce que les exemples montrés par Mme Robbins étaient mauvais et que mon portrait doit l'être aussi, mais il décrète :

— C'est bien. Enfin, c'est nul à chier, mais tu as ajouté des détails qui montrent que c'est indubitablement moi.

Il place le papier entre nous et, oui, c'est affreux, mais je comprends aussi ce qu'il veut dire. Il pointe du doigt les ombres sous ses yeux.

— J'ai l'air épuisé. Et mon nez. Tu as rendu avec précision son aspect complètement fichu.

Je souris.

— Il a été cassé ?

— Plein de fois, oui.

Je montre la cicatrice en graphite sur mon croquis.

— Et là, qu'est-ce qui s'est passé ?

Il passe une main dans ses cheveux pour exhiber l'originale.

— Je me suis cogné la tête contre le coin d'une table basse.

Je désigne le côté de mon œil gauche, où se trouve une cicatrice de la taille d'un pépin de citron.

— Quand j'avais quatre ans, je sautais sur le lit de mes parents et mon pied s'est accroché à un oreiller. Je me suis cogné le visage contre la tête de lit. J'ai eu un coquard pendant une semaine.

— C'est une cicatrice de dure à cuire, mais on va te trouver une histoire plus cool. Par exemple… tu t'es défendue dans une bagarre de poivrots sur le chemin de l'école maternelle.

Je ris, détendue par nos plaisanteries.

— C'est mieux, en effet.

Isaiah sourit.

— Faut pas que j'oublie d'ajouter ta cicatrice quand je ferai ton portrait.

— Tu as l'intention de me faire une tête de gobelin, hein ?

Son sourire s'adoucit, comme du miel dans le thé chaud.

— Même si je voulais, ce serait impossible.

Juste un garçon

Dix-sept ans, Tennessee

Je suis la dernière à arriver pour notre déjeuner sur la table de pique-nique à l'extérieur. Il fait beau, mais froid, et je zippe ma veste jusqu'à mon menton avant de m'asseoir à côté de Paloma.

— Tu étais où pendant la pause ? m'interroge-t-elle, alors que je sors mon repas de mon sac.

— Je suis allée dans la classe de Mme Robbins pour le club d'arts plastiques.

— Oh, fait-elle.

Puis elle me demande :

— Pourquoi ?

— Je ne sais pas… Ça avait l'air sympa.

Son expression dit : *arrête tes conneries.*

— Isaiah est dans le club d'arts plastiques, souligne-t-elle.

— Isaiah Santoro ? questionne Sophia.

Paloma sourit.

— Le seul et l'unique.

Meagan hausse un sourcil.

— Lui et toi, vous… ?

Je glapis :

— Non !

Puis, plus calmement, je précise :

— Il n'y a rien entre nous.

— Ils sont juste copains, corrige Paloma.

Meagan et Soph échangent un regard sceptique.

— Sérieusement, dis-je. C'est juste un ami.

— Et un camarade de club, ajoute Paloma.

— Et un basketteur, renchérit Soph.

— Et il est *canon*, ajoute Meagan en agitant les sourcils d'un air suggestif.

Sophia fait mine d'être choquée et Megs rit.

— Quoi ? Je suis lesbienne, pas aveugle.

Je déclare :

— Vous êtes horribles.

En réalité, ce que je veux dire, c'est qu'elles sont carrément géniales. Elles me font rire alors que je devrais avoir envie de rentrer sous terre. La façon dont mon cœur palpite quand Isaiah est là n'est pas normale. Mes joues ne devraient pas rosir quand nos regards se croisent. Ces papillons qui se baladaient dans mon estomac tout à l'heure ? Je les croyais morts et enterrés. Ils sont *censés* être morts et enterrés.

Et pourtant…

Ça doit se voir à mon expression que je suis en proie à un conflit intérieur, car Paloma m'entoure d'un bras.

— Ce n'est pas grave si, un jour, il devient plus qu'un garçon comme les autres.

Soph hoche la tête.

— J'ai lu un jour que tomber amoureux après la mort de quelqu'un qu'on aimait signifie que la première relation était vraiment spéciale. Si ce n'était pas le cas, le cœur ne prendrait jamais le risque de se lancer dans ce genre de complications…

Je concède :

— Peut-être. Mais là… ça semble trop tôt.

Je demande à Beck : *Tu ne trouves pas ?*

Il ne répond pas.

— Lia, personne ne s'attend à ce que tu fasses ton deuil pour toujours, souligne Meagan.

C'est sûrement vrai, mais Beck et moi étions tellement liés que j'ai souvent l'impression qu'il vit encore, qu'il respire, qu'il est à VCU ou qu'un changement permanent de poste l'a obligé à s'installer avec sa famille dans un État éloigné du mien. Quand la tristesse est si forte qu'elle menace de percer un trou dans ma poitrine, je me laisse aller à imaginer que nous serons réunis pendant les vacances de printemps ou à l'arrivée de l'été. Parfois, je fais semblant que je peux lui passer un coup de fil. Parfois, mon cœur lui parle.

Est-ce que c'est ça, faire son deuil ?

Meagan lance une myrtille dans ma direction. La baie vient frapper mon épaule.

— Qu'est-ce qui se passe dans ta tête ?

Je soupire.

— J'aimerais bien que ce soit défini par des règles. Des règles strictes. Universellement acceptées. Imaginons que je *veuille* qu'Isaiah soit plus qu'un mec comme les autres. Comment je suis censée lui parler de Beck ? Comment présenter Isaiah à mes parents ? Comment annoncer au père et à la mère de Beck que j'ai tourné la page ?

— Chaque chose en son temps, me conseille Paloma.

Soph acquiesce.

— D'abord, tu dois savoir si tu es prête.

— Et ensuite, dit Meagan, décider si Isaiah est le bon.

Paloma sourit.

— Isaiah est le bon. Vous vous êtes tous les deux fait les yeux doux pendant le cours de céramique.

— Hé, je ne fais les yeux doux à personne.

— Tout ce que je dis, poursuit-elle, c'est qu'il y a beaucoup de gens qui se jetteraient sur lui s'il leur accordait ne serait-ce qu'un coup d'œil. Sauf que je ne l'ai jamais vu montrer à qui que ce soit plus qu'un intérêt poli. Jusqu'à ce que tu arrives.

J'argumente faiblement :

— Il me montre un intérêt poli.

— Non, corrige Paloma en souriant. Il te dévore des yeux comme un homme affamé devant un double hamburger au bacon et au fromage.

Meagan, Sophia et moi éclatons de rire.

Une distraction

Un jeudi maussade, au club d'arts plastiques, un garçon dessine le portrait d'une fille.

La fille est un nœud d'angoisse.

L'intimité de la concentration du garçon, de son attention…

PUTAIN DE MERDE.

Elle a besoin d'une distraction, d'un truc pour canaliser son énergie, sa nervosité.

Elle sort son journal intime de son sac, l'ouvre sur ses genoux

– pour qu'il ne puisse pas voir ce qu'elle écrit –

et fait semblant d'être très occupée.

Il dessine en fredonnant une chanson mélancolique.

Il chante juste et elle n'est pas surprise.

Elle a les doigts qui tremblent, le résultat est un affreux gribouillis et pas son écriture soignée habituelle.

Il dessine, son regard est une caresse brûlante sur le front, la joue, le cou de la fille.

Quand est-ce qu'il aura fini ?

Le problème n'est pas qu'elle soit mal à l'aise…

c'est qu'elle ne l'est PAS.

La mélodie s'accélère.

A-t-il trouvé le bonheur en esquissant son visage ?

Son regard accroche le sien. Il sourit.

Le cœur de la fille fait des pirouettes.

Elle ne sait plus quoi penser. Elle est troublée. Elle a peur.

Pas de lui… de ses sentiments pour lui.

Contradictoires, mais forts, nouveaux, mais indéniables.

Il dessine, et elle écrit, il fredonne et elle se délite.

Leur professeure se promène dans la salle, offre des compliments et émet des critiques.

Elle s'arrête pour le regarder travailler.

La fille cesse d'écrire pour étudier l'enseignante qui observe le garçon.

Une lueur apparaît dans son regard d'artiste.

— Tu as de la chance, déclare-t-elle à la jeune fille.

Ce qui est incroyable, car la jeune fille ne s'est pas sentie chanceuse depuis longtemps.

La prof passe au groupe suivant.

Le garçon tend son dessin.

— C'est pour toi, annonce-t-il, avant de pointer un endroit du doigt. Je n'ai pas oublié ta cicatrice.

Il l'observe, plein d'espoir.

Elle prend le portrait.

L'effet global est abstrait, mais ses choix semblent intentionnels.

La détermination de la fille, autrefois infinie, commence à s'épuiser.

Est-ce qu'elle a raison ?

Est-ce que c'est mal ?

Est-ce que c'est ÇA son destin ?

Elle aimerait en être sûre.

Elle examine le dessin, son visage, et dit tout simplement :

— C'est beau.

Lever de soleil
Quinze ans, Virginie

Beck s'est rapidement remis de l'opération de ses dents de sagesse, poussé par l'envie de profiter au plus vite des vacances, de soulever des poids cinq fois par semaine et de passer du temps avec moi.

Chaque fois que nos familles vivaient dans le même quartier, nous célébrions le réveillon de Noël tous ensemble. Cette année-là, nous nous sommes retrouvés chez les Byrne. À vingt et une heures, nous avions mangé des pizzas maison et des dizaines de cookies, et joué quelques parties de *Pictionary*. Pendant que Bernie et Connor couchaient les jumelles, mes parents ont choisi *Les Colons de Catane* dans la collection de jeux de société des Byrne et ont disposé le plateau sur la table de la salle à manger. Quand Connor et Bernie sont redescendus, ils pouffaient de rire. Bernie a chuchoté quelque chose qui a fait rire mes parents aussi. Pendant les vacances, mon père et Connor aimaient bien faire semblant de revivre leurs années de fraternité, mais avec des bières de microbrasseries au lieu des blondes premier prix. Ma mère et Bernie se servaient généreusement en vin. Ça n'a pas été trop compliqué pour Beck et moi de nous faufiler dans sa chambre.

— J'ai quelque chose pour toi, m'a-t-il annoncé en fermant la porte.

— Moi aussi.

Nous nous sommes assis face à face sur le lit. Je lui ai tendu une boîte rectangulaire enveloppée dans du papier argenté. Je lui avais acheté un casque antibruit, en utilisant une partie de l'argent que j'avais gagné en gardant ses sœurs au cours des deux dernières années. Il a poussé une exclamation de satisfaction en ouvrant le paquet, et j'ai été soulagée. Nous nous étions déjà offert des cadeaux idiots, ou choisis et achetés par nos mères, mais c'était la première fois que nous nous échangions officiellement des cadeaux.

Il m'a tendu un petit paquet rouge et vert mal emballé. J'ai eu une boule dans la gorge en pensant qu'il avait préféré se débattre avec du papier et du scotch plutôt que de demander à Bernie de l'aider. Il m'a regardée, en tambourinant des doigts sur ses genoux pendant que je le déballais. À l'intérieur, cachée dans une couche de tissu, se trouvait une bague : en or blanc, sertie de deux pierres, chacune d'une nuance de bleu.

— Ce sont nos pierres de naissance, m'a-t-il expliqué.

J'ai touché l'aigue-marine, puis le saphir, et j'ai soufflé :

— Waouh.

— C'est cool, hein ? Il y a un bijoutier à Georgetown qui fait des bijoux sur-mesure, des commandes spéciales. Je l'ai trouvé en ligne l'année dernière.

J'ai levé les yeux vers les siens.

— L'année dernière ?

Ses joues se sont colorées. Beck rougissait facilement et violemment. J'avais toujours aimé que ce garçon fort et sûr de lui affiche l'embarras sur son visage.

— Oui, c'est à ce moment-là que je l'ai achetée. J'allais te l'offrir pour ton anniversaire, mais... je ne sais pas. Le bal. Raiden. C'était pas le bon moment. Alors je l'ai gardée.

— Et maintenant ?

Il a haussé les épaules, les yeux brillants. J'ai cru qu'il allait se pencher vers moi pour m'embrasser – ce serait notre premier baiser, et j'étais dans tous mes états rien qu'à l'imaginer – mais il a simplement déclaré :

— C'est le bon moment. Tu ne trouves pas ?

— Si, tout à fait.

Il m'a passé la bague à la main droite.

J'étais certaine qu'un jour, il en glisserait une du côté gauche.

***

Le lendemain matin, à Noël, mon réveil a sonné tôt. Je suis sortie du lit et j'ai enfilé des Ugg, ainsi que ma doudoune la plus épaisse. Sur la pointe des pieds, je suis passée devant la chambre de mes parents, encore plongée dans l'obscurité, j'ai allumé le sapin qui trônait dans le bow-window du salon, j'ai sorti les roulés à la cannelle du frigo pour les mettre au four afin qu'ils y lèvent, puis j'ai rempli deux mugs à emporter de cacao chaud (le bon). Beck est arrivé en 4Runner et je me suis glissée dehors pour aller à sa rencontre.

Le trajet jusqu'à Washington DC a été rapide et, pour une fois, on a pu se garer facilement près du parc du Mall. Beck a pris une couverture sur la banquette arrière, puis nous avons marché jusqu'au Lincoln Memorial. Nous avons grimpé tout en haut des escaliers déserts, rendu hommage au président Lincoln, puis nous nous sommes assis face au miroir d'eau, emmitouflés dans la couverture. Au loin, l'obélisque se dressait fièrement, projetant son reflet illuminé dans l'eau sombre.

Le ciel commençait à peine à s'éclaircir.

Nous avons siroté du cacao et parlé à voix basse de l'année à venir, du dernier semestre de ma seconde et de sa terminale. Il avait posé sa candidature à plusieurs facs de la côte est, mais il avait jeté son dévolu sur l'université du Commonwealth de Virginie. Elle était compétitive sur le plan académique, mais son équipe d'athlétisme avait désespérément besoin d'un bon lanceur.

Or Beck était un excellent lanceur.

— Tu seras accepté, ai-je affirmé alors que le ciel passait du violet au rose.

Je voulais qu'il soit admis. VCU était beaucoup plus proche que les autres universités auxquelles il avait postulé.

Il a pris mes mains dans les siennes et les a réchauffées.

— J'espère. Tu viendras me voir, hein ?

— Évidemment.

— Et tu poseras ta candidature aussi ?

À cette époque, je commençais à peine à réfléchir aux universités, mais j'aimais bien l'idée d'une petite fac à Seattle ou Tacoma, dans le Nord-Ouest Pacifique, près de l'endroit où nous avions vécu plus jeunes. Je me voyais sur un campus comme celui de Seattle Pacific ou de l'université de Puget Sound, intime et pittoresque. VCU est aussi grand qu'une ville, avec des rangées de maisons de fraternité et de sororité et un stade de football d'une capacité de plus de soixante-dix mille places, tout le contraire de l'expérience universitaire que je recherchais.

J'ai répondu à Beck :

— Bien sûr que je vais poser ma candidature.

Parce que je t'aime, aurais-je pu ajouter. *Je t'aime depuis aussi longtemps que je te connais.*

Son visage brillait d'un éclat doré sous les premières lueurs du jour. Puis il a exprimé sa version de ce que je venais de penser, avec douceur, sans fausse pudeur.

— Je t'adore, Lia. Je t'adore… eh bien, depuis toujours, je crois. Mais ces derniers temps… j'ai vraiment envie qu'on soit ensemble.

J'avais attendu toute ma vie d'entendre ces mots.

Des mots qui ont renforcé ma détermination.

Je n'avais pas besoin d'aller à la fac sur la côte ouest. Je n'avais pas besoin de plages rocheuses, de ciels pluvieux ou d'un campus miniature. Je n'avais pas besoin d'un semestre en Australie, si ça nous séparait. J'avais toute une vie pour explorer le monde. Je pouvais aller à VCU et être heureuse. Je le serais, parce que je serais avec Beck.

Alors que le soleil se levait à l'horizon, baignant la ville d'une lumière ambrée, je l'ai embrassé.

Au début, il était surpris, mais il ne lui a fallu qu'une seconde pour réagir comme je l'espérais. Il a lâché mes mains et trouvé mon visage, puis a répondu à mon baiser et m'a embrassée à nouveau. Je me suis collée contre lui, l'encourageant en pressant une paume insistante contre sa nuque. Il m'en a donné plus. Il m'a donné tout ce que je voulais ce Noël-là : de l'amour, de la chaleur et des rires. Un immense bien-être m'a envahie – nous a envahis – comme l'éclat du soleil matinal.

***

Nous avons été inséparables pendant la semaine qui a suivi. Nous avons fait de longs trajets en voiture, mangé notre poids combiné en burritos chez District Taco, et nous nous sommes cachés dans la chambre de Beck pour regarder nos films de Noël préférés. Nous avons fait tout ce qui pouvait nous tenir éloignés de ses parents et des miens.

Si nous étions discrets, ce n'était pas parce que nous redoutions que nos parents désapprouvent notre relation. Mon père et ma mère adoraient Beck. Depuis toujours. Bernie et Connor m'aimaient. Je ne doutais pas qu'ils seraient ravis d'apprendre que Beck et moi étions ensemble. Ils seraient *fous de joie.* Et c'était justement ça, le problème : j'étais moi-même folle de joie. Je ne voulais partager la nouveauté et le bonheur qu'avec Beck, et avec personne d'autre.

J'ai appris plus tard que nos parents avaient des soupçons. Bernie a deviné que quelque chose se tramait le jour où Beck s'était fait enlever ses dents de sagesse. Connor s'en est rendu compte lorsque son fils a refusé de les accompagner à une randonnée dans la vallée de Shenandoah pour m'aider à compléter le puzzle familial en cours : l'atelier des elfes au pôle Nord. Pendant le repas de Noël, alors que mes parents et moi plongions du pain et des légumes frais dans un caquelon de fondue fumante, ma mère m'a demandé d'où sortait ma bague. Quand je lui ai dit que c'était Beck qui me l'avait offerte, elle a adressé à mon père un sourire entendu. Mais, à leur décharge, personne n'a fait de commentaires.

Pour le réveillon du Nouvel An, Connor, Bernie et Beck sont venus chez nous, laissant les jumelles avec leur deuxième baby-sitter préférée, une gentille voisine qui était presque une grand-mère. Mon père a fait griller des côtes de bœuf, ma mère a fait bouillir des homards et Bernie a apporté son fameux gâteau au beurre de cacahuètes. Nous nous sommes gavés, puis nous avons sorti les jeux de société. Mon père a insisté pour que nous jouions à *Pandémie*, que Connor et lui adoraient, et que Beck détestait à cause de ses règles compliquées. *Scattergories* était plus amusant, et pour la première fois, j'ai réussi à battre tout le monde aux *Aventuriers du rail*.

Une fois les jeux terminés, alors que minuit approchait, je suis allée dans la cuisine remplir deux flûtes de vin mousseux. Mon père avait acheté une bouteille de cidre pour Beck et moi, mais fêter la nouvelle année avec du jus de fruits me semblait trop gamin pour la personne que j'étais en train de devenir.

Beck m'a suivie, laissant nos parents ranger les jeux et remplir leurs flûtes dans le salon. Dès que la porte de la cuisine s'est refermée, il a écarté mes cheveux de mon cou et a mis son nez sous mon oreille.

Il a murmuré :

— C'est chiant.

Le chatouillement de son souffle m'a fait frissonner.

— Oui, hein ? Je n'imaginais pas que ce serait si difficile de me retenir de te toucher.

Il a souri et a accroché ses doigts à la ceinture de mon jean pour me rapprocher.

— On n'a qu'à le leur dire. Ils seront contents. En tout cas, mes parents seront contents.

J'ai passé mes bras autour de son cou. Il était mon refuge, ma sécurité et ma joie. Il l'avait toujours été.

— Les miens aussi.

Il a haussé un sourcil.

— Même ton père ?

— Beck, évidemment. Il t'adore !

— Oui, jusqu'à ce qu'il découvre que maintenant je pense à sa fille au lieu de feuilleter mes magazines de charme.

J'ai ri et je lui ai donné une tape sur l'épaule.

— Ce n'est pas un peu *too much* de faire une annonce pendant le réveillon du Nouvel An ? C'est ce que font les gens quand ils se fiancent. Ou qu'ils vont avoir un enfant.

Je m'attendais à ce que ces deux scénarios le fassent flipper. Ce que j'aurais parfaitement compris.

Il n'a même pas cillé. Il a ouvert la bouche, l'expression pensive, les yeux pleins de désir, mais avant qu'il n'ait pu parler, ma mère a crié :

— Le compte à rebours va commencer !

Nous avons emporté notre mousseux dans le salon et nous sommes restés debout avec nos parents, à regarder à la télévision la foule à New York applaudir la traditionnelle descente de la boule géante à Times Square. Quand l'horloge a affiché dix secondes avant minuit, nous avons récité le décompte ensemble, comme les années précédentes. J'ai refoulé des larmes de joie, joie provoquée par la nostalgie combinée à l'euphorie que je ressentais depuis que Beck et moi étions en couple.

Il a posé nos flûtes sur la table basse, puis m'a pris la main. J'ai enlacé mes doigts dans les siens, perdue dans l'instant, et nous avons crié en chœur :

— Trois, deux, un...

Il m'a renversée en arrière et m'a donné mon premier baiser de la nouvelle année. Il y avait de la chaleur derrière ce baiser – il y avait toujours de la chaleur derrière les baisers de Beck – et lorsque nous nous sommes séparés, quatre paires d'yeux nous fixaient. Nos parents ont gardé un silence oppressant pendant quelques instants. Puis Connor a poussé un cri. Ma mère a pleuré, et Bernie aussi. Mon père avait l'air d'être à mi-chemin entre la joie sincère et la sidération totale, jusqu'à ce que Connor tape sur l'épaule de Beck et lui dise :

— Traite-la bien, mon pote, sinon Cam te tuera.

Mon père a ri.

Connor aussi.

Même Beck a ri, après avoir acquiescé solennellement. Il s'est approché pour me murmurer :

— Tu vois ? Je te l'avais dit.

Je me suis imaginé l'année à venir : Beck et moi tirés à quatre épingles pour le bal de fin d'année, les vacances de printemps à la plage, sa remise de diplôme en juin. Et puis l'été. Des mois de soleil et de liberté. Après ça, il irait à l'université, mais nous survivrions à cette épreuve.

Nous étions Beckett et Amelia.

Nous étions faits l'un pour l'autre.

Rameau d'olivier

Dix-sept ans, Tennessee

J'ajoute à mon tableau d'affichage le portrait qu'Isaiah a dessiné pendant le club d'arts plastiques. C'est étrange qu'il se trouve à côté de photos de Beck, mais la façon dont Isaiah me voit me plaît : une fille avec une étincelle dans les yeux, une cicatrice minuscule et une foule de secrets.

Le croquis est dans ma chambre depuis quelques jours quand ma mère vient déposer une pile de linge plié sur mon bureau. Elle se penche pour l'observer.

— C'est toi qui l'as fait ?

Je suis assise sur mon lit, en train d'essayer péniblement de faire mes devoirs de physique.

— Non. C'est du club d'arts plastiques.

— Tu fais partie d'un club d'arts plastiques ?

— Oui, au lycée. Pendant la pause, tous les jeudis.

Voilà. Elle a toutes les informations. J'espère qu'elle va s'en aller.

Elle se pose sur mon lit et bouscule Major, qui dort.

— Tu n'as pas eu besoin d'autorisation parentale ?

— Pour dessiner et peindre dans l'enceinte du lycée, pendant les heures de cours ? Non.

Elle montre le portrait.

— Qui est l'artiste ?

— Un autre membre du club.

— Un de tes amis ?

— Oh, maman, pitié ! C'est quoi cet interrogatoire ?

Elle tressaille. Mon ton désagréable lui fait l'effet d'une gifle. Après avoir chassé la tristesse de son regard, elle commente :

— Ça me fait penser à Picasso. Elle a fait du beau travail.

Je la corrige sans réfléchir :

— Il.

Elle retient son souffle, ce pronom masculin est comme un coup de tonnerre dans un ciel bleu.

Mon ton se radoucit :

— Il s'appelle Isaiah. Nous sommes en céramique ensemble. Quand il a parlé du club d'arts plastiques, je me suis dit que ça avait l'air sympa. C'est pour ça que je me suis inscrite.

— Oh… Eh bien, ça semble un excellent moyen d'occuper ta pause.

Elle accepte tacitement le rameau d'olivier que je lui ai tendu. C'est bizarre d'interagir avec elle, avec prudence et politesse, après avoir passé tant de temps à la tenir à distance.

Je hausse les épaules.

— Mieux que de traîner avec mes amies à la bibliothèque ?

Elle sourit.

— Ne néglige pas tes amitiés. Bernie et moi serions dans un sale état l'une sans l'autre. À ce propos, elle m'a dit qu'elle t'avait parlé des vacances de printemps. Connor quitte l'armée. Papa et moi espérons que tu viendras. On va loger chez les Byrne. Ils aimeraient beaucoup que tu nous accompagnes.

Je bloque sur « loger chez les Byrne ».

Je ne suis pas allée chez Connor et Bernie depuis la semaine qui a suivi la veillée funéraire de Beck, quand je me suis réveillée en pleine nuit, couverte de sueur froide. Il restait plusieurs heures avant le lever du jour, mais j'étais trop nerveuse pour rester au lit. J'ai enfilé une polaire et des chaussettes de laine par-dessus mon legging, puis j'ai glissé mes pieds dans des Birkenstock. Je suis allée dans la cuisine sur la pointe des pieds, j'ai volé les clés de mon père, puis je me suis échappée par la porte d'entrée.

Il y avait des plaques de verglas sur le sol. Mes parents auraient préféré boire de l'eau de Javel que me laisser conduire sur des routes glissantes alors que j'étais épuisée et en deuil, mais j'avais une mission à accomplir. Je m'étais réveillée en sursaut en me souvenant d'un message de Beck, profondément enfoui dans notre fil de discussion : *Si je meurs aujourd'hui, va dans mon placard et cherche mes magazines de charme… Mets-les à la poubelle avant que ma mère tombe dessus.*

J'ai envoyé un SMS à Bernie pour lui dire que j'étais en route.

J'ai conduit penchée en avant et agrippée au volant de l'Explorer, testant les freins tous les trois mètres, redoutant que le SUV ne dérape sur une plaque de verglas et m'expédie dans le fossé, le visage dans l'airbag. Plus d'une fois, j'ai envisagé de faire demi-tour, mais c'était comme si les magazines de Beck m'appelaient.

Bernie m'attendait sous le porche, enveloppée dans une robe de chambre en flanelle. On apercevait le sweat-shirt trop grand qu'elle portait en dessous : *Équipe d'athlétisme du lycée Rosebell.*

C'était celui de Beck.

Quand j'ai gravi les marches glissantes du perron, elle m'a serrée longuement dans ses bras, puis m'a conduite vers le salon, où elle s'était fait un nid sur le canapé. Sur la table basse traînait une tasse à moitié vide de laquelle dépassait la ficelle d'un sachet de thé.

— Je peux t'en préparer un, m'a-t-elle proposé après avoir suivi mon regard.

— Non, ça ira.

— Chocolat chaud ?

— Non merci.

— Tu veux que je mette la télé ?

— En fait, j'espérais pouvoir descendre dans la chambre de Beck. Je ne dérangerai rien, ai-je ajouté.

Au cours des deux semaines qui avaient suivi la mort de son fils, j'avais vu Bernie s'effondrer une fois, la veille des funérailles, quand elle avait surpris les jumelles sous le lit de leur grand frère, en train de le chercher avec des lampes de poche. Elle avait porté les mains à ses cheveux, son visage était devenu cramoisi et ses yeux s'étaient remplis de rage.

— Je vous interdis d'entrer dans la chambre de Beck ! avait-elle hurlé avec une telle sauvagerie que Norah et Mae avaient fondu en larmes.

J'avais suivi la scène du haut de l'escalier, abasourdie, pendant que Connor réconfortait les jumelles et que ma mère guidait Bernie, en sanglots, vers sa chambre.

J'ai chassé ce souvenir de mon esprit.

— Je voudrais juste… J'ai envie de me sentir proche de lui.

— Évidemment, Lia. Vas-y.

Je n'avais pas mis le pied dans la chambre de Beck depuis le matin suivant son décès, et une bonne minute a dû s'écouler avant que je trouve le courage de pousser la porte. J'avais l'impression qu'il allait débarquer d'une seconde à l'autre, enlever ses chaussures, se jeter sur le lit et m'entraîner avec lui.

J'aurais donné n'importe quoi pour que ça se produise.

J'ai traversé la pièce, je me suis agenouillée sur le tapis et j'ai appuyé mon front sur son édredon.

Ça sentait son odeur, propre et familière.

Ma poitrine s'est contractée en réalisant que ça ne serait pas toujours le cas.

Je me suis levée et j'ai allumé la lampe de bureau, puis je me suis approchée du placard et j'ai fait coulisser la porte. En voyant les vêtements, l'équipement de sport, les nombreuses paires de baskets qui me rappelaient tellement Beck, l'air a quitté mes poumons.

C'était le début d'une crise de panique, je crois. Mon corps cédait enfin aux assauts du chagrin.

Je n'arrivais pas à inspirer.

Mon pouls s'est accéléré et ma tête a tourné. Ma vision s'est brouillée… puis j'ai entendu un écho lointain : *Amelia, respire !*

J'ai aspiré un souffle frémissant qui n'était pas suffisant, mais qui était aussi, d'une certaine manière, trop violent.

Étourdie, j'ai attendu que mon rythme cardiaque ralentisse, que ma respiration se stabilise, avant de jeter un coup d'œil à l'étagère du haut. Une boîte étiquetée G.I. Joe s'y trouvait. Je l'ai soulevée et je l'ai posée sur le sol. Les mains tremblantes, je l'ai ouverte. Elle contenait bien les G.I. Joe de Beck. C'était une collection impressionnante. On avait passé des heures à y jouer ensemble, à imaginer des histoires d'amour entre des soldats et des Barbie pendant qu'il mettait en scène des batailles, faisait exploser des bunkers fabriqués à partir des magazines de déco de Bernie.

Une à une, j'ai sorti les figurines de la boîte – Beck ne les appelait jamais des poupées –, et je les ai empilées sur la moquette jusqu'à dénicher trois *Playboy* et un *Hustler*, dans lesquels apparaissaient des femmes très belles, très refaites et très dévêtues. Les quatre magazines avaient des dates de publication qui remontaient à avant ma naissance et leurs couvertures avaient non seulement perdu leur brillance, mais étaient déchirées et pliées. Ces imprimés avaient l'air d'avoir beaucoup servi, ce qui était dégoûtant, mais – même dans mon état émotionnel – plutôt drôle.

Où est-ce que Beck se les était procurés ?

Je ne le saurais jamais.

— Lia ? a appelé Bernie.

J'ai sursauté, plaquant une main sur mon cœur. Si elle me surprenait dans la chambre de son fils mort en train de mater des magazines pornos, elle ne me parlerait plus jamais.

J'ai chuchoté d'une voix forte :

— Je monte dans une seconde !

J'ai empilé les magazines, je les ai pliés en deux, puis je les ai glissés dans la ceinture de mon legging. J'ai enfilé ma polaire par-dessus et j'ai inspecté mon reflet dans le miroir derrière la porte. Mon visage était fantomatique, mais les magazines étaient indécelables. Bernie ne s'apercevrait de rien. J'ai rangé les G.I. Joe dans leur boîte, je l'ai soulevée pour la remettre sur son étagère, puis j'ai ouvert la porte de la chambre.

Bernie était en haut des marches et penchée pour me regarder :

— Ça va ?

J'ai acquiescé en joignant les mains, protégeant ainsi encore plus les magazines que je comptais faire sortir clandestinement de la maison.

— Je vais y aller.

— Oh… d'accord. Reviens nous voir bientôt. Norah et Mae seront tristes quand elles apprendront que tu es passée et qu'elles ne t'ont pas vue.

J'ai hoché la tête.

— Bien sûr.

Sur le trajet du retour, je me suis arrêtée dans une station-service et j'ai jeté les magazines dans une benne à ordures qui dégageait une odeur atroce. J'ai pleuré comme si je me débarrassais de quelque chose de vraiment précieux.

Je n'ai plus mis les pieds chez les Byrne depuis.

— Je ne suis pas prête à retourner à Rosebell, dis-je à ma mère. Je ne suis pas sûre d'être prête un jour.

— Réfléchis-y, me suggère-t-elle en me tapotant le bras. Ça pourrait avoir un effet cathartique.

Ou ça pourrait être traumatisant.

Nos regards se croisent. L'optimisme brille dans le sien. Elle croit pouvoir me convaincre, mais maintenant je m'interroge sur ses motivations.

Est-ce qu'elle est venue juste pour me parler du séjour chez les Byrne ?

— Je ne veux pas aller à Rosebell, dis-je. Jamais.

Juste Lia

Dix-sept ans, Tennessee

Par un mercredi venteux de la fin janvier, Paloma, Isaiah et moi arrivons au cours de céramique et découvrons qu'un remplaçant est assis au bureau de Mme Robbins. Il prend les présences avec la liste qu'elle a laissée. Il parcourt le premier tiers de l'alphabet avant de demander :

— Amelia Graham ?

J'ai le souffle coupé.

Paloma me jette un coup d'œil intrigué.

Le prof lève le menton pour scruter la salle.

Le jour de la rentrée, je m'étais préparée à ce que les enseignants m'appellent Amelia la première fois qu'ils prendraient les présences. Je m'étais préparée à la tempête de chagrin et à devoir les corriger.

Aujourd'hui, entendre « Amelia », c'est comme recevoir un coup sur la tête : ça fait mal et ça me donne le tournis.

Même si les mots tentent de rester coincés dans ma gorge, j'arrive à articuler :

— Lia, s'il vous plaît.

Le remplaçant acquiesce, puis passe à l'élève suivant, tandis que mon prénom résonne, encore et encore, prononcé par la voix de baryton de Beck.

Mon téléphone vibre. Je le sors discrètement de ma poche et j'y jette un coup d'œil. C'est un texto de Paloma : *Ça va ?*

Je réponds : *Oui*, en m'efforçant de masquer ma tristesse par de l'indifférence.

On dirait que tu vas vomir.

Je lui écris : *Ça va*, puis je remets mon portable dans ma poche.

Le remplaçant termine les présences et interroge la classe sur nos travaux en cours. Je me lève en manquant de renverser deux élèves de seconde, pour me diriger vers les étagères où sont conservés les projets qui ne sont pas encore cuits. Ma poterie au colombin maladroite est posée sur une planche sous un plastique de protection. Je prends mon pot et je retourne à mon espace de travail. Je sais très bien que je suis plus bizarre que d'habitude, et j'espère que les élèves qui partagent l'espace avec moi ne feront pas de commentaires.

Je croise Paloma et Isaiah, qui discutent sans enthousiasme du match de basket d'hier soir, une victoire, alors qu'ils vont eux aussi récupérer leurs projets. Ils me lancent tous les deux des regards stupéfaits alors que je me dépêche de passer.

Je t'aime, Amelia Graham.

Oh, Beck.

Je suis à deux doigts de pleurer lorsque des rires éclatent à la table derrière moi. Mes camarades de classe s'amusent comme des fous sous la surveillance du remplaçant.

Je devrais m'amuser aussi.

Je me redresse et je respire pour me ressaisir. Je m'améliore : je sais comment refouler mes larmes et retrouver un calme approximatif. Je m'en rends compte alors que je roule un nouveau boudin à partir d'un morceau d'argile. C'est nul de devoir améliorer cette compétence.

Je profite de soixante secondes de tranquillité réparatrice avant que Paloma et Isaiah ne reviennent avec leurs poteries. Du coin de l'œil, je le regarde retirer le plastique de son projet. Il est tellement plus réussi que le mien, c'est vraiment de l'art.

Il évalue du regard ma pile de boudins et déclare :

— C'est pas mal du tout, Amelia.

C'est le commentaire le plus anodin qui soit, mais il réduit à néant tous les efforts que je déploie depuis plusieurs minutes pour me calmer. Le feu se rallume dans ma poitrine, brûle mon cou et mon visage lorsque je croise les yeux pétillant d'amusement d'Isaiah.

Son visage devient aussitôt grave.

Je quitte mon tabouret, je me lève et je m'en vais, sans un mot pour lui ni pour Paloma, qui reste bouche bée.

Je me faufile entre les tables, les sièges et les gens qui transportent leurs œuvres fragiles et je me retrouve dans le seul endroit privé de la salle : le placard à vernis. Il y fait frais, et l'espace n'est éclairé que par une ampoule. Dos à l'entrée, je fais semblant de choisir les nuances, même si mon pot n'est pas prêt pour la cuisson, et encore moins pour une couche de couleur.

Je suis gênée d'être dans un état si lamentable.

Mais ma honte ne fait qu'aggraver mon état.

J'entends du mouvement derrière moi.

Je m'attends à ce que ce soit Paloma, mais non.

Mon cœur bat différemment en présence d'Isaiah.

Je déteste ça. Je *déteste* ce qu'il me fait ressentir.

Je me retourne alors qu'il entre dans le placard en cognant la porte que j'avais repoussée.

— Je te demande pardon pour ce que j'ai fait… ou ce que j'ai dit.

Je soupire.

— Tu n'as rien fait.

— J'ai forcément fait quelque chose, vu comment tu as réagi…

Il s'interrompt, ce qui réveille mon énervement.

— J'ai réagi comment ? De façon immature ? Comme une emmerdeuse ?

Les deux, c'est sûr.

Ses yeux s'agrandissent.

— Non. Merde. Je ne dirais jamais ça. Lia, j'allais dire que tu avais réagi comme si j'avais merdé. J'essaie d'arranger les choses.

— Pourquoi ? Qu'est-ce que ça peut te faire ?

Il secoue la tête et baisse les yeux sur ses Converse, et je pense : *Super. Souligne* mon *comportement et n'assume pas la responsabilité du tien.* Mais ce n'est pas vrai : il *essaie* d'assumer ses responsabilités, et je suis tellement à côté de mes pompes et centrée sur moi-même que je suis incapable d'accepter des excuses comme un être humain normal.

Je me dirige vers la porte. Le placard est si étroit que je dois frôler Isaiah et, quand je passe, il m'attrape la main. Je me fige, respirant difficilement, sans raison valable.

Ses doigts se referment doucement autour des miens.

— Je n'aime pas que tu sois fâchée contre moi.

— Je ne suis pas fâchée contre toi. Je suis juste… énervée.

— Pourquoi ?

Je ne sais pas comment formuler une réponse, mais j'essaie.

— Parce que la vie est nulle.

Il lâche un rire sec comme de la poussière.

— Ouais, je comprends. La vie m'a fait plein de coups de pute.

Je ne sais pratiquement rien sur lui. J'aime bien me convaincre que c'est parce que je suis une fille chill, cool, pas du tout intrusive. Mais en réalité, l'idée d'en apprendre plus sur lui, d'apprendre à l'aimer, me met profondément mal à l'aise.

— Tu n'as jamais l'air en colère, dis-je.

— J'ai appris à gérer ma fureur, la plupart du temps.

Il serre légèrement ma main.
Mon cœur bat *trop* fort.
Isaiah est plus grand et plus mince que Beck.
Sa peau est olive, sans taches de rousseur.
Il sent le chewing-gum à la chlorophylle et le genévrier.
Sa main s'enroule différemment autour de la mienne.
Beck me détesterait s'il nous voyait… me détesterait de chercher cette proximité.
Après tout ce que je t'ai promis, lui dis-je.
J'explique à Isaiah :
— Je n'aime pas qu'on m'appelle Amelia.
Je me sens bête de l'exprimer à haute voix, mais il ne me laisse pas le temps de le regretter.
— Alors je t'appellerai Lia.
— Juste Lia ?
— Juste Lia, répète-t-il.
Sa voix rassurante emplit le placard.
— Et écoute, tu traverses manifestement une période difficile, mais je veux que tu saches que j'attends ce cours avec impatience parce que je peux le passer avec toi. Si ça ne tenait qu'à moi, je te verrais en dehors du cours de céramique.
Je ne sais pas comment répondre ; la vérité me fait honte.
Je me décide à dire, d'un ton hésitant :
— Merci.
Il sourit.
— Tu me préviendras si un jour tu en as envie aussi ?
Je change de position, laissant mon bras frôler le sien.
— Promis.

Raisons d'éviter Isaiah Santoro

1. *Je ne suis pas prête.*
2. *Je ne suis pas prête.*
3. *Je ne suis pas prête.*

Pour toujours
Quinze ans, Washington DC

Lorsque les cours ont repris après le Nouvel An, Beck a commencé à m'emmener à des fêtes, où il restait près de moi pour s'assurer que je ne rentrais jamais plus tard que l'heure fixée par mes parents. Main dans la main, nous regardions Raj remporter des victoires à des tournois de décathlon et Stephen battre des records locaux dans la piscine. Nous assistions aux concerts donnés par l'orchestre de Macy avec Wyatt, puis nous allions dîner avec eux deux. Nous partagions des piles de pancakes en riant et en discutant gaiement. Nous nous joignions à la famille de Beck pour des randonnées au parc Great Falls et à Sugar Loaf Mountain, puis avec mes parents nous partions pour des excursions d'une journée à Richmond. C'était l'occasion de visiter le Capitole et de se promener dans le cimetière Hollywood.

Mais mes moments préférés, c'étaient ceux où j'étais seule avec Beck. Nous sortions beaucoup, juste tous les deux. Le plus souvent, nous nous retrouvions au parc du Mall et nous mangions ce qu'il y avait à vendre dans les food trucks garés près de l'obélisque.

— Tu crois qu'on devrait voir d'autres choses ? m'a-t-il demandé un samedi après-midi de début mars, juste avant mon seizième anniversaire.

Nous étions assis sur un banc le long du bassin artificiel. Il faisait froid, il y avait du vent et les cerisiers n'étaient pas encore en fleur. À part quelques touristes irréductibles, nous étions seuls.

— Comme quoi ?

— Je ne sais pas… se balader en ville. On vient toujours ici.

Je lui ai souri.

— J'aime bien venir ici. C'est notre endroit.

Il a retiré son bonnet et l'a enfoncé sur ma tête, couvrant mes oreilles avec une attention qui a fait gonfler mon cœur.

— Je croyais que notre endroit, c'était le Lincoln Memorial ? Là où nous nous sommes embrassés la première fois.

— Ça peut être notre endroit aussi, ai-je concédé.

Il a ri.

— Considérons que tout le parc du Mall est à nous tant qu'on y est.

— D'accord. Mais si tu veux voir d'autres endroits, pas de problème.

— Je pense simplement que nous devrions profiter de ce qui nous entoure. Nous ne vivrons pas toujours ici.

Il venait d'être accepté à VCU. Il allait devenir lanceur de poids dans leur équipe. Il partirait pour Charlottesville en août. J'étais ravie pour lui, mais je m'étais habituée à l'avoir à mes côtés. Ses câlins étaient devenus ma nourriture, ses baisers, mon oxygène. Je n'aimais pas penser que trois heures de route nous sépareraient. Je n'aimais pas imaginer à quel point il allait me manquer.

— Nous pourrions aller au parc zoologique national, ai-je proposé pour m'épargner une tristesse prématurée.

Il a acquiescé.

— Et peut-être au théâtre Ford.

— Ce serait cool. On devrait aller manger une glace chez Pop's Old Fashioned. D'après mon père, les employés du Pentagone considèrent que c'est une institution de Washington.

Beck a souri à l'évocation de la glace.

— Allons-y bientôt.

J'ai sorti mon téléphone de la poche de ma veste et j'ai ouvert l'application Notes, comme je n'avais pas mon journal à portée de main.

— Je vais commencer une liste.

— Tu m'étonnes, a-t-il ironisé.

C'était une liste facile à dresser : notre région regorgeait de bâtiments historiques intéressants, de lieux insolites et de bons restos. J'avais un tas d'idées, et Beck s'est mis à lancer des suggestions tellement vite que je parvenais à peine à les taper.

1. Théâtre Ford
2. Glace chez Pop's Old Fashioned
3. Parc zoologique national
4. Tartes de Ted chez Ted's Bulletin
5. Centre John F. Kennedy pour les arts du spectacle
6. Musée national d'histoire naturelle
7. Quartier des ambassades
8. Île Theodore Roosevelt
9. Escalier de *L'Exorciste*
10. Maison de Frederick Douglass
11. Bibliothèque du Congrès
12. Cathédrale nationale
13. Cottage de Lincoln
14. Hot-dogs *half-smoke* chez Ben's Chili Bowl

— Voilà, ai-je conclu en intitulant la liste « Choses à faire à Washington ».

— Choses à faire à Washington… avant que Beck ne parte pour VCU, a-t-il rectifié en regardant par-dessus mon épaule pour vérifier que je révisais le nom.

J'ai laissé échapper un soupir de désespoir.

Il a posé une main sur ma joue et a tourné mon visage vers le sien.

— Tu n'es pas déjà triste que je quitte Rosebell en août, si ?

— Non, ai-je dit avec une insistance forcée.

— Ooooh, s'est-il exclamé d'un ton moqueur. Je vais te manquer !

J'ai secoué la tête.

— Non, pas du tout. Même pas un peu.

Il a repris son sérieux, s'est penché et a chuchoté :

— Lia, dis-moi à quel point je vais te manquer.

C'était idiot de prétendre que je ne serais pas inconsolable quand on serait séparés.

— Tu me manques toujours quand tu n'es pas là, tu le sais.

Il s'est écarté en souriant.

— Oui, mais ça fait plaisir de l'entendre.

— J'aimerais pouvoir venir avec toi, ai-je admis.

J'étais d'humeur boudeuse, je me sentais déjà abandonnée.

— Tu me rejoindras. Dans deux ans.

— Tu veux vraiment que j'étudie à VCU ?

— À fond ! Tu as toujours l'intention de postuler ?

— Oui… c'est juste que… et si je t'étouffe ? Et si tu en as marre de moi ? Et si ce n'est pas comme ce qu'on espère ?

Il m'a fixée comme si j'avais deux nez.

— Ce sera comme on espère. Tu es ma personne préférée sur cette planète. Finis le lycée. Puis viens à VCU.

Les petites facs de la côte ouest ne me tentaient plus trop. La lumière brillante que représentait un semestre à l'étranger s'était presque complètement éteinte. Je grandissais et je me rendais compte que mes rêves de gamine étaient fantaisistes.

C'est du moins ce dont j'ai essayé de me convaincre ce jour-là devant le bassin artificiel.

Beck m'a étudiée d'un air pensif, sentant, peut-être, que j'étais en terrain instable. Il devinait peut-être que je m'efforçais de fusionner celle que j'avais été avec celle que j'étais devenue depuis que nous étions ensemble. À la façon dont ses yeux brillaient de compassion, je me suis demandé s'il comprenait que je me sentais un peu vide, un peu triste, quand je pensais à ce que je devrais sacrifier pour aller à l'université avec lui.

Il a frôlé mon oreille en murmurant :

— Reste avec moi, Lia. Reste avec moi pour toujours.

C'est ce que je voulais : être pour toujours avec Beckett Byrne.

Nous nous sommes rencontrés dans un baiser, une promesse, et même si mon cœur souffrait à l'idée qu'il allait partir, j'étais réconfortée par la certitude que Beck et moi nous rejoindrions toujours.

Reste

Dix-sept ans, Tennessee

Une semaine après qu'Isaiah et moi avons eu notre tête-à-tête dans le placard à vernis, je sors un vendredi après-midi pour promener Major dans le quartier. J'entends un ballon de basket rebondir sur le trottoir avant même d'avoir franchi le coin qui mène à l'aire de loisirs.

Trevor, que j'ai appris à connaître au club d'arts plastiques, joue sur le terrain avec Isaiah. Il y a aussi une fille, assise sur un banc tout proche. Elle a les cheveux bruns attachés en chignon et porte une doudoune. Je l'ai déjà vue au lycée, mais nous n'avons pas cours ensemble.

Je suis bien obligée de passer devant le trio, et je me demande si je veux qu'ils me remarquent. La présence d'Isaiah me rend nerveuse. Je me surprends à penser à lui dans les moments les plus étranges : alors que je suis en train d'écrire dans mon journal, le stylo au-dessus de la page, ou en plein milieu d'une série, quand les protagonistes se réconcilient ou s'embrassent, ou le soir dans l'obscurité de ma chambre, avant de sombrer dans le sommeil.

Je ne m'attarde pas sur ce que ces irruptions dans mes pensées laissent supposer.

Les garçons se disputent le ballon, se bousculent en riant. C'est Isaiah qui l'emporte et il s'élance vers le panier, laissant Trevor au milieu du terrain. Évidemment, il m'aperçoit. Il se protège les yeux du soleil bas de l'hiver et s'écrie :

— Lia !

Isaiah achève son lancer vers le panier. Quand le ballon passe à travers le filet, il regarde de mon côté.

— Qu'est-ce que tu fais ? insiste-t-il, l'air étonné de me voir là.

Je brandis la laisse de Major et je hausse les épaules.

— Viens nous rejoindre, propose Trevor en agitant un bras.

Mon chien me tire déjà vers le terrain, intrigué par ces nouveaux amis potentiels. Je le laisse me conduire jusqu'à Isaiah.

— Je voulais dire, qu'est-ce que tu fais ici, précise-t-il en se penchant pour saluer Major.

— J'habite dans le coin.

Je montre du doigt l'autre côté de l'étang.

— Là-bas.

— Sans déconner ?

Trevor s'approche en trottinant, le ballon de basket sous le bras.

— Moi aussi. Je veux dire, près du club-house. Mais on est pratiquement voisins.

Entre-temps, la brune a quitté le banc pour nous rejoindre. Trevor passe un bras autour de ses épaules.

— Je te présente Molly. Molly, Lia. Elle a intégré le club d'arts plastiques ce semestre.

— Cool, répond-elle en souriant.

Un bracelet en argent à breloques dépasse de la manche de sa doudoune. Je parie que c'est celui que Trevor a choisi au centre commercial avant Noël.

— Tu es vraiment une artiste, m'interroge-t-elle, ou tu es là pour étoffer ton CV, comme Trev ?

— Ni l'un ni l'autre. Je trouvais juste que ça avait l'air cool.

Isaiah caresse une dernière fois Major avant de se redresser.

— C'est cool, confirme-t-il.

— Mais ce n'est rien comparé au basket, commente Trevor en tendant le ballon à Isaiah, qui l'attrape sans problème.

Leur équipe a encore gagné hier soir, contre le lycée le mieux classé du district. J'ai commencé à y accorder de l'attention, et oui, d'après les annonces matinales du lycée, les comptes de l'équipe de basket sur les réseaux sociaux et les nouvelles locales, Isaiah est un phénomène. Trevor et lui sont co-capitaines et forment un duo imbattable sur le terrain.

— Vous déchirez cette saison, les gars, déclare Molly en regardant Trev avec amour.

— Eh oui, grâce à mon pote, réplique-t-il en donnant une tape sur l'épaule d'Isaiah.

Isaiah le frappe à son tour.

— Tu peux bien parler, avec la quantité de paniers que tu mets.

— Ne te fais pas avoir par son numéro de modeste, me prévient Trevor. C'est un *champion.*

Molly lève les yeux au ciel en riant.

— Si vous avez fini de vous flatter mutuellement l'ego, Trev et moi, on doit y aller.

Elle m'explique avec des airs de conspiratrice :

— Nous allons bientôt dîner avec mes parents. Il est super impatient.

Trevor gémit, mais avec humour.

— J'en meurs d'envie, putain.

Elle lui prend la main et l'entraîne hors du terrain.

— Ça m'a fait plaisir de te rencontrer, Lia !

— À plus, lance Trevor alors qu'ils s'éloignent dans la rue.

Isaiah les observe une seconde, puis fait tourner le ballon sur son index, comme si c'était le truc le plus facile du monde. Il devrait surveiller l'équilibre du ballon, mais ses yeux sont rivés sur moi.

— Tu veux jouer ?

— Oh… je suis avec mon chien.

Il regarde Major, qui s'est roulé en boule à mes pieds.

— Ça n'a pas l'air de le déranger de se détendre.

Les yeux d'Isaiah rencontrent les miens.

— Reste.

Cible facile

Dix-sept ans, Tennessee

J'enroule la laisse de Major autour d'un banc tout proche, puis je resserre les lacets de mes Nike et j'entre sur le terrain avec le capitaine de l'équipe de basket en personne, le champion le plus modeste que j'aie jamais rencontré.

— Tu veux qu'on fasse un match ? propose-t-il.

— Je ne connais pas grand-chose au basket.

— Oui, tu l'as déjà dit. Au cours de céramique. Le premier jour. Et je ne voulais pas dire un vrai match. Tu connais le HORSE ?

Beck et moi y jouions quand nous vivions à Washington. Connor avait installé un panier dans l'allée des Byrne parce que Beck était le plus grand de sa classe et que son père était persuadé qu'il allait jouer pour la NBA. Mais en sport, Beck était plus muscles et détermination que vitesse et finesse. Nous nous amusions avec le panier, mais il n'a jamais joué au basket en dehors des cours d'éducation physique à l'école.

— Oui, je connais.

— Cool. Au lieu d'obtenir des lettres de pénalité, celui qui rate son panier donne à son adversaire le droit de lui poser des questions.

Je lève un sourcil.

— Tu vas me massacrer.

Son sourire devient malicieux.

— Et j'apprendrai beaucoup. Où est le problème ?

Il me lance le ballon.

Je l'attrape… de justesse.

Il hoche la tête pour marquer son approbation.

— Voilà. Tu es échauffée. Tu es partante ?

Je lui renvoie la balle et j'enlève l'élastique à mon poignet pour attacher mes cheveux.

— Je suis partante.

Il se retourne et, de là où nous nous trouvons – à un million de kilomètres du panier –, il lance le ballon, qui frappe le carré du panneau avant d'entrer dans le panier.

C'est bon, je suis foutue.

Il fait rebondir la balle, puis me la passe. En secouant la tête, je vise et je lance le ballon en l'air. Il tombe comme une pierre et atterrit avec un rebond bien avant le panier.

Isaiah camoufle son rire par une toux.

— On va t'entraîner, me promet-il en dribblant. Mais d'abord, j'ai une question à poser.

Il marque une pause et scrute mon visage avant de demander :

— Qu'est-ce que tu penses de la poterie sur laquelle je travaille au cours de céramique ?

Je souris. Une question plus innocente que ce à quoi je m'attendais.

— Elle est très réussie. Tu pourrais la vendre.

Il accepte mon compliment à sa manière discrète, puis se dirige vers une ligne peinte sur le terrain, devant le panier. J'observe comment il soulève le ballon, la main droite en dessous, la gauche servant de support. D'un mouvement du poignet, il l'envoie vers le cerceau sans le lâcher des yeux alors qu'il traverse le filet.

Je me mets en place pendant qu'il dribble. Il me fait une passe, et j'essaie d'imiter sa posture.

— Plie les genoux, me conseille-t-il. Tu es un ressort. Lance avec ton corps, pas avec tes mains.

Je suis ses conseils, en faisant rebondir mes genoux pour tester l'effet.

— C'est mieux. Mais ne regarde pas le ballon. Fixe l'endroit où tu veux qu'il aille. Le carré sur le panneau ? C'est ta cible.

Je me concentre sur le carré. Je garde les genoux fléchis. Je lance avec mon corps, pas avec les mains.

Je ne marque pas, mais le ballon touche le bord de l'anneau, et retombe après un ricochet.

— C'est mieux, déclare Isaiah. Tu réussiras vite à marquer. Comment se passe la terminale pour toi ?

Je fronce le nez en entendant la deuxième question que je viens de lui accorder.

— Ça va.

— C'est vrai ? Parce que parfois tu as l'air malheureuse.

— Parfois, je me sens malheureuse.

— Mais pas à cause du lycée ?

— Non. J'aime bien le lycée. J'adore mes amies. J'aime bien mes cours, en général.

— Céramique ?

J'adore ce cours. Je trouve super Mme Robbins et son garage encombré. J'adore que tout ce qu'elle attende de nous, ce soit de la créativité et un effort. J'adore l'argile fraîche et humide et toutes les possibilités qu'elle offre. J'adore terminer ma journée par une heure passée en compagnie de Paloma, qui est tellement chaleureuse. Et j'adore qu'Isaiah soit assis à côté de moi, qu'il roule des boudins, qu'il lisse les coups et les bosses dans l'argile avec une éponge humide, qu'il me regarde de temps en temps, les yeux dansants et le sourire inquisiteur.

— Le cours de céramique est sympa, dis-je.

Il prépare un autre tir, qu'il réussit et je rate à nouveau. La partie continue.

— Malbouffe préférée ?

— Les Fritos. Ou les brownies.

— Le livre que tu as le moins aimé ?

— *L'Attrape-cœurs*. Holden Caulfield est insupportable.
— Animal préféré ?
— Les renards. Parce qu'ils sont mignons et intelligents.
— Saison préférée ?
— L'été. Évidemment.
Il sourit de toutes ses dents.
— Moi aussi.
Il marque un autre panier. C'est dingue, il n'échoue pas une seule fois. À mon tour. Le ballon rate le panier, mais de peu.
— C'est passé tout près, commente-t-il avant de me demander : Qu'est-ce que tu vas faire après le lycée ?
Encore une question facile.
— Université du Commonwealth de Virginie.
En entendant ça, il range le ballon sous son bras.
— Pas une fac du Tennessee ?
— J'habite ici depuis moins d'un an. Je n'ai pas d'attaches avec cet État.
— Mais tu en as avec la Virginie ?
— Oui.
Même moi, j'entends que mon ton manque d'assurance.
— Tes parents ne sont pas sur ton dos, à essayer de te faire rester près d'eux ?
— Oh, ils sont sur mon dos, mais pas pour que je ne quitte pas le Tennessee. Juste… parce qu'ils se tracassent pour mon avenir en général.
Je passe une main sur mes cheveux, troublée par la tournure qu'a prise cet après-midi. Je n'aurais jamais imaginé, en partant promener Major tout à l'heure, me retrouver avec Isaiah sur le terrain de basket du quartier. Ce qui est le plus étrange dans le fait de m'ouvrir à ce garçon, c'est qu'en réalité, ça ne me semble pas étrange du tout. Je jouerais volontiers au basket avec lui jusqu'au coucher du soleil. Je lui pose une question à mon tour :

— Est-ce que Marjorie est sur ton dos à propos de l'université ?

— Non. Elle se fiche de ce que je ferai après le lycée, tant que j'ai un plan et que j'obtiens mon diplôme avec intelligence, indépendance et générosité d'esprit – ces trois choses-là en particulier. Depuis le jour où j'ai emménagé chez elle, alors que j'étais un gamin rebelle qui se moquait de toutes ses tentatives pour m'imposer de la discipline, elle répète que je deviendrai le genre d'humain qui peut contribuer à rendre le monde meilleur. À un moment donné, j'ai commencé à la croire.

— Elle a l'air incroyable.

Les yeux d'Isaiah deviennent doux.

— Elle l'est, confirme-t-il avant de lancer à nouveau le ballon.

Cette fois-ci, il fait un peu le malin : il pose avec les mains en l'air et émet un *aaaaah* admiratif, comme si un stade rempli de fans l'acclamait.

Je dribble, je l'écarte de mon chemin et copie son tir.

Le ballon passe enfin à travers le filet.

Je suis tellement surprise que je reste immobile à fixer le ballon qui rebondit sous le panier, tandis qu'Isaiah hurle un « Putain de merde ! » exalté.

Je me retourne avec un grand sourire.

— J'ai réussi.

— Évidemment, rétorque-t-il en me tendant son poing.

Je lui fais un check en réfléchissant à ma première question. Je pourrais l'interroger sur le lycée, le basket, ou sa vie avec Marjorie et Naya, mais d'abord :

— Tu savais que j'habitais dans ce quartier ?

Il a l'air interloqué.

— Comment est-ce que je l'aurais su ?

— Je ne sais pas. Tu as dit que tu avais envie de me voir en dehors du garage de Mme Robbins et, pouf, tu apparais à deux pas de chez moi. C'est juste une coïncidence ?

Il hausse un sourcil.

— Certains diraient que c'est une coïncidence. D'autres diraient que c'est le destin.

Ce mot, « destin », me donne la chair de poule.

Il remarque que je frissonne, que je me frotte les bras pour les réchauffer, qu'un minuscule sourire se dessine sur mon visage. Il est doué pour écouter, pour observer, pour saisir les indices. Il me regarde et déclare :

— Je ne savais pas que tu vivais dans ce quartier, mais je ne suis pas déçu de l'avoir découvert.

Puis il lance le ballon, les yeux toujours plongés dans les miens et, comme chaque fois, la balle tombe dans le filet.

Je lève les mains.

— C'est pas possible, putain !

Il rit, rattrape le ballon quand il rebondit, puis revient vers moi et me le tend avec un air de défi.

— À toi.

— Est-ce que je peux regarder ma cible ?

— Est-ce que je l'ai fait ?

En fronçant les sourcils, je soulève le ballon, puis le lance sans regarder vers le cerceau.

Il frappe le panneau, mais ne touche pas le rebord.

— Pas mal, concède Isaiah. On sera bientôt au même niveau.

Je souris.

— Menteur. Une question... ?

— Oui. Tu es prête à me raconter comment l'année dernière t'a mis une grosse raclée ?

Scénarios hypothétiques

Dix-sept ans, Tennessee

Je m'éloigne, prise au dépourvu, et je vais m'asseoir sur le banc près duquel Major fait la sieste.

La pression monte dans ma cage thoracique, à l'endroit où mon cœur battait avec régularité avant.

Isaiah me suit. Il s'installe à côté de moi, pose le ballon dans l'herbe et appuie sa basket dessus. Les étoiles roses dessinées sur le bout éraflé forment une galaxie miniature qui scintille.

— Je suis curieux, se défend-il. J'essaie de comprendre.

— Je sais. C'est juste que… ce n'est pas facile d'en parler.

— Je comprends. Je n'aurais pas dû…

Je lève la main pour lui couper la parole. Je prends une profonde inspiration et je me lance :

— L'année dernière, le 22 novembre, mon petit ami est mort.

La lumière derrière les yeux d'Isaiah s'éteint et je crains d'avoir détruit quelque chose… son étincelle, sa bonne humeur.

— Merde, Lia. Je suis désolé. Je ne savais pas. Tu es… tu es tellement solide.

— Non. Je suis malheureuse, comme tu l'as bien dit.

— Tu l'as connu en Virginie ?

J'acquiesce.

— Et dans l'État de Washington, et en Caroline du Nord. Son père est dans l'armée, comme le mien. Nos parents étaient déjà amis bien avant notre naissance.

Je ne sais pas pourquoi je lui donne des détails qu'il n'a pas demandés. Ce jour-là dans le couloir, un baiser impulsif, quelques semaines de cours de céramique, quelques réunions du club d'arts plastiques… le temps que j'ai passé avec Isaiah est composé d'une série de moments distincts. Nous avons une connexion… je peux l'admettre maintenant. Mais ça n'a rien à voir avec les années d'expériences partagées, de complicité et l'histoire que Beck et moi avons vécue depuis le début de ma vie.

Je fais tout de même confiance à Isaiah.

Et surtout, je ne déteste pas les papillons dans l'estomac, *l'enthousiasme*, *la tendresse* et *l'espoir* que j'éprouve quand je suis avec lui.

Mon cœur se serre quand j'imagine ce que penserait Beck s'il savait que je ressens une attirance pour un autre garçon.

Une fois, quand nous vivions dans le Colorado et que mon père s'apprêtait à partir pour l'Afghanistan, j'ai entendu mes parents discuter derrière la porte fermée de leur chambre. Ma mère pleurait. Le son de son chagrin m'a arrêtée net.

— Et si tu ne rentres pas à la maison ? a-t-elle demandé, la voix tremblante.

Le ton de mon père était doux, mais sa réponse était ferme.

— Tu trouveras quelqu'un d'autre.

— Je ne pourrais jamais.

Un silence déchirant s'est étendu avant qu'il n'affirme :

— Hannah, je voudrais que tu refasses ta vie.

Je suis allée dans ma chambre et j'ai pleuré. J'avais pitié de mes parents ; c'était atroce d'être obligés d'avoir une conversation pareille. Beck et moi n'avons jamais évoqué de scénarios hypothétiques ; nous étions jeunes, spontanés, invincibles. Pourtant, souvent, je me torture avec cette question impossible : si c'était moi qui étais morte, est-ce que j'attendrais de lui qu'il souffre pour toujours ?

Ou est-ce que je voudrais qu'il redécouvre l'amour ?

— Qu'est-ce qui lui est arrivé ? m'interroge Isaiah.

— Une crise cardiaque, dis-je d'une petite voix. Une crise cardiaque soudaine et terrifiante.

— Mon Dieu. Il avait quel âge ?

— Dix-huit ans.

— Il était malade ?

— Pas du tout.

Isaiah respire à pleins poumons.

— Merde, Lia. Je suis vraiment désolé.

Le vent ébouriffe ma queue-de-cheval. Major soupire et se recroqueville sur lui-même. Je regarde Isaiah, qui contemple le terrain. Son profil est anguleux. Son front large. Ses sourcils épais. Ses pommettes acérées. Son nez a une bosse sur l'arête qui pourrait déranger une personne plus vaniteuse. Les commissures de ses lèvres sont abaissées, ce qui lui donne l'air fatigué.

Pour ça, il ressemble à Beck. Ses émotions se lisent sur ses traits.

— Ça va ?

Il croise mon regard.

— Pas trop. Et toi ?

— Ça fait longtemps que je ne vais pas bien.

Il pivote, remonte son genou et se tourne vers moi.

— J'ai l'impression d'être un connard. Maintenant que je sais ce que tu traverses… j'aurais dû te laisser de l'espace.

— Tu l'as fait.

— Absolument pas. Je t'ai serrée dans mes bras avant de connaître ton prénom. Je t'ai suivie dans un placard. Et me voilà dans ton quartier, putain. Tu dois me prendre pour un malade.

— Isaiah, si je ne voulais pas de ton attention, de ton amitié ou de ta compagnie dans les placards de la classe d'art, je te le dirais. Je te le jure.

Il se penche pour passer la main sur la tête de mon chien.

— Il s'appelle comment ?

— Major.

— Il est cool.

— Oui, hein ? Mon père l'a ramené à la maison l'année dernière, en espérant qu'il me ferait du bien.

— Ça a marché ?

Je réfléchis.

— C'est plus vivable, peut-être. Je ne peux pas disparaître complètement dans mon chagrin, même les mauvais jours, parce que j'ai un chien qui mangera mes chaussures si j'oublie de le promener. Pendant longtemps, j'ai eu besoin de ce genre de motivation.

— Parfois, les mauvais jours s'accumulent.

Je voudrais lui demander comment il gère ses mauvais jours. Je voudrais savoir comment il en est venu à vivre avec Marjorie. Je voudrais connaître sa malbouffe préférée, le livre qu'il aime le moins et ses projets après le lycée. Mais le soleil commence à baisser et mes parents doivent m'attendre. Mais il y a quelque chose que je dois absolument lui dire.

En fixant les étoiles sur sa chaussure, je lui annonce :

— Moi aussi, je voudrais te voir en dehors des cours de céramique. C'est juste que… je suis encore en train de tirer certaines choses au clair. Je ne sais pas encore à quoi ressemble la normalité, mais j'essaie d'y arriver.

— Tu me demandes d'être patient, résume-t-il.

— Je te demande d'être patient. ET je te dis que je t'aime bien.

Il sourit.

— Alors, c'est toi qui fixes la vitesse. J'attendrai à côté de toi.

Inévitable

Seize ans, Virginie

Sans perdre de temps, nous avons attaqué notre liste des choses à faire à Washington (avant que Beck ne parte pour VCU).

Les restaurants, c'était facile. Beck avait un appétit insatiable et je m'amusais à ingérer un nombre de calories aussi astronomique que lui. Comme Connor et mon père étant tous deux passionnés d'histoire, nous les avons emmenés avec nous au cottage de Lincoln et à la maison de Frederick Douglass. Alors que le printemps avançait, nous nous sommes rendus à la cathédrale nationale où nous avons admiré la chimère de Dark Vador sur la façade et le vitrail de l'espace, dans lequel est incrusté un minuscule fragment lunaire. À la bibliothèque du Congrès, nous avons vu la Bible de Gutenberg. Nous avons découvert les marches de *L'Exorciste*, un escalier étroit adjacent à une station-service Exxon à Georgetown, où a été filmée la scène du film d'horreur où le pauvre père Karras atterrit au bas des marches après avoir été possédé. Nous nous sommes rendus au Kennedy Center pour assister au ballet de *La Belle au bois dormant*. J'ai adoré, mais Beck s'est endormi.

En mai, nous avons emmené Mae et Norah au Musée national d'histoire naturelle. Elles étaient ravies de faire une sortie avec leur grand frère et leur baby-sitter préférée, et Connor et Bernie étaient contents de passer un après-midi sans enfants.

Nous avons pris le métro, puis nous avons marché jusqu'au musée. Nous avons admiré la statue d'éléphant dans la rotonde avant de nous aventurer dans l'exposition sur les mammifères, avec ses milliers de spécimens empaillés rassemblés par Theodore Roosevelt au début du XXe siècle. À l'étage, nous avons vu des momies et nous nous sommes promenés dans le pavillon des papillons. Nous avons ensuite exploré la section consacrée à la géologie et aux pierres précieuses.

Alors que je montrais à Norah le diamant Hope, elle s'est exclamée les yeux brillants :

— J'en veux un !

C'est alors que Beck m'a attrapée par l'épaule et m'a tournée vers lui.

— Mae est avec toi ? m'a-t-il demandé, essoufflé.

— Je… non. Juste Norah.

— Merde.

Il s'est passé les mains dans les cheveux en balayant du regard la salle sombre.

— Je me suis retourné pendant *une seconde.*

— Elle doit être là, lui ai-je assuré en scrutant comme lui la salle d'exposition sans la voir. Elle n'a pas pu aller bien loin.

Il était déjà parti en regardant derrière les vitrines, dans les recoins et en appelant :

— Mae ? Mae !

J'ai cherché là où il ne l'avait pas fait. Mon pouls s'accélérait tandis que j'esquivais les visiteurs du musée, tirant Norah derrière moi.

Après des recherches frénétiques, mais infructueuses, Beck et moi nous sommes retrouvés à l'entrée de la section géologie, pierres précieuses et minéraux. Il était épuisé, en sueur et le visage écarlate. J'étais terrifiée. Quelques minutes seulement s'étaient écoulées, mais ces minutes auraient pu être des siècles.

— Beck, l'a imploré Norah en le regardant avec crainte. On doit retrouver Mae !

Il a hoché la tête et l'a prise dans ses bras.

— On va la trouver. Ne t'inquiète pas, d'accord ?

Il s'est tourné vers moi :

— Je vais fouiller le reste de l'étage. Tu veux bien aller prévenir la sécurité qu'un enfant a disparu ?

J'ai acquiescé.

— Appelle-moi quand tu l'auras trouvée.

Quand… pas si.

— Entendu.

Il s'est éloigné en appelant une sœur tout en portant l'autre.

J'ai couru vers le bureau d'information que j'avais aperçu dans la rotonde. Là, dans la précipitation, j'ai balbutié un récit maladroit face à la dame aux cheveux gris assise derrière le bureau. Elle a contacté la sécurité et, en portant le téléphone à son oreille, m'a demandé une description de Mae.

— Elle a quatre ans. Elle a des cheveux blond vénitien. Elle porte un legging noir et un T-shirt violet. Attendez, non ! Un T-shirt rose ! C'est sa sœur qui est en violet.

— T-shirt rose, a répété l'employée dans le portable.

Elle a terminé sa conversation, a raccroché et m'a tapoté la main par-dessus le comptoir.

— Ça va aller. Les enfants s'échappent tout le temps.

— Mais elle est toute petite.

— Ils sont toujours petits. L'avantage, c'est que, quand ils réalisent qu'ils ont perdu de vue les adultes qui les accompagnaient, ils pleurent. C'est un signal d'alarme. Ce n'est jamais arrivé qu'on ne retrouve *pas* un gamin.

J'ai hoché la tête. J'avais déjà plus d'espoir. Je lui ai donné mon numéro de téléphone, qu'elle a noté à côté de la description de Mae.

— Son frère passe l'étage au peigne fin. Je vais fouiller le rez-de-chaussée. Est-ce que vous pourriez m'appeler si...

Mon portable, serré dans ma main, s'est mis à sonner.

Beck.

Je me suis empressée de répondre.

— Dis-moi que tu l'as trouvée, ai-je déclaré en guise de salut.

— Elle est avec moi, a-t-il répondu avec un petit rire incrédule. Elle était aux momies. Elle dit qu'elle aime bien comme elles sont emmitouflées.

J'ai ri, sous l'effet de l'adrénaline combinée au soulagement et à la joie.

— Elle va bien ?

— Impec.

Mon alliée du bureau d'information a chuchoté :

— J'annule les recherches ?

J'ai fait oui de la tête en articulant sans bruit *merci*.

— Lia, m'a dit Beck. Lève les yeux.

Je l'ai fait. Il observait la rotonde avec les jumelles depuis le balcon du premier étage. Norah m'a adressé un signe de la main. Mae a crié :

— Lia ! Beck m'a retrouvée !

Il a haussé les épaules d'un air penaud tout en affichant une fierté incroyable.

Je me souviens avoir pensé : *Quelle chance j'ai qu'il soit à moi.*

***

— Ma mère va péter un plomb, a-t-il prédit pendant le trajet du retour.

Il avait pris le Subaru de Bernie pour aller jusqu'à la station de métro, et dès que les jumelles ont été attachées dans leurs rehausseurs, elles se sont endormies.

— Mes sœurs et moi, on est tout pour elle. Elle ne se remettrait jamais s'il nous arrivait quelque chose.

Ce n'était pas une hyperbole. Contrairement à ma mère, Bernie était femme au foyer. Elle consacrait chaque seconde de ses journées à s'occuper de Beck, de Norah et de Mae, et je n'ai jamais eu l'impression qu'elle aurait voulu qu'il en soit autrement.

Je me suis penchée pour prendre la main de Beck.

— Elle comprendra. Ça arrive que les enfants s'égarent.

— Je parie que ça ne t'est jamais arrivé.

— Faux. Quand j'avais sept ans, je me suis perdue chez Bed, Bath and Beyond. Ma mère était en train d'acheter un grille-pain et, pendant qu'elle avait le dos tourné, je me suis éloignée. Quand elle m'a retrouvée, j'admirais les serviettes de bain. Tu vois comment elles sont pliées dans des cubes accrochés au mur, par couleurs, l'aménagement est impressionnant…

Il s'est retourné pour m'adresser un sourire attendri.

— Tu es adorable.

— Ma mère n'était pas du même avis. Elle était hystérique. Je ne me suis plus jamais éloignée d'elle.

— Elle t'aime. Comme moi.

Quand nous sommes arrivés chez les Byrne, il a fait venir son père dans la cuisine où sa mère arrosait les plantes d'intérieur, un torchon jeté sur l'épaule, et il leur a raconté ce qui s'était passé avec Mae. Connor a conclu avec un commentaire compréhensif :

— Ah, les enfants…

En revanche, Bernie, comme Beck l'avait prédit, était horrifiée, mais ça n'a pas duré longtemps. Quand elle s'est remise du choc, elle a étouffé son fils dans un énorme câlin et lui a assuré qu'il était le meilleur grand frère du monde, ce qu'il a accepté sans broncher.

— Elles se souviendront toujours que Lia et toi les avez emmenées au musée. C'est trop mignon que vous ayez accepté qu'elles vous accompagnent.

— On les aime bien, a répondu Beck en haussant les épaules.

Connor lui a tapé sur l'épaule.

— Elles vous idolâtrent tous les deux.

— À quelle heure dois-tu être à la maison, Lia ? a voulu savoir Bernie.

— Onze heures.

Depuis que j'avais seize ans, mes parents m'accordaient un peu plus de liberté. En général, je devais rentrer pour vingt-deux heures, mais avec Beck, j'avais droit à une heure de plus.

— Nous emmenons les jumelles dîner chez Uncle Julio's, a annoncé Connor. Nous partons dans trente minutes. Vous voulez venir ?

Beck m'a regardée, hésitant. Il adorait le guacamole de chez Uncle Julio's, préparé à table, mais si ses parents sortaient avec les filles, ça voulait dire que nous aurions la maison pour nous tout seuls.

— Je ne sais pas, ai-je répondu en soutenant son regard. Le musée m'a épuisée.

Il a souri et a frappé le plan de travail.

— Pareil. Tu veux qu'on se commande à manger et qu'on regarde un film ici ?

— Oui. Bonne idée.

Bernie a froncé les sourcils.

— C'est une idée dangereuse.

J'ai piqué un fard.

— Ça ira très bien, est intervenu Connor d'un ton qui laissait entendre qu'il ne fallait pas mettre les adolescents mal à l'aise.

Elle a décoché un regard noir à son mari.

— Ça dépend de ce que tu entends par « très bien ».

— Vous pouvez nous faire confiance, leur a assuré Beck. On sera sages. Promis.

Bernie a haussé les sourcils.

— Je vais appeler Hannah pour savoir ce qu'elle en pense.

Beck m'a pris la main et m'a entraînée jusqu'au sous-sol, où nous avons dû dégager une ménagerie de peluches Disney pour pouvoir nous installer confortablement sur le canapé.

— J'adore qu'en cette seconde nos mères soient en train de discuter pour savoir si tu vas me sauter dessus si nous sommes laissés sans surveillance pendant plus de cinq minutes, a-t-il déclaré.

J'ai ri.

— Tu ne préférerais pas que nos parents ne se connaissent pas aussi bien ? On pourrait s'éclipser sans qu'ils soient au courant.

— Ce serait cool, a-t-il reconnu en enroulant une mèche de mes cheveux autour de son doigt. Mais de manière générale, ça me plaît que nos familles soient proches. L'aspect intrusif, un peu moins.

Bernie a descendu l'escalier en trottinant.

— Bon, Lia, ta mère a dit que tu pouvais rester ici. Elle m'a demandé de te rappeler de faire les bons choix.

J'ai acquiescé en pinçant les lèvres pour essayer de ne pas exploser spontanément. Faire les bons choix, ça voulait dire *ne pas avoir de relations sexuelles* en langage maternel. Ma mère aurait pu m'envoyer un message, plutôt que passer par son amie.

Bernie a regardé Beck et lui a ordonné platement :

— Pas de relations sexuelles.

Il a éclaté de rire.

— M'enfin, maman ! Un peu de subtilité, s'il te plaît. Hannah s'est arrangée pour qu'on comprenne.

— La subtilité n'a jamais fonctionné avec toi.

— C'est bon. Si je promets de ne pas enlever mon pantalon, tu veux bien t'en aller ?

— N'exagère pas, l'a-t-elle prévenu en lui lançant le torchon qui était sur son épaule.

Ils sont partis peu après. Beck a commandé des plats pour deux chez Uncle Julio's, et pendant que nous attendions d'être livrés, nous avons passé un moment à nous embrasser sur le canapé. Mais mes cheveux se sont retrouvés sous son bras, alors qu'il se maintenait en équilibre sur le bord du coussin. Nous étions tous les deux dans une position inconfortable.

Il s'est écarté avec un grognement.

— Tu veux aller dans ma chambre ? Il y a un…

Il s'est raclé la gorge.

— … lit.

— Ah bon ? Dans ta chambre ? Je ne savais pas.

Il a enfoncé un doigt dans ma taille.

— Je te promets de faire les bons choix.

— Dans ce cas. Allons-y.

Notre relation allait de soi. C'était comme ça depuis Noël, depuis notre baiser au lever du soleil. Nous nous comprenions parfaitement, nous savions quand il fallait combler les silences par une conversation et quand nous pouvions simplement les savourer. Il savait que j'étais introvertie et sentait quand j'avais épuisé mes réserves, et dans ce cas, il me laissait tranquille. Je savais qu'il supportait très mal le moindre bobo ou inconfort et je le chouchoutais en conséquence. Il était bien conscient que, quand il passait les doigts dans mes cheveux, je frissonnais de tout mon corps. J'avais remarqué que, quand je l'embrassais dans le cou, il se tortillait et se blottissait contre moi.

Et pourtant, ce soir-là, sur son lit, nous étions mal à l'aise.

En partie parce qu'on avait dû s'interrompre, mais aussi à cause de l'attente de ce qui est censé se passer dans un lit entre deux personnes follement amoureuses. Le fait que ma mère nous ait déconseillé le sexe de manière indirecte et que la sienne l'ait carrément interdit nous avait fait l'effet d'une douche froide.

Beck a roulé sur le côté et appuyé la tête sur sa paume.

— Ça va ?

— Ouais, très bien.

Il m'a adressé un sourire en biais.

— Je crois que tu flippes.

— Je crois que *tu* flippes.

— Oui, c'est vrai. Nos mères m'ont coupé toute envie.

J'ai ri.

— J'aimerais bien savoir pourquoi elles pensent que nous ne ferions *pas* de bons choix, a-t-il observé, les joues rouges.

Nous avions abordé des tas de sujets tous les deux au fil des ans, mais nous n'avions jamais discuté de sexe. Je l'aimais tellement que j'étais parfois éblouie par l'intensité de mes sentiments. Je savais qu'il m'aimait. Il me le répétait à tout bout de champ, mais surtout, il me le montrait, par des regards qui s'attardaient et des caresses douces, par des gestes attentionnés, comme me laisser choisir le rythme quand nous marchions, que nous nous taquinions ou que nous nous embrassions.

— Je ne sais pas, ai-je répondu. Je suppose qu'elles se disent que c'est inévitable.

Il a souri timidement et je me suis rapprochée de son côté du lit. Il m'a pris la main et a fait tourner lentement la bague qu'il m'avait offerte.

— Tu discutes de ce genre de choses avec ta mère ?

— Un peu. Elle m'a demandé il y a quelque temps si toi et moi, on… tu sais, ai-je terminé en grimaçant.

J'avais décidé d'être mature. Mes parents m'avaient appris que, si l'on envisage de coucher avec quelqu'un, il vaut mieux être capable d'avoir une discussion sur le sujet avec son partenaire. Mais l'idée de dire « coucher ensemble » à Beck me donnait l'impression de me déshabiller devant lui.

— Ce n'était pas pour être intrusive, ai-je poursuivi en rougissant autant que lui. Ou peut-être que si. Mais elle posait la question surtout parce qu'elle voulait s'assurer que je savais comment prendre des précautions.

J'ai passé une main sur mon visage brûlant.

— Oh là là. Pourquoi est-ce que je suis aussi gênée ?

Beck a ri, m'a attirée contre son torse et m'a enlacée.

— J'aimerais bien que tu ne le sois pas. Je le suis assez pour deux.

— Tu abordes ce genre de sujet avec ta mère ?

Il a éclaté d'un rire moqueur.

— Non, quelle horreur ! Tu imagines ?

Je ne pouvais effectivement pas l'imaginer. Bernie manquait souvent de nuances, contrairement à ma mère, qui s'était montrée plutôt cool quand nous avions parlé de sexe. Même s'il était clair qu'elle espérait que je ne coucherais pas avec Beck de sitôt – elle avait lourdement insisté sur les grossesses non désirées et les complications émotionnelles –, elle m'avait aussi proposé de prendre rendez-vous chez un gynécologue pour que je me fasse prescrire un moyen de contraception.

J'ai enfoui mon visage dans le T-shirt de Beck, et je le lui ai annoncé, en marmonnant :

— Je prends la pilule depuis le mois dernier. Juste pour que tu le saches…

Il m'a caressé les cheveux.

— D'accord.

Je me suis écartée pour croiser son regard, qui semblait à la fois attendri et amusé.

— D'accord ? ai-je répété.

— Oui, je suis content que tu me l'aies dit. Mais les choses ne sont pas obligées de changer.

— Tu veux qu'elles changent ?

Une lueur a scintillé dans ses yeux quand il s'est penché pour m'embrasser. Le baiser doux et chaste a tout de même fait s'envoler des nuées de papillons dans mon ventre.

— Bien sûr. Mais seulement quand tu seras prête.

— Tu as déjà... ? Avant toi et moi ?

— Non.

— Sérieusement ?

— Sérieusement.

Il s'est redressé, un peu indigné.

— J'ai toujours voulu faire ça pour la première fois avec quelqu'un que j'aime, et j'ai été amoureux de toi toute ma vie.

J'ai souri.

— Alors si je te demande de baisser ton pantalon, tu le feras ?

Il a ri à nouveau et m'a serrée contre lui pour me murmurer à l'oreille :

— Sans hésitation.

Fragile

Dix-sept ans, Tennessee

Ces derniers jours, je n'ai pratiquement qu'une idée en tête : informer mes parents que j'ai été acceptée à VCU. Ils n'ont pas posé de questions sur d'éventuelles réponses parce que, d'après les informations dont ils disposent, je ne devrais pas avoir de nouvelles avant février.

Mais j'ai pris la décision de le leur dire.

Par un samedi matin brumeux, je me lève tôt, je laisse Major sortir dans le jardin, puis je me mets à mesurer du sucre brun, de la cannelle et des noix de pécan. Je ne suis pas douée pour la pâtisserie – la cuisine est plutôt le domaine de ma mère – mais j'espère qu'un cake tiède amortira le choc qu'ils auront en apprenant que je suis acceptée par une fac où ils ne veulent pas que j'aille.

Peu de temps après que j'ai mis le moule dans le four, la maison se remplit d'une odeur alléchante de gâteau. Je fais couler du café, puis je fais rentrer Major et je lui donne son petit déjeuner. Il plonge la tête la première dans son bol. En complétant de quelques pièces le puzzle en cours sur la table de la salle à manger, je tends l'oreille à l'affût de signes de vie en provenance de la chambre de mes parents. Effectivement, j'entends de l'eau couler et des murmures.

La minuterie du four tinte. Alors que je pose le plat sur une grille de refroidissement, des pas descendent l'escalier. Mon père porte un pantalon de jogging et un T-shirt Star Wars ; ma mère, un pyjama en flanelle.

Elle sourit, mais ses sourcils se soulèvent avec méfiance lorsqu'elle aperçoit le gâteau.

— Tu t'es levée tôt, observe mon père, prudemment optimiste.

— J'ai préparé le petit déjeuner.

Ma mère examine la garniture que j'ai émiettée sur le cake.

— Ça sent bon. Quelle belle surprise !

Mon père sort les tasses du placard, tandis que ma mère prend la crème pour le café. Je tambourine nerveusement du bout des doigts sur le plan de travail en les regardant préparer leur café, espérant que tout se passera mieux que prévu.

Nous nous asseyons autour de la table avec des parts de gâteau.

Je me lance avant de perdre courage :

— J'ai eu une réponse de VCU.

La fourchette chargée de ma mère s'arrête à mi-chemin de sa bouche, et reste suspendue en l'air tandis qu'elle me fixe avec une inquiétude non dissimulée. Mon père vient de prendre une bouchée et on dirait qu'il mâche de la sciure de bois. Il déglutit avec un effort visible.

— Et ?

— Je suis acceptée.

Je me suis souvent imaginé ce moment, avant que Beck ne décède, avant que je ne comprenne que les plans peuvent être rapidement bouleversés et les projets tomber à l'eau. Je me voyais leur annoncer, puis enlever mon sweat pour montrer un T-shirt des Aigles de VCU que j'aurais mis en dessous. Mes parents poussaient des exclamations de joie et d'étonnement. Ils me serraient dans leurs bras et déclaraient que VCU avait de la chance que j'aie posé ma candidature et que, waouh, la vie qui m'attendait allait être incroyable ! Ensuite, nous allions dîner avec les Byrne, qui étaient aussi ravis qu'eux. J'avais des étoiles plein les yeux en imaginant cette scène : l'avenir s'annonçait radieux.

Mais la réalité n'a rien à voir avec ce scénario idyllique.

Mon père croise les bras.

Ma mère joint les mains.

Major s'approche de la table, alors qu'on lui a appris à ne pas le faire, et pose le menton sur mes genoux. Je lui caresse la tête en attendant que quelqu'un dise quelque chose.

C'est mon père qui rompt le silence pesant.

— Eh bien, je ne suis pas surpris.

Ma mère acquiesce.

— Tu es le genre d'étudiante que VCU recherche.

Mon père ajoute avec un haussement d'épaules :

— Tu es le genre d'étudiante que la plupart des universités rêvent d'accueillir.

— As-tu eu des nouvelles de tes autres candidatures ? veut savoir ma mère.

Je n'ai pas soumis d'autres candidatures.

— Pas encore.

J'époussette quelques grains de sucre brun sur la table. Ça fait des mois que je suis rongée par la culpabilité d'avoir menti, mais maintenant cette culpabilité est éclipsée par la peine. L'absence totale d'enthousiasme, de fierté de mes parents est un coup dur. Ce n'est pas rien d'être acceptée à la fac, et encore moins dans l'une des mieux classées de Virginie. Pourtant, ils me regardent comme si je leur avais annoncé que j'étais condamnée à une peine de prison.

Un *bravo*, c'est trop demander ? Des *félicitations* ?

— VCU est une bonne fac, dis-je à voix basse.

— Bien sûr, concède ma mère.

— Mais est-ce que c'est la bonne pour toi ? demande mon père de façon rhétorique.

— Tu as promis de garder l'esprit ouvert, me rappelle-t-elle.

Il hoche la tête.

— Tu as promis d'envisager les autres options qui s'offrent à toi.

Mon estomac se noue.

Il serait furieux s'il savait que je n'ai pas d'autres options.

Mais… peut-être qu'il n'a pas tort ?

J'aurais dû faire une demande d'admission anticipée à VCU pour éviter l'engagement contraignant d'une décision anticipée. J'aurais pu envoyer des candidatures à GMU. À UT, Austin Peay, Ole Miss et Seattle Pacific. Je n'aurais rien eu à perdre à postuler à d'autres universités. Au lieu de ça, je me suis entêtée et j'ai ignoré les conseils de mes parents – qui n'étaient pourtant pas *mauvais* – et maintenant je vais devoir étudier à VCU, que je le veuille ou non.

Je devrais le leur dire. Tout leur avouer maintenant. Défendre ma décision.

Je suis obligée d'aller à VCU. Je n'ai pas envoyé de candidatures ailleurs. J'ai presque dix-huit ans. C'est mon choix.

J'aurais l'air d'une enfant gâtée. Pire, d'une enfant gâtée irrationnelle et égoïste.

La pression monte dans ma poitrine, comme un ballon qui gonfle dans ma cage thoracique. Je me sens prisonnière dans cette maison. Prisonnière de ma vie.

— Lia, respire, mon cœur, me conseille ma mère.

Il fait trop chaud dans la cuisine à cause du four ; l'air étouffant m'embrouille les idées.

— Ça va s'arranger, m'assure mon père comme s'il s'adressait à un petit enfant qui a fait tomber sa glace.

Je suis sur le point d'exploser. Contre lui, contre eux deux. Je repousse ma chaise.

— Je monte.

Mes parents échangent des regards préoccupés.

Ah, *maintenant*, subitement, ils s'inquiètent de mes sentiments ?

— Et si tu finissais d'abord ton petit déjeuner ? suggère mon père.

Je secoue la tête.

— J'ai plus faim.

APRÈS VINGT-DEUX ANS DE BONS ET LOYAUX SERVICES,

LE COLONEL CONNOR F. BYRNE

QUITTE L'ARMÉE AMÉRICAINE.
REJOIGNEZ-NOUS POUR CÉLÉBRER
CET ÉVÉNEMENT
ET LUI SOUHAITER BONNE CHANCE
DANS SES PROJETS FUTURS.

LA CÉRÉMONIE AURA LIEU LE
LUNDI 18 MARS
À HUIT HEURES DU MATIN.

DOMAINE DE GEORGE WASHINGTON
3200 MOUNT VERNON MEMORIAL HIGHWAY
VIRGINIE 22121

LA CÉRÉMONIE SERA SUIVIE D'UNE RÉCEPTION
AU CAFÉ AMERICANA.

MERCI DE RÉPONDRE AVANT LE 1er MARS.
BERNADETTE.C.BYRNE@MAIL.COM

Du gâteau

Dix-sept ans, Tennessee

Je trouve l'invitation sur le plan de travail de la cuisine en rentrant du lycée. L'enveloppe, déjà ouverte, est adressée à mes parents et à moi, et je reconnais l'écriture penchée de Bernie. C'est une formalité. Ma mère participe à l'organisation de la cérémonie et mon père doit y faire un discours.

C'est une fête en l'honneur de Connor. Bien méritée, et attendue depuis longtemps. Je suis aussi contente pour lui que mes parents doivent l'être. Mais ça me fait mal, parce que je n'ai pas encore digéré la façon dont ils ont réagi à mon annonce.

Ils n'auraient pas dû le fêter aussi ?

J'attrape l'invitation, imprimée sur un carton couleur crème, et je la monte dans ma chambre pour la glisser entre les pages de mon journal.

Après le dîner, je préviens mes parents que je vais étudier chez Paloma, alors qu'en réalité, Isaiah m'a invitée chez lui pour le dessert. Ce n'est pas qu'ils m'interdiraient d'y aller, mais une petite voix dans un recoin de ma conscience ne cesse de me rappeler que je devrais faire preuve de loyauté envers Beck. Je ne fais rien de mal – je *veux* aller chez Isaiah, rien de plus – mais ça me perturbe de fréquenter un autre garçon que Beck.

Et ça perturberait aussi mes parents.

Sa maison est éclairée de l'intérieur, modeste, chaleureuse et accueillante, exactement comme Isaiah. Je reste au volant une minute pour rassembler des outils émotionnels, un peu comme un enfant cueillerait des fleurs dans un jardin : le chrysanthème pour la vérité, le bégonia pour la cordialité, le géranium pour l'amitié, et le crocus pour la joie. En m'aidant du rétroviseur, j'ébouriffe mes cheveux, que j'ai lissés au sèche-cheveux. Je suis plus maquillée que pour aller au lycée. Une deuxième couche de mascara, un gloss teinté plutôt qu'un baume.

Peut-être que je veux me sentir belle.

Peut-être que je veux me sentir sûre de moi.

Peut-être que j'ai besoin d'un bouclier, d'un masque, d'un déguisement.

Peut-être que les trois propositions ci-dessus sont exactes.

Ou aucune.

Qui suis-je, assise devant la maison d'un garçon, occupée à me pomponner ?

Je sors de ma voiture, puis remonte l'allée en enjambant la galerie de dessins à la craie : des étoiles de mer, des dauphins, des tortues de mer, des requins et une pieuvre à gros tentacules dessinée en marron. Une fois sous le porche, je sonne. Lorsque la porte s'ouvre, j'expire.

— On dirait que tu t'apprêtes à passer devant un peloton d'exécution, commente Isaiah en me faisant signe d'entrer.

— Je sais, je suis désolée. Ce n'est… pas évident.

— Pas de problème. Viens manger un morceau de gâteau. Si tu détestes la vie après, tu rentreras chez toi.

La cuisine de Marjorie ressemble beaucoup à la nôtre, les armoires sont blanches, l'électroménager est en acier inoxydable et des plantes grimpantes sont posées sur le rebord de la fenêtre au-dessus de l'évier. Un gâteau au chocolat à plusieurs étages, recouvert d'un glaçage généreux, trône sur l'îlot comme une pièce maîtresse.

Naya, perchée sur un tabouret au bar, a l'air plus âgée que ses neuf ans et n'est pas particulièrement heureuse de participer à la rencontre de ce soir. Sa peau est ocre et ses cheveux foncés sont attachés en une longue tresse. Ses yeux, d'un brun délavé par le soleil, m'étudient avec méfiance. Je me souviens de Marjorie, que j'ai aperçue par cet horrible après-midi de novembre. Elle est plus âgée que ma mère, mais plus jeune que ma grand-mère, et ses cheveux, qui lui arrivent aux épaules, sont coiffés en tortillons. Au lieu du pull rouge de l'autre fois, elle porte un cardigan lavande, et ses lunettes sont suspendues à une jolie chaîne de perles.

— Lia, nous sommes tellement contents de te recevoir, déclare-t-elle en contournant l'îlot pour me serrer dans ses bras.

Elle sent le sucre et l'été – une odeur qui rappelle la barbe à papa –, et son cardigan est doux comme du cachemire. Alors que ça devrait être gênant d'étreindre une inconnue dans une maison où je n'ai jamais mis les pieds, je me sens apaisée d'un coup et les pensées intrusives se sont calmées.

Marjorie, comme l'a dit Isaiah, est un ange.

Isaiah me regarde par-dessus l'épaule de sa mère d'accueil.

— Elle adore les câlins prématurés.

— Voilà qui explique beaucoup de choses ! Je sais de qui tu tiens ça.

Marjorie s'éloigne, son sourire scintille comme une pluie de paillettes.

— Il t'a serrée dans ses bras trop tôt ?

— Pas trop tôt. Mais dans les soixante secondes qui ont suivi notre rencontre.

Elle rit et retourne à l'îlot pour découper le gâteau.

— Isaiah nous a dit que tu avais été acceptée à VCU. C'est un exploit !

Mes amis ont été très gentils quand ils ont appris la nouvelle. Ils m'ont beaucoup soutenue. Les filles m'encouragent depuis décembre, et l'autre jour, quand j'ai annoncé à Isaiah que j'avais été acceptée officiellement, alors qu'on sortait de la salle de céramique, ses yeux se sont illuminés comme des supernovae. Marjorie est la première adulte à accueillir la nouvelle avec enthousiasme. La reconnaissance fait gonfler mon cœur ; je pourrais pleurer en pensant à la gentillesse avec laquelle cette famille me félicite, alors que la mienne considère que j'ai commis une erreur.

Ma voix est légèrement chevrotante quand je réponds :

— Merci.

Elle m'adresse un grand sourire.

— On s'est dit qu'un gâteau au chocolat était l'idéal pour célébrer ça.

Isaiah doit sentir que je suis très émue, parce qu'il s'approche de sa sœur de famille d'accueil et tire sur sa tresse.

— C'est Naya qui l'a préparé.

Ravie de cette diversion, je demande :

— C'est vrai ? On dirait que vous l'avez commandé dans une pâtisserie chic.

— Ce n'était pas difficile, rétorque-t-elle en haussant les épaules.

— Peut-être pas pour toi, souligne Marjorie. Mais la pâtisserie, c'est de la lecture, des maths et des sciences : un ingrédient mal mesuré et tu obtiens de la soupe au chocolat au lieu d'un magnifique gâteau. Notre Naya est une championne de la cuisine.

Je n'en doute pas. Les tranches que Marjorie a découpées ont l'air délicieuses.

Je demande :

— C'est toi aussi qui as fait les dessins dehors ?

Naya hoche la tête.

— Isaiah m'a aidée.

— Ils sont magnifiques. Tu sais qu'Isaiah et moi, on est ensemble au club d'arts plastiques ?

— Lia est dix fois plus douée que moi, affirme-t-il.

— Menteur, dis-je. On dirait que j'ai dessiné ton portrait de la main gauche et sous la menace d'un revolver.

Le visage de Naya s'illumine, et elle se tourne vers Isaiah.

— Celui qui est au mur de ta chambre ?

Il acquiesce en faisant une grimace qui le fait ressembler à mon dessin. Elle s'esclaffe.

— Les yeux, le nez et la bouche ne sont pas à leur place !

Il exagère encore sa grimace ridicule.

— Mais non, elle a parfaitement saisi mon visage.

Leurs plaisanteries m'empêchent de m'attarder sur le fait qu'Isaiah a accroché mon dessin, et ne semble pas gêné que je l'apprenne.

— Si tu dessines aussi bien les gens que les tortues de mer et les requins-marteaux, dis-je à Naya, j'aurais bien besoin de tes conseils.

Elle sourit de toutes ses dents.

— Je peux t'aider.

— Plus tard, décide Marjorie. D'abord, on se régale.

Repartir à zéro

Dix-sept ans, Tennessee

Pendant le dessert, Marjorie me pose des questions sur le lycée, veut savoir pourquoi nous avons quitté la Virginie, ce que font mes parents. Des questions normales posées par une femme normale dans une maison normale. Je réponds comme si je m'étais retrouvée des dizaines de fois dans cette situation : rencontrer la famille d'une personne qui m'intéresse. Alors que je n'avais jamais pensé vivre cette situation, parce que ce n'était pas censé se passer comme ça. Jamais.

Après le gâteau, Isaiah et Marjorie débarrassent les assiettes. Naya, fidèle à sa parole, passe quelques minutes à m'apprendre à dessiner un œil réaliste, en utilisant un contraste blanc au milieu du noir pour créer l'illusion du reflet d'une lumière, avant de se précipiter à l'étage pour s'entraîner en vue d'une dictée. Alors que Marjorie essuie le plan de travail, Isaiah me lance un regard interrogateur : *tu veux rentrer ?*

Je secoue la tête.

Je suis… bien.

Il sourit, puis prévient Marjorie :

— On monte dans ma chambre.

— Amusez-vous bien. Vous laissez la porte ouverte ?

Isaiah m'adresse un sourire narquois, et j'affiche une moue horrifiée – qu'est-ce qu'elle s'imagine qu'on pourrait faire sous son nez ?

— Porte ouverte, promet-il.

Alors que je le suis à l'étage, mon attention s'arrête sur le mur, couvert de photos encadrées. Je reconnais Isaiah, bien sûr, dans une série de six photos de 20 x 25 cm. Naya n'apparaît qu'une fois, ce qui est logique puisqu'elle est avec Marjorie depuis moins longtemps. Il y a des photos d'une dizaine d'autres enfants de tous âges : des bébés joufflus, des petits aux joues roses, des écoliers avec des épis dans les cheveux, des préados avec des appareils dentaires. Tout un assortiment de genres, d'ethnies, d'expressions et de styles.

— Marjorie est mère d'accueil depuis longtemps, m'explique Isaiah. Elle nous considère tous comme ses enfants, peu importe la durée de notre séjour ou les sales coups qu'on lui fait.

— Où est-ce qu'ils sont maintenant ?

— Certains sont retournés auprès de leurs parents. D'autres ont été adoptés par de nouvelles familles. Et puis certains sont devenus adultes et sont sortis du système. Marjorie reste en contact avec la plupart d'entre eux. Elle les reçoit pour les vacances, leur envoie des cadeaux d'anniversaire, les aide quand ils en ont besoin. Tu vois…

Non, pas vraiment.

Quel privilège de ne pas connaître le système de protection de l'enfance.

Isaiah me conduit jusqu'à la porte au fond du couloir.

— Si tu as des questions, déclare-t-il lorsque nous entrons dans sa chambre, j'y répondrai.

Je m'assieds par terre, adossée au lit. Il me rejoint et étend ses longues jambes sur le tapis. Son espace est bien rangé ; sa couette à carreaux verts est assortie aux rideaux, qui sont tirés. Sur son bureau, je reconnais l'ordinateur portable fourni par le lycée, à côté d'une tasse avec des stylos et des crayons pour dessiner, et une pile de carnets de croquis. Effectivement, le portrait que j'ai fait au club d'arts plastiques est accroché au mur. Une étagère est remplie de livres : des récits d'aventures de Jon Krakauer,

La Voie de la justice, de Bryan Stevenson, et des biographies de basketteurs professionnels. Jordan, Bryant, Bird.

— Naya m'a chipé mes romans de Percy Jackson, m'informe-t-il alors que je scrute les dos des livres.

— Elle a bon goût.

Je touche la chaussure d'Isaiah avec la mienne, indiquant les gribouillis roses que j'ai remarqués le jour de notre rencontre.

— C'est elle qui a dessiné les étoiles ?

— Oui. Elle dessine partout.

Je baisse la voix :

— Qu'est-ce qui va lui arriver ?

Il fronce les sourcils.

— L'objectif, c'est qu'elle retourne chez elle. Marjorie pense que le juge rendra sa décision le mois prochain.

— Chez ses parents ?

— Sa mère, Gloria, oui.

Il parle à voix basse. Je devine qu'il n'est pas censé me dire ça. Ce ne sont pas mes affaires et il doit y avoir des règles de confidentialité. Mais je suis contente qu'il se confie à moi. Je me suis déjà prise d'affection pour sa sœur de famille d'accueil. J'espère que son avenir sera stable.

— Naya est arrivée ici pour cause de négligence, poursuit-il. Gloria est une mère célibataire avec un lourd passé, mais elle faisait de son mieux. Le problème, c'est que pour elle, ça impliquait de laisser Naya toute seule pendant qu'elle faisait un tas de boulots de merde. Je ne dis pas que c'est cool pour une gamine de passer des soirées sans surveillance, mais qu'est-ce qu'une mère dans cette situation est censée faire ? La protection de l'enfance est intervenue, et Naya a été placée ici. Mais maintenant, Gloria fait tous les efforts du monde. Elle profite des services qui lui sont proposés, elle se rend aux visites, au tribunal. Elle aime Naya, et Naya veut rentrer chez elle. Mais ça arrive que des parents fassent marche arrière.

— Dans ce cas-là, Marjorie l'adopterait ?

— J'en doute. Elle s'est engagée comme mère d'accueil parce qu'elle veut préserver les familles, aider les enfants à court terme. Ça ne l'intéresse pas d'être parent indéfiniment.

— Pourtant ça fait six ans que tu es là.

Je me demande ce qu'il a traversé. Marjorie est géniale, mais il a passé une grande partie de sa vie dans l'incertitude. Même moi, je sais que le placement en famille d'accueil est censé être temporaire ; les enfants ne sont pas destinés à rester dans les limbes pendant des années.

Il hausse les épaules.

— Mon cas était compliqué. Il y a des exceptions à toutes les règles.

— Marjorie t'adopterait ?

— Non. J'ai eu dix-huit ans en octobre, ça ne servirait à rien. Nous avons trouvé une solution. Je peux passer l'été ici, et je reviens quand je veux.

Je suis en train de le cuisiner, je le sais. Avant, je me disais qu'il valait mieux maintenir mes distances et une zone tampon d'indifférence. Mais c'est impossible. Maintenant que j'ai mis un pied dans son monde, je ne peux pas imaginer en sortir.

— Qu'est-ce que tu vas faire après cet été ?

— Je vais voyager, répond-il.

— Tu ne comptes pas aller à l'université ?

— Un jour, peut-être. Mais je veux d'abord vivre une aventure.

Je m'affaisse contre le lit, comme si je m'étais vidée de tout mon souffle.

Je n'avais jamais envisagé que la fac puisse attendre.

— Et le basket ? Des recruteurs doivent te courir après.

— Quelques-uns, oui. Mais le basket est un hobby. Un moyen de me défouler. Marjorie m'a inscrit dans une équipe quand j'avais treize ans et que j'étais plein de rage, et depuis j'adore ça. Mais ce n'est pas mon avenir.

— C'est quoi, ton futur, alors ?

— Aucune idée, c'est trop flippant d'y penser. Par contre, j'ai un plan à court terme, m'explique-t-il avec enthousiasme. Dès que la saison de basket sera terminée, je trouverai un boulot et j'économiserai pour acheter une voiture. Marjorie reçoit une allocation chaque mois depuis que je suis avec elle. C'est censé servir à couvrir les frais, mais elle a tout mis de côté pour moi. Elle a fait la même chose pour tous les enfants qu'elle a accueillis ici, quelle que soit la durée de leur séjour.

— Parce que c'est un ange, dis-je en le poussant du coude.

Il sourit.

— Exactement. Aujourd'hui, elle a économisé plus qu'il n'en faut pour me permettre de vivre pendant un an. À la fin de l'été, je pars en road trip. Je vais visiter les quarante-huit États contigus.

— Waouh.

Je suis impressionnée ; non seulement son projet est ambitieux, mais il n'est pas du tout conventionnel.

— Tu commences par où ?

— Je ne sais pas. Je verrai où l'autoroute me mène. Un peu comme dans *Into the Wild.*

Je fronce les sourcils. Le récit de Jon Krakauer se termine de façon tragique.

Isaiah continue :

— Après mon année passée à voyager, je pourrais aller dans une école d'art ou chercher un stage. Ou peut-être que je postulerai à des universités. Je verrai ce qui me tente.

D'accord, mais ce n'est pas vraiment un plan. Un plan implique un itinéraire. Une stratégie. Des réservations. Des débats pour peser le pour et le contre. Des listes de choses à faire griffonnées dans des carnets.

L'idée d'Isaiah est une idée, ouverte et floue, optimiste, mais informe.

Et pourtant, il ne semble pas découragé.

Le jour où nous avons joué au basket dans mon quartier, il m'a dit que j'étais stable.

Il est stable. Il faut l'être pour se lancer seul dans une escapade à travers le pays. Sans savoir où on aboutit. Pour avoir la foi, et assez de confiance, pour faire *ce qui le tente.*

Je reste sans voix. Quand je vois la façon dont il prend ses décisions – avec ses tripes, avec son cœur –, je me torture en pensant à mes plans rigides pour l'avenir.

Est-ce que j'ai tout faux ?

C'est une question sur laquelle il faudra que je me penche demain.

Parce que, ce soir, je veux vivre l'instant présent. Pour une fois, je me laisse guider par mon instinct et je prends la main d'Isaiah, entrelaçant mes doigts dans les siens. C'est moi qui suis chargée de fixer la vitesse de notre relation et ce geste – tenir sa main dans la chaleur tranquille de sa chambre – est le rayon de lumière dont j'ai besoin pour surmonter la tempête d'incertitude qui s'est abattue sur moi.

Il se rapproche, jusqu'à ce que son bras soit aligné avec le mien. Puis il prend un stylo sur sa table de nuit et commence à dessiner sur la main qu'il serre. Une petite fleur sur mon pouce. Un papillon sous mon auriculaire. Un ballon de basket à l'intérieur de mon poignet. Je me demande s'il a appris à griffonner avec Naya ou si c'est elle qui l'imite.

— Je n'ai jamais invité personne ici, m'avoue-t-il en traçant un éclair sur ma paume. Même pas Trev.

— Comment ça se fait ?

Sa voix est aussi profonde que le tonnerre.

— La maison dans laquelle j'ai grandi était un cauchemar. Mes premiers placements en famille d'accueil n'ont pas été beaucoup mieux. Pendant longtemps, l'école a été le seul endroit où je me suis senti en sécurité. Je me suis habitué à compartimenter et je n'ai jamais vraiment arrêté de le faire.

— Oh, Isaiah, dis-je, le cœur serré. Je ne peux pas imaginer comment c'est.

— Je ne voudrais pas que tu puisses l'imaginer. Il m'a fallu des années de thérapie et la patience infinie de Marjorie, mais j'ai enfin la certitude que mes relations sont sûres. Je suis en sécurité dans cette maison. La vie que j'ai construite est solide. Je voudrais que tu en fasses partie.

Il s'arrête de griffonner pour me sourire gentiment, et je sens la chaleur m'envahir. Je me sens tellement bien accueillie, tellement à l'aise avec lui dans sa chambre et dans sa maison, avec les personnes qui forment sa famille.

Est-ce que ce serait si grave de s'écarter du chemin parsemé de nids-de-poule que j'essaie d'emprunter ?

De me rapprocher d'Isaiah plutôt que d'un avenir qui ne me ressemble plus ?

Est-ce que ce serait si mal de faire partie de son monde ?

Juste avant le buzzer

Elle a attendu une invitation officielle pour assister à un de ses matchs.

Elle l'a reçue alors qu'ils étaient assis l'un à côté de l'autre face aux tours de poterie.

Il était en train de façonner un vase magnifique.

Elle recommençait à zéro, parce que ses tentatives précédentes s'étaient effondrées sous ses mains boueuses.

— On joue contre Rudolph, a-t-il annoncé. Vendredi soir. La rivalité est féroce. Tu viendras ?

Il n'a pas levé les yeux de l'argile, mais l'espoir était perceptible dans sa voix.

— D'accord, lui a-t-elle répondu, même si aller encourager un deuxième garçon est un pas qui l'éloigne encore du premier.

Deux jours plus tard, elle est assise sur un banc bondé, entourée de ses amis.

Le match est rythmé et passionnant.

Les joueurs sont agressifs.

Elle n'avait jamais vu cette facette du garçon.

Elle est habituée à ses expressions pensives, à ses mains couvertes d'argile.

À son ton calme et à son regard perçant.

Sur le terrain, il est dynamique, c'est un leader, un phare.

Il a une longueur d'avance sur ses coéquipiers et des kilomètres sur ses adversaires.

Malgré ça, le score est serré.

Les semelles en caoutchouc crissent sur le plancher verni, les joueurs crient, les spectateurs les acclament.

L'avance change à chaque possession du ballon.

La jeune fille et ses amis sont debout, les mains en l'air.

Ils hurlent comme si la victoire dépendait du bruit qu'ils font.

Elle crie le prénom du garçon parce que le ballon est entre ses mains.

Il ne reste que quelques secondes.

Il s'arrête net, juste en dehors de la ligne des trois points.

Les défenseurs des Rudolph descendent.

Il tire.

Juste avant le coup de sifflet final.

Le temps semble ralentir tandis que le ballon fend les airs.

Elle ferme les yeux, c'est trop stressant.

Elle entend le murmure du cuir à travers le filet de nylon.

La foule du lycée East River explose de joie.

Les pieds de la jeune fille quittent le sol, l'énergie de la salle la propulse vers le ciel.

Elle applaudit, elle crie, elle serre ses amis dans ses bras.

Elle est trop contente d'être venue.

Sur le terrain, l'équipe célèbre sa victoire en se rassemblant.

Le garçon est à nouveau transformé, il sourit, il a l'air triomphant.

Puis ses yeux la cherchent, se posent sur elle.

Il la fixe, intentionnellement, intensivement, intensément.

Elle le fixe en retour.

Il lui apporte la confiance, l'autonomie, l'envie de vivre à fond.

Le regard de la jeune fille se perd dans le vide.

Elle pense au jour de leur rencontre, au baiser qu'elle lui a donné.

« J'attendrai à côté de toi », lui a-t-il dit.

Elle pense qu'il le fera.

Capricieux
Seize ans, Virginie

Beck a obtenu son diplôme de fin d'études secondaires au cours d'un samedi après-midi ensoleillé, au stade Eagle-Bank de l'université George Mason. Mes parents et moi avons assisté à la cérémonie avec les Byrne, et quand Beck est monté sur scène pour recevoir son diplôme, il avait l'air mûr et super adulte. Il rayonnait de bonheur quand il a entendu nos applaudissements. Je souriais, j'agitais la main et je maudissais la fin de l'été, qui le verrait partir pour VCU.

Après, pendant que nous attendions Beck à l'extérieur, ma mère, Bernie, les jumelles et moi avons fait des selfies. Mon père et Connor nous ont regardées, sans doute soulagés que nous ne les ayons pas encore obligés à poser. Quand les diplômés sont arrivés, il y a eu d'autres photos : Beck avec Raj, Stephen et Wyatt. Beck avec ses parents, ses sœurs et moi. Bernie a insisté pour demander à un inconnu qui passait par là de prendre une photo de tout le groupe.

Je n'avais jamais été aussi ivre de bonheur et aussi abattue.

L'amour est déroutant.

Le cœur est un animal capricieux.

Grandir, c'est galère.

Alors que nous nous dirigions vers le parking pour aller dîner, le prénom de Beck a retenti. Taryn avançait vers nous, en toge et sandales compensées.

Beck m'a tirée pour que je m'arrête tandis que Bernie, qui emmenait les jumelles, nous a crié :

— On se retrouve chez Bellissimo !

J'aurais préféré déjà y aller avec mes parents ou les Byrne plutôt que de regarder Beck papoter avec Taryn, mais il m'a serré la main et a murmuré :

— Juste une minute.

Une minute a suffi à Taryn pour prendre Beck dans ses bras. Pour déclarer qu'elle avait adoré être sa coéquipière en athlétisme et qu'elle était sûre qu'il accomplirait des choses extraordinaires. Pour complimenter ma tenue : une robe bleue évasée dans le bas avec une bride autour du cou. Pendant une minute entière, elle a été sympa.

Puis elle a dit à Beck :

— J'espère qu'on aura l'occasion de se voir cet automne. VCU et l'université de Richmond ne sont qu'à une heure de route l'une de l'autre.

Je me suis renfrognée. Je ne savais pas que Taryn allait à Richmond. Qu'elle serait plus proche physiquement de mon petit ami que moi.

— Ce sera chouette de voir un visage familier de temps en temps, a-t-elle continué avant de l'embrasser sur la joue, puis de s'éloigner à la recherche de ses amis, de sa famille ou de retourner d'où elle était venue.

Sur le chemin du Bellissimo, Beck m'a demandé si j'allais bien.

— *Super*, ai-je répondu.

Il a choisi de jouer le jeu.

Pendant le dîner, j'ai fait semblant que tout allait bien.

En réalité, c'était le chaos dans ma tête.

Après le repas, nos familles sont rentrées. Beck et moi sommes allés à la soirée post-remise des diplômes dont tout le monde parlait au lycée depuis un mois. Elle était organisée à la périphérie du comté de Fairfax, chez l'oncle d'un gars de la classe de Beck, qui avait un grand terrain et avait promis de confisquer les clés de voiture et de laisser les diplômés planter des tentes dans ses champs défrichés avant de boire la bière des fûts qu'ils avaient apportés. J'avais dit à mes parents que je passerais la nuit avec Macy, ce qui n'était pas faux : Macy serait présente à la fête.

Beck et moi avons réussi à planter notre tente sans échanger plus de dix mots, alors que tout autour de nous des moteurs ronronnaient, des maillets frappaient les piquets et des jeunes gens braillaient. Lorsque nous nous sommes glissés à l'intérieur pour dérouler nos sacs de couchage, il a passé un bras autour de ma taille et m'a serrée contre lui.

— Tu es fâchée.

— Non, pas du tout.

— Si, je le sais.

Ses lèvres ont effleuré mon cou, son souffle a chatouillé ma peau.

— Tu es nulle pour cacher tes sentiments.

Comme d'habitude, je n'ai pas réussi à étouffer un soupir langoureux lorsqu'il a passé ses doigts dans mes cheveux et a fait basculer ma tête en arrière pour exposer ma gorge. Son souffle était chaud sur ma peau.

Faiblement, j'ai insisté :

— Non, je ne suis pas fâchée.

Il a déposé un baiser sous mon oreille avant de demander :

— Tu râles parce que, pour les deux prochaines années, tu vas te retrouver coincée au lycée sans moi ?

— Ça craint, ai-je admis en essayant de ne pas frissonner lorsque sa bouche s'est posée sur mon cou. Mais ça ne m'énerve pas.

— Alors peut-être que tu tires la tronche parce que tu as choisi une salade merdique pour le dîner, et que tu aurais bien aimé commander un steak, comme moi.

J'ai souri malgré moi.

— Ma salade était très bien.

Ses lèvres ont effleuré ma mâchoire. Sa voix était basse et assurée.

— OK… Alors tu es en colère parce que Taryn veut venir me voir l'automne prochain.

— *Non.*

Il a embrassé ma bouche de menteuse, puis s'est écarté pour me regarder droit dans les yeux.

— Lia, je serais furieux à ta place. Je serais jaloux, énervé et vraiment triste.

Je me suis adoucie et je me suis collée contre lui.

— Tu n'as aucune raison de ressentir ces émotions. Tu le sais, hein ?

J'ai acquiescé. Beck était fidèle et honnête. C'était moi qu'il aimait, pas Taryn, et il ne m'avait jamais donné la moindre raison de penser le contraire. Pourtant, en quelques minutes, je m'étais transformée en une insupportable *drama queen*. Je n'avais aucune raison de m'inquiéter, je le savais. Alors, pourquoi étions-nous enfermés dans une tente au lieu de faire la fête avec nos amis ?

— Allons nous éclater, lui ai-je proposé.

***

Ce soir-là, s'éclater impliquait de la musique à fond, des centaines de personnes et de l'alcool à volonté.

— Je vais peut-être faire l'amour avec Beck cette nuit, ai-je confié à Macy.

J'étais détendue et langoureuse.

Elle a lancé un « wouhou ! », puis a bu une gorgée de son gobelet. Il était rempli d'alcopop à la pêche, l'un des nombreux parfums que nous avait achetés la sœur aînée de Wyatt, en dernière année d'études à l'université de

Marymount. C'était bien meilleur que la bière en fût que la plupart des gens buvaient.

— Sous la tente ?

— Oui. C'est romantique, non ?

— Euh… peut-être, si vous étiez au sommet d'une montagne ou à la plage… bref, *seuls*.

Elle a observé le terrain jonché de gobelets, éclairé par la pleine lune – ce qui, je m'en suis rendu compte plus tard, était un mauvais présage. Des basses retentissaient sur les différentes enceintes, et se faisaient concurrence. Il y avait des gens partout. Je ne savais pas où Beck et ses potes étaient partis, mais je m'en fichais un peu. Je m'amusais bien avec Macy.

— C'est un cadre agréable, ai-je insisté.

Les mots se bousculaient un peu sous l'effet de l'alcool.

— Agréable, mon cul.

— Mais, Mace, c'est la remise des diplômes de secondaire.

— Oui, celle de Beck. Pas la tienne.

J'ai bu une gorgée de mon alcopop. Il avait un goût de nectar, sucré et sirupeux ; je trouvais ça *délicieux*.

— Je veux que cette soirée soit exceptionnelle pour lui.

Macy a haussé un sourcil critique.

— Je veux que ta première fois soit exceptionnelle pour toi.

— Elle le sera, parce que c'est *Beck*.

Elle a ri et a trinqué avec moi.

— Ce sera n'importe quand, parce que c'est Beck. Tu fais ce que tu veux, mais si j'étais toi, je réserverais la première fois pour un vrai lit. Et tu as vraiment envie, a-t-elle ajouté en désignant d'un geste les hordes de fêtards à perte de vue, qu'un champ plein de gens vous entende ? Ou pire, qu'on vous interrompe ?

— Oh, nous serons discrets.

Elle a ricané.

— Bien sûr. Sauf que tu es littéralement en train de crier là.

Après avoir avalé une nouvelle gorgée de mon verre, j'ai réfléchi à ses inquiétudes parce que Macy avait mes intérêts à cœur. Puis je l'ai tirée vers moi pour pouvoir parler plus bas, même si je ne criais *pas* avant ça.

— Tu penses vraiment que je devrais attendre ?

— Si tu me demandes mon avis, si tu n'es pas sûre à cent pour cent, attends. Vous avez tout l'été.

— Et l'éternité, ai-je souligné en levant mon gobelet comme pour porter un toast.

Nous sommes parties à la recherche des garçons et les avons trouvés non loin de l'endroit où nous discutions. Raj et Stephen étaient en train de boire des bières pendant que Wyatt, Beck et un groupe de filles de leur année les encourageaient. Taryn était là. Elle avait troqué sa toge contre un short et un débardeur, et tenait un gobelet de bière en main, comme ses copines. Macy et moi nous sommes arrêtées en marge de leur cercle, là où nous pouvions siroter notre boisson alcoolisée à la pêche sans empêcher les garçons de s'amuser.

Puis, elle m'a décrit, dans les moindres détails, la première fois que Wyatt et elle avaient fait l'amour. Si je n'avais pas déjà ingurgité les trois quarts d'une grande bouteille d'alcopop, j'aurais rougi jusqu'aux oreilles. Là, j'ai pouffé de rire, pris quelques notes mentales, puis jeté un coup d'œil à Beck. Il était en train de refuser de vider cul sec une canette de bière trouée. Il buvait la même bouteille de Bud Light depuis qu'il s'était éloigné avec les autres. Je le savais parce que je l'avais regardé décoller l'étiquette. J'étais presque sûre qu'il y allait mollo pour pouvoir veiller sur moi, et ça m'a donné envie de ne pas suivre les conseils de Macy.

Alors qu'il donnait des coups de pied dans les canettes vides pour former un tas, j'ai fait un pas dans sa direction. Mais avant que je puisse entrer dans le cercle, Taryn a bondi et s'est jetée sur lui pour passer les bras autour de son cou. Il a titubé, surpris, et un geyser de bière a jailli lorsqu'il l'a rattrapée dans son élan. Il l'a reposée sur le sol, et une fois qu'elle s'est retrouvée debout, Beck a laissé tomber les bras le long de son corps.

Taryn n'a pas baissé les siens.

Elle s'est accrochée à lui comme un paresseux en short en lui disant quelque chose à l'oreille. Il a ri. Elle aussi, en renversant le menton en arrière. Elle était de nouveau sur la pointe des pieds, comme elle l'avait été cet après-midi-là lorsqu'elle avait déposé un baiser sur sa joue. Elle était proche de lui, plus proche que je ne l'aurais été du petit ami d'une autre fille, hanche contre hanche, joue contre joue. J'étais partagée entre l'envie de m'enfuir et celle de verser ce qui restait de mon verre sur ses cheveux incroyablement brillants.

— Beurk, s'est exclamée Macy en suivant mon regard. La remplaçante.

Ils étaient engagés dans ce qui semblait être une véritable conversation. Elle le touchait encore. Il ne s'éloignait toujours pas. En fait, il se penchait pour écouter ce qu'elle disait, visiblement intéressé. Il m'avait regardée de cette façon des milliers de fois. Il ne m'était jamais venu à l'esprit qu'il pouvait afficher la même expression captivée lorsqu'il parlait avec d'autres filles.

J'ai cru que j'allais vomir.

Au lieu de ça, j'ai redressé les épaules et j'ai vidé mon gobelet.

— Tu veux retourner aux tentes avec moi ? ai-je proposé à Macy.

— Tu sais bien que oui, a-t-elle répondu d'un ton râleur.

Elle avait une politique de tolérance zéro pour les sales coups entre filles.

J'ai tourné les talons. Des larmes me sont montées aux yeux quand j'ai entendu mon prénom à travers le vacarme de la soirée.

Beck était derrière moi et écartait Macy pour pouvoir me prendre la main.

— Hé, m'a-t-il dit, essoufflé. Où vas-tu ?

— Qu'est-ce que ça peut te faire ?

Ma voix s'était brisée, ce qui était gênant. J'ai dégagé ma main de la sienne.

— Tu t'amuses très bien sans moi.

Il a jeté un coup d'œil à l'endroit où se tenait Taryn, qui nous observait. Lorsqu'il s'est retourné vers moi, son expression était empreinte de regret.

— On parlait juste.

— Oui, j'ai vu.

— Allez, ne le prends pas comme ça.

J'ai soufflé, outrée.

— Comment tu réagirais si tu me voyais me coller à un mec ?

Il s'est tourné vers Macy.

— Elle a beaucoup bu ?

Mon amie a haussé les épaules.

— Pas mal.

— Je serais fâchée si j'étais sobre, ai-je rétorqué.

En chancelant un peu, je me suis enfuie, un malaise gargouillant dans mon estomac.

Macy m'a suivie.

Beck, pas.

Quelque chose de réel

Dix-sept ans, Tennessee

Les filles et moi descendons des gradins en continuant à savourer la victoire.

Mon pouls bat trop vite.

Isaiah m'a cherchée.

En pleine heure de gloire, il a cherché mon visage au cœur de la foule. Ses yeux ont croisé les miens et il a souri. À ce moment-là, mon cœur a fait quelque chose qu'il n'avait pas fait depuis longtemps.

Il s'est envolé.

L'air de la salle de sport est moite, ça sent la sueur et la ferveur. J'ai tellement chaud que mon maquillage est sans doute en train de couler, mais je m'en fiche. J'ai des frissons de joie, des étoiles dans les yeux, et ma queue-de-cheval se balance quand je marche. Je suis sur un nuage. Ça fait plus d'un an que je ne me suis pas sentie aussi bien.

Nous rejoignons le hall d'entrée, qui est bordé de vitrines où sont exposés depuis des décennies les trophées et les portraits des anciens sportifs de l'année. Le lycée Rosebell possède le même genre de panthéon. C'est là qu'est affiché le portrait de Beck, pris en automne, il y a deux ans. Ses cheveux roux sont assortis aux feuilles rouges et dorées des arbres. Son sourire insolent, ses épaules larges, ses taches de rousseur. La même photo est accrochée chez ses parents, dans un cadre en bois sombre.

Je vacille légèrement, comme si Beck venait de tendre une main invisible pour me retenir.

Paloma marque une pause pour regarder l'endroit où je me suis arrêtée. Elle sourit en permanence cet après-midi, depuis qu'elle a appris qu'elle avait été acceptée à USC. Elle m'examine d'un air inquisiteur.

Je chasse les sentiments qui m'ont assaillie : le souvenir, le sens du devoir, la culpabilité.

— Lia ? Tout va bien ?

Je fais oui de la tête, mais je n'en suis pas sûre.

Est-ce que j'ai le droit d'aller bien ?

Une fois dehors, je me sens plus légère, j'ai les idées plus claires. J'ai l'habitude de vivre ça. Il y a des hauts et des bas, qui vont et viennent, des rappels soudains de ce que j'ai perdu et de ce que j'ai trouvé. Le vent d'hiver ravive l'enthousiasme que la tristesse avait tenté d'éteindre.

Meagan et Soph marchent devant nous, main dans la main, pour traverser le campus plongé dans l'obscurité. Nous commentons le match : « Vous avez vu quand… ? » et « C'était incroyable… » et « Quelle folie, ce panier ! »

— On va à la fête de Molly ? demande Paloma pour confirmer le plan de la soirée.

— À fond, approuve Meagan. Qui conduit ?

Meagan et moi sommes venues à Rudolph avec Paloma. Sophia nous a rejointes, à cause d'un entraînement de volley-ball qui s'est terminé juste avant le match de basket. Ce soir, nous dormons toutes chez elle, parce que ses parents n'attendent pas notre retour avec des alcootests.

— Moi, répond-elle. On pourra récupérer ta voiture demain, Paloma.

Alors que nous nous approchons du parking et de l'arrêt de bus, Meagan pivote, les bras écartés. Sophia la rattrape et effectue une série de pirouettes qui les fait éclater de rire. Paloma rit aussi, puis m'entraîne vers elles.

— J'ai vu ce qui s'est passé dans le gymnase, dit-elle. Isaiah. Après le coup de sifflet. Il a cherché ton regard.

Je pourrais faire semblant de ne pas savoir de quoi elle parle, mais après six mois d'amitié, elle me connaît bien.

— Tu crois vraiment que… ?

Elle me coupe la parole en souriant.

— Oui. Je crois vraiment.

Nous émergeons d'entre les bâtiments. Sophia et Meagan font du boucan devant nous, Paloma et moi pouffons de rire parce qu'il y a bien quelque chose entre Isaiah et moi, quelque chose de plus que de la céramique et un simple flirt, autre chose que de la peine et des moments difficiles. Quelque chose de nouveau et de prometteur. Quelque chose de véritable.

Mon prénom fend la nuit.

Je me retourne, entraînant Paloma avec moi. Je scrute le parking pour voir d'où ça vient. Un bus scolaire attend et déverse des nuages de gaz d'échappement sur le parking. Je vois les joueurs de basket d'East River par les fenêtres ouvertes, et ils font un vacarme incroyable.

Isaiah n'est pas dans le bus. Il est à un mètre de là, les mains sur les hanches, la tête haute, le dos droit, les yeux rivés sur moi. Il sourit et me lance :

— Viens ici.

Des papillons se réveillent dans mon ventre.

Paloma me pousse dans sa direction.

Meagan pince les lèvres pour mimer un baiser.

Sophia sourit.

— On t'attend à la voiture.

Mon cœur déborde d'amour pour elles trois.

Je me dirige en sautillant vers Isaiah.

Crescendo

Dix-sept ans, Tennessee

Isaiah marche à grands pas vers moi sur le trottoir sombre. Lorsqu'un mètre nous sépare, il ouvre les bras.

Ce soir, je suis une fille impulsive, qui vit dans l'instant, qui tombe amoureuse d'un garçon… d'un autre garçon. Je saute dans ses bras, je passe les miens autour de son cou et je lâche le lourd bagage émotionnel que je traînais avec moi.

Il me rattrape en riant, les cheveux mouillés par la douche. Il sent le genièvre et la chlorophylle.

— Tu as été incroyable !

Il sourit.

— Je suis content que tu sois venue.

— Je t'avais dit que je viendrais.

— Oui, mais tout le monde ne tient pas ses promesses.

Je prends son visage dans mes paumes et je murmure :

— Moi, si.

Son regard est plongé dans le mien. Je me penche, assez près pour voir les nombreuses nuances de brun de ses iris sans fond.

J'ai tellement envie de l'embrasser et je pense que… peut-être…

Non, il m'attire contre lui, me serre fort, me réconforte d'une manière dont je ne savais même pas que j'avais besoin.

La soirée est étrangement calme.

Je recule d'un pas et j'aperçois les basketteurs collés aux vitres du bus. Ils sont bouche bée, et Trevor affiche un sourire hyper fier.

Ils se mettent à nous acclamer en chœur.

Isaiah se retourne et, en riant doucement, décrète :

— Quelle bande d'imbéciles.

Je souris.

— Ils te soutiennent.

— Ils veulent du spectacle, corrige-t-il en levant les yeux au ciel.

Il me lâche et, malheureusement, je le lâche aussi. Alors que mes pieds retrouvent la terre ferme, il m'attrape la main.

— Tu vas chez Molly ?

— Oui. Et toi ?

— Maintenant, oui.

***

La maison de Molly est une bâtisse victorienne au bord de la rivière. Des bouteilles d'alcool sont alignées sur le plan de travail de la cuisine. Elle a prévu aussi des canettes de soda, des paquets de chips et de crackers. Lorsque j'arrive avec les filles, elle est dans la cuisine et distribue des verres en hôtesse digne de ce nom. Elle me prend dans ses bras. Nous sommes amies maintenant, parce qu'Isaiah et Trev sont potes, et ça me fait super plaisir. Paloma, Megs et moi nous retrouvons avec de la *root beer*, arrosée de généreuses rasades de vodka à la vanille. Sophia, notre conductrice désignée, boit la sienne sans alcool pendant que nous portons toutes les quatre un toast à Paloma et à sa candidature acceptée à USC.

J'en suis à la moitié de mon verre, en train de bavarder avec les filles dans le salon, lorsque des cris et des applaudissements retentissent près de l'entrée.

— L'équipe vient d'arriver, annonce Meagan en prenant une voix de présentatrice de JT.

Elle cogne son gobelet contre le mien.

— Tu es prête ?

Je suis un peu pompette, un peu nerveuse, mais grâce à l'euphorie de la victoire et au supplément de courage conféré par la vodka, la confiance en moi me vient facilement.

— Carrément.

— On veille sur toi, me rappelle Paloma, comme si je n'en avais pas la certitude à cent pour cent depuis six mois.

Je les enlace toutes les trois dans un câlin à la vanille et à la vodka.

— Je vais le rejoindre.

Isaiah est dans la cuisine avec quelques gars de l'équipe, dont Trev. Ils se passent des sodas, dévorent des snacks et font un boucan terrible. Je reste en retrait, en sirotant ma *root beer* alcoolisée, à regarder Isaiah rire avec ses amis. Ils sont tous beaux, de bonne humeur et séduisants, mais il est une lumière parmi eux, une pleine lune dans un ciel tacheté d'étoiles.

Trevor me repère et balance son coude dans le flanc d'Isaiah.

Celui-ci se retourne, puis abandonne son Coca et traverse la cuisine.

Je pose mon verre et je me glisse dans ses bras en joignant les mains dans le creux de son dos, avant de poser la tête sur son sternum. Il me tient comme le jour de notre rencontre, comme tout à l'heure sur le parking : comme s'il n'avait plus l'intention de me lâcher.

La cuisine se vide, sans doute parce qu'Isaiah et moi nous serrons dans les bras comme deux personnes cheloues.

Il s'écarte pour trouver mon regard.

— Je t'attendais, lui dis-je parce que je ne supporte pas de faire semblant, plus maintenant en tout cas.

Il sourit. Il prend mon gobelet et y jette un coup d'œil.

— Il faut qu'on te recharge ça.

Je le suis jusqu'au bar improvisé. Je choisis une partie sèche du plan de travail et je saute pour m'asseoir dessus pendant qu'il renifle le fond de mon verre.

— *Root beer* ?

— Oui. Et ça.

Je pointe du doigt la Smirnoff que Meagan a utilisée pour corser ma boisson.

— Classe, plaisante-t-il en ouvrant une canette.

Il sort des glaçons du congélateur, puis prépare mon verre, en étant moins généreux avec la vodka que Megs. Après avoir ouvert trois tiroirs différents, il trouve des couverts. Il utilise une cuillère à soupe pour remuer, puis me tend le gobelet.

J'en prends une gorgée. C'est sirupeux et délicieux.

— Tu ne bois rien ?

Il désigne le Coca qu'il a abandonné il y a quelques minutes.

— Pas d'alcool pendant la saison de basket.

— Tu es quelqu'un de très responsable.

Grâce à mon perchoir, nous faisons la même taille, pour une fois. J'aime beaucoup le regarder dans les yeux.

Il se rapproche.

— Je n'ai pas le choix.

— Je l'étais, avant.

— Et maintenant plus ?

Je lève mon gobelet en haussant les épaules.

— Moins. La Lia d'avant n'aurait pas perdu une heure de cours à faire de la céramique, c'est sûr.

— J'aime bien la Lia d'aujourd'hui, déclare-t-il avec le plus grand sérieux.

— Moi aussi, elle commence à me plaire.

Son attention se porte sur ma bouche et il fronce les sourcils. Il cligne rapidement des yeux, comme s'il essayait de mettre de l'ordre dans ses pensées.

— Qu'est-ce qui se passe dans ta tête ?

Il pose la main sur mon genou. La chaleur de sa paume traverse le denim de mon jean.

— Je pense que j'ai envie de t'embrasser, avoue-t-il avec un rire réticent. J'y pense beaucoup.

— Qu'est-ce qui t'en empêche ?

Il hésite, retire sa main et croise les bras.

— Je ne sais pas si tu es prête.

— Tu pourrais me poser la question.

Il secoue la tête.

— Je ne suis pas sûr d'avoir besoin de te le demander. Il te manque. Et c'est normal. Mais je ne peux pas t'embrasser et me demander si tu penses à lui. Si tu me compares à lui. Si tu rêves que je sois lui.

— Je ne ferais jamais ça.

— Il t'appelait Amelia ?

— Parfois.

Il étudie ma main droite et mon anneau en or blanc avec les deux pierres étincelantes. Avec précaution, comme s'il risquait de se brûler, il touche ma bague.

— C'est lui qui te l'a offerte ?

— Oui.

— Tu l'enlèves parfois ?

— Je l'ai enlevée, après…

Mes mots se heurtent à la boule dans ma gorge. Je déglutis en m'accrochant à son regard. C'est hyper important que je lui explique, qu'il comprenne l'évolution du symbole que représente la bague.

— Je ne l'ai pas portée pendant longtemps. C'était trop dur à regarder. Elle me rappelait ce que j'avais perdu. Mais je l'ai remise en novembre.

— Parce que tu l'aimes.

— Parce que je voulais recommencer à croire en un avenir prometteur.

D'une voix douce, il dit :

— Et puis tu m'as rencontré.

Il apparaîtra au moment où tu t'y attendras le moins.

Je répète d'un ton mélancolique :

— Et puis, je t'ai rencontré.

J'attrape le bas de son sweat-shirt et je le tire jusqu'à ce qu'il se retrouve debout entre mes genoux. Je pourrais me pencher, poser ma bouche sur la sienne, mais moi aussi, je voudrais en parler, être certaine.

Je murmure :

— Moi aussi, je pense que j'ai envie de t'embrasser.

Il cligne des yeux et incline la tête comme Major quand il ne comprend pas ce que je lui dis.

— Depuis quand ?

— Depuis le premier jour au club d'arts plastiques. Quand j'ai dessiné ton visage.

En levant la main, je laisse le bout de mon doigt effleurer l'arête de son nez.

— Je savais que j'en avais envie. Je voulais t'embrasser de la bonne façon, pour les bonnes raisons. Je n'étais pas prête, mais j'y pensais. J'y ai beaucoup pensé. Et honnêtement, ça m'a terrifiée. Mais aussi… ça m'a donné de l'espoir.

J'écarte les cheveux de son front pour révéler sa cicatrice dont le blanc ressort sur son teint olive.

— Tous ces après-midi en céramique, ce jour-là sur le terrain de basket, l'autre soir chez toi… Ne me dis pas que ça ne se voit pas que j'ai un crush.

Il esquisse un sourire.

— Ça se voit peut-être un peu.

— Peut-être un peu, mais… ?

— Mais, en général, je n'ai pas beaucoup de chance.

Je souris.

— Si la chance, c'est d'attirer l'attention d'une fille qui se sent parfois hyper triste, même quand la vie commence à bien la traiter, alors oui. Tu es *très chanceux*.

Il décroise les bras pour prendre mon visage entre ses paumes.

— Dis-moi ce que tu veux.

Je réponds sans réfléchir. Je me penche et je l'embrasse.

Il me rend mon baiser, et ça n'a rien à voir avec la première fois en novembre. Ce soir, nous sommes doux et tendres, conscients de la fragilité du moment, jusqu'à ce que les mains d'Isaiah glissent de mon visage à ma gorge, et que ce qui a commencé par des gestes prudents se développe lentement et aille crescendo : nos joues s'échauffent et nos respirations se font haletantes.

Si aimer Beck était une couche de neige paisible, tomber amoureuse d'Isaiah est un blizzard : féroce, désorientant, exaltant. Je frissonne en me blottissant dans son étreinte, décidée à affronter la tempête.

Boule magique 8

Est-ce que Beck me détesterait s'il savait ?
RÉPONSE FLOUE, RÉESSAIE.

Est-ce que mes parents vont péter un plomb s'ils l'apprennent ?
SANS AUCUN DOUTE.

Est-ce que Bernie aura le cœur brisé ?
TU PEUX COMPTER DESSUS.

Est-ce que je fais bien ?
IMPOSSIBLE À PRÉDIRE EN CE MOMENT.

Est-ce que je suis un monstre ?
MES SOURCES DISENT QUE NON.

Est-ce que je dois renoncer à mon destin ?
MIEUX VAUT NE PAS TE LE DIRE MAINTENANT.

Absurde
Seize ans, Virginie

Le lendemain matin de la fête de remise des diplômes de Beck, je me suis réveillée sous une tente, dans un champ, morte de honte et vraiment *malade*. Mes souvenirs étaient flous, j'avais mal à la tête et envie de vomir. Malgré le tournis, j'ai rampé pour dézipper le rabat, et j'ai réussi à sortir la tête avant de déverser sur le sol du liquide rance aromatisé à la pêche.

Une main m'a serré l'épaule, puis a rassemblé mes cheveux qui tombaient autour de mon visage moite.

Merci, Macy.

— Merde, Amelia, a déclaré une voix groggy. Ça va ?

Ce n'était pas Macy.

C'était Beck.

— Non, ai-je répondu d'un ton pitoyable, en pleurant au-dessus du vomi. Je meurs. Je suis sans doute déjà morte.

Il a ri et est venu s'agenouiller à côté de moi.

— Bébé, a-t-il dit, d'un ton compatissant et adorable.

— Je crois que tout n'est pas encore sorti.

Il a enlevé l'élastique à mon poignet pour me faire une queue-de-cheval, puis m'a frotté le dos pendant que je vidais le contenu de mon estomac comme tous ceux qui n'ont pas l'habitude des alcopops. Quand ça s'est enfin terminé, il m'a tendu des mouchoirs qu'il avait trouvés dans mon sac, puis m'a fait boire de l'eau à petites gorgées jusqu'à ce que je ne sois plus blême.

Je me sentais un tout petit peu mieux. Je me suis effondrée sur mon sac de couchage, transpirante et puante. J'ai posé un bras sur mon visage pour me protéger de la lumière. Beck s'est allongé à côté de moi et a passé les doigts sur ma paume jusqu'à ce que ma respiration se calme.

Les yeux fermés, je lui ai demandé :

— Tu as dormi ici toute la nuit ?

— Oui. Je suis arrivé à peu près un quart d'heure après toi.

J'avais du mal à croire que quinze minutes seulement s'étaient écoulées entre ma crise de colère et le moment où je m'étais endormie. J'avais l'impression que la soirée avait eu lieu il y a des milliers d'années.

— Je t'ai pris pour Macy, lui ai-je expliqué. Je croyais que tu ne voudrais pas venir dormir près de moi après ma scène.

— Lia. Je ne peux pas t'en vouloir, tu étais saoule. Tu essayais… de gérer.

J'ai ouvert les paupières et j'ai penché la tête pour voir son visage couvert de taches de rousseur.

— Je sais que tu n'aimes pas Taryn, pas comme ça en tout cas. Mais je doute de moi. Et je suis un peu une connasse.

— Tu n'es pas une connasse du tout.

— Taryn doit me prendre pour une tarée.

— On s'en fiche de ce que pense Taryn, non ?

Je m'en fichais… un peu.

— Et toi, qu'est-ce que *tu* penses ?

Ses doigts ont tracé le contour des miens, puis de ma paume, de mon poignet.

— Je n'aime pas me disputer avec toi. J'aurais pu mieux réagir hier soir. Mais tu n'as aucune raison de douter de ce que je pense de toi.

Sa mâchoire était tendue et l'incertitude visible dans son regard quand il m'a demandé :

— Lia, tu ne me fais pas confiance ?

— Si, depuis toujours.

— Tu as confiance en *nous* ?

J'ai réfléchi à sa question. Si j'avais confiance en lui, mais pas en *nous*, où était le problème ?

Le problème, c'était moi.

Il m'a fallu une seconde pour trouver le courage d'exprimer la découverte que je venais de faire.

— Je ne sais pas qui je suis sans toi. Nous sommes Beckett et Amelia depuis ma naissance. On a passé deux ans de lycée ensemble, mais maintenant tu pars et je vais devoir me débrouiller seule et… je me sens complètement perdue.

— Tu crois que je ne le suis pas ? a-t-il répliqué avec douceur.

— Peut-être. Mais c'est toi qui pars.

— Et toi, tu es abandonnée. C'est un peu comme un départ en mission.

Son expression s'est assombrie et, avec une immense tristesse, il a proposé :

— On pourrait faire une pause.

Un souffle étranglé m'a échappé.

— Tu veux dire… *rompre* ?

— Je crois, oui. Le temps qu'on mette de l'ordre dans tout ça. Je ne sais pas… peut-être que ce serait plus facile pour toi d'avoir un peu de liberté.

— C'est ça que tu veux ? Que ça s'arrête là ?

— Pas du tout. Mais si c'est ce dont tu as besoin, je m'en sortirai.

Sa proposition était absurde. Complètement cinglée. L'idée d'être sans lui physiquement *et* émotionnellement était intolérable. Je ne choisirais *jamais* de vivre sans lui.

— Je ne veux pas qu'on fasse de pause, lui ai-je dit. C'est le contraire de ce que je veux.

Ses épaules sont retombées, ses traits se sont détendus et il a retrouvé sa bonne humeur habituelle.

— Alors je t'emmènerai en cachette à VCU avec moi. Qu'est-ce que tu en dis ?

— J'aimerais trop que ce soit possible.

Il s'est penché pour déposer un baiser sur le sommet de mon crâne. Quand il s'est retiré, il a décrété :

— Tu sens le vomi.

J'ai ri, et la tente s'est mise à tanguer. J'ai fermé les yeux et, dans l'obscurité, j'ai lâché un autre aveu :

— J'avais prévu de faire l'amour avec toi hier soir.

Il a éclaté de rire.

— Sérieusement ?

— Oui, sérieusement. Jusqu'à ce que… tu sais.

— Jusqu'à ce que je gâche tout ?

— Plutôt jusqu'à ce que je sois bourrée.

Il a de nouveau caressé légèrement ma main.

— On ne devrait pas faire ça la première fois sous une tente.

— C'est ce que Macy a dit !

Ça l'a fait beaucoup rire. Puis il m'a accompagnée jusqu'au 4Runner et m'a laissée sur le siège passager avec toutes les bouches d'air conditionné dirigées vers mon visage pendant qu'il démontait la tente, ramassait nos déchets et mettait nos affaires dans le coffre.

Malgré ma gueule de bois, je me sentais super heureuse, immensément chanceuse, d'exister dans ce monde avec Beck.

Un fil

PALOMA : Hé, les filles. USC a dit à Liam qu'ils réétudieraient sa candidature en même temps que celle des candidats qui n'ont pas fait de demande anticipée. ☹

MEAGAN : Oh, merde.

LIA : Oh non, je suis désolée.

SOPHIA : Mais ce n'est pas un NON.

MEAGAN : Ce n'est pas non plus un oui.

LIA : C'est quoi son plan B ?

PALOMA : Les facs où il est sûr d'être pris et dont il attend toujours des nouvelles.

SOPHIA : Et toi, c'est quoi ton plan B ?

MEAGAN : Elle n'a pas besoin d'un plan B. Elle a été acceptée.

SOPHIA : Je veux dire… est-ce que tu irais ailleurs qu'à USC ?

PALOMA : Non, meuf. Je soutiens les Trojans jusqu'au bout.

SOPHIA : Je parie qu'il sera accepté.

LIA : Moi aussi. Mais attends, tu irais vraiment à USC sans Liam ?

PALOMA : Oui. Je serais déçue, mais je n'abandonnerai pas mes rêves pour un garçon.

LIA : Megs, tu irais à Austin Peay sans Soph ?

SOPHIA : Oui. Et toi, Megs ?

MEAGAN : J'invoque mon droit au silence.

SOPHIA : Je voudrais que tu y ailles. Je ne te retiendrais pas.

MEAGAN : Moi pareil. Et toi, Lia ? Si les choses avaient été différentes ?

LIA : Est-ce que j'aurais choisi une autre université que celle de Beck ?

PALOMA : Oui. Tu l'as envisagé ?

LIA : Oui, j'avais d'autres projets, avant qu'on ne soit ensemble.

MEAGAN : Il t'a demandé de postuler à VCU ?

LIA : Oui, et j'en avais envie aussi. Honnêtement, je pensais ne pas pouvoir survivre sans lui. Mais maintenant...

SOPHIA : Maintenant... quoi ?

LIA : Maintenant, je sais que j'en suis capable.

Remparts

Dix-sept ans, Tennessee

Dimanche soir, je retrouve Isaiah chez Over Easy, un resto du centre-ville. C'est un petit *diner* kitsch, avec un sol à carreaux et des pochettes d'albums collées aux murs. Ça sent la friture et la viande grillée, et bien que j'aie mangé des lasagnes avec mes parents après avoir envoyé des textos aux filles, mon estomac gargouille lorsque je me glisse dans le box en face d'Isaiah.

Nous commandons des sodas et des parts de *chess pie* aux myrtilles, une espèce de flan pâtissier. Lorsque je lui dis que mon amie de Virginie, Macy, ne connaissait pas cette variante de tarte typique du Sud des États-Unis avant de nous rencontrer, Beck et moi, qui descendons tous deux de fières représentantes du Mississippi, il éclate de rire.

Je commence :

— Est-ce que ta mère… ?

Mais je m'interromps.

Je doute que sa mère soit du genre à porter un tablier en cuisine.

Il termine pour moi :

— Est-ce que ma mère préparait des tartes ?

Je tripote la salière.

— Ou autre chose ?

— Non. Et la tienne ?

Je hausse les épaules, ne voulant pas me vanter d'avoir des pâtisseries maison.

— La réponse est oui, conclut Isaiah. Ne culpabilise pas, Lia. Marjorie fait de la pâtisserie pour un oui ou pour un non. Naya aussi. Mais… mon enfance a été différente de la tienne.

— Comment est-ce que tu imagines mon enfance ?

Il me regarde comme si je ne venais pas de poser une question dangereuse.

Je pousse son pied avec le mien.

— Je suis sérieuse. Si tu devais faire trois hypothèses, ce serait quoi ?

Après quelques secondes, il les coche sur ses doigts.

— Tu ne t'es jamais inquiétée de savoir si tu aurais à dîner. Il y avait toujours des cadeaux sous votre sapin de Noël. Et tes parents te serraient dans leurs bras… et le font encore.

Je regrette d'avoir abordé ce sujet.

Je le regrette vraiment.

Parce que si nous n'avons pas eu la même enfance, comme il l'a dit, ça signifie que lui s'inquiétait de savoir s'il aurait à dîner, ne recevait pas de cadeaux à Noël et que sa mère et son père ne lui faisaient pas de câlins.

— Tu as eu l'enfance que tout le monde devrait avoir, déclare-t-il une fois que la serveuse a déposé nos sodas. Tu ne dois pas te demander si tu le méritais.

J'acquiesce, mais je ne peux pas m'empêcher de me poser la question.

— Tu peux en parler, lui dis-je. De ton passé. De tes parents. De ce que tu veux. De tout.

— Je le fais. Avec un professionnel de la santé mentale.

Je souris.

— Je veux dire que tu peux *m'en* parler.

— Mouais, tu sais, je n'ai pas l'intention de faire peser mes traumatismes sur tes épaules.

Je fixe la table, usée par les clients qui se sont assis ici au fil des ans. Cette conversation est devenue très vite sérieuse, et je réfléchis encore un moment avant de lever les yeux vers lui.

— J'ai les épaules solides.

Il attrape ma main et la tient entre les siennes.

— Je sais. Mais il n'y a pas que ça : si je te raconte ce que j'ai vécu, et pourquoi j'ai abouti dans ce système, tu ne me verras plus de la même manière.

— Ce n'est pas vrai.

— Lia. Tu auras pitié de moi.

— J'ai déjà pitié de toi.

Il tressaille, se raidit contre la banquette en vinyle et je m'en veux, mais je *dois* finir mon raisonnement.

— Je n'ai pas besoin de détails pour détester le fait que tes parents n'aient pas pu t'offrir ce dont tu avais besoin. Je souhaite déjà de tout mon cœur que ta vie ait pu se dérouler différemment. Connaître les détails ne changera rien à ça.

Il observe attentivement mon expression, puis m'interroge :

— Pourquoi est-ce que c'est si facile de te faire confiance ?

En toi, il trouvera une confidente. Dans ton cœur, l'espoir renaîtra.

L'émotion gonfle ma poitrine comme une vague qui grossit, prend de la vitesse, de la hauteur, de l'intensité, s'enroule avant de frapper le rivage dans un jet de brume fine et salée qui forme des arcs-en-ciel.

— Je pourrais te demander la même chose. À la place, je vais te poser cette question : pourquoi est-ce qu'on t'a enlevé à ta mère et à ton père ?

Il soupire, comme s'il capitulait.

— Il y avait un tas de raisons. Ils étaient toxicomanes. Notre maison était un trou à rats. Ils se fichaient de la nourriture. L'hygiène était déplorable. Je n'allais pas régulièrement à l'école. Je n'avais jamais ce dont j'avais besoin : fournitures scolaires, autorisations, repas. Je me débrouillais tout seul pendant que mes parents s'injectaient du poison dans les veines.

Il s'arrête pour contempler nos mains jointes. Lorsque ses yeux retrouvent les miens, ils sont vides d'expression. J'ai peur qu'il ne soit retourné dans la maison de ses parents, dans la psyché du garçon qu'il était, qui souffrait, mais survivait.

— Ils me détestaient, poursuit-il. Je n'étais qu'un obstacle entre eux et leur prochaine dose. S'ils me donnaient quoi que ce soit – un petit déjeuner, des chaussures, un peu d'attention – et que je ne leur montrais pas assez de gratitude, je le payais très cher.

Je demande d'une petite voix :

— Qu'est-ce que ça veut dire ?

Il agite une main devant son visage.

— Mon nez n'est pas déformé parce que j'étais un gamin maladroit.

Tordu comme un sentier forestier.

Mon cœur se serre. Il bat trop fort et trop vite. J'ai de la peine en pensant au petit Isaiah, le ventre vide, en manque d'attention et d'affection. Blessé par les mains censées le protéger.

— Les profs sont obligés de signaler les cas de maltraitance, explique-t-il. Ils doivent prévenir les services sociaux quand la maltraitance est aussi évidente qu'un élève qui débarque à l'école avec une épaule déboîtée. Mais je n'ai pas été retiré tout de suite. Il fallait suivre la procédure, ils cherchent toujours d'abord à maintenir les enfants dans leur famille, c'est la logique débile de la bureaucratie. Une assistante sociale venait me voir toutes les deux semaines. Mes parents ont arrêté la drogue et ont fait semblant d'être des parents modèles. Le dossier a été clos au bout de six mois. Peu de temps après, ils ont recommencé à se piquer. Et puis, quand j'ai eu huit ans, ma mère a eu un deuxième enfant. Une fille.

Je redoute le pire.

La serveuse arrive avec notre tarte. Nous nous lâchons les mains alors qu'elle dépose assiettes, fourchettes et serviettes au milieu de la table.

— Bonne dégustation, nous lance-t-elle avec enthousiasme.

J'ai perdu l'appétit.

Isaiah ne fait attention ni à la tarte ni à la serveuse. Sa posture est rigide et son expression est toujours aussi neutre et effrayante.

Il lui en coûte d'exhumer son passé.

— Elle s'appelait Emily, continue-t-il. Elle avait des coliques. C'est un mot que j'ai appris plus tard, par Marjorie. Ça veut dire qu'elle pleurait tout le temps. Comme mes parents étaient généralement trop occupés pour s'occuper d'elle, j'essayais de la calmer, de répondre à ses besoins, mais elle ne s'apaisait jamais. Une nuit, j'ai dormi huit heures sans interruption, ce qui ne m'était pas arrivé depuis sa naissance. Je me suis réveillé en panique, convaincu que quelque chose n'allait pas. Je l'ai trouvée dans son berceau, immobile. Trop calme. On aurait dit une petite poupée.

Je déglutis, prise de nausée, les joues brûlantes.

— Tes parents… ?

— Ils l'ont secouée jusqu'à ce qu'elle arrête de pleurer. Puis ils se sont défoncés. Ils étaient HS. Je ne sais même pas s'ils se sont rendu compte qu'elle était décédée, ou s'ils s'en fichaient complètement.

Je quitte ma banquette pour me glisser à côté de lui. Sa main trouve ma jambe et je passe mon bras sous le sien, posant ma tête sur son épaule tandis qu'il respire par brèves bouffées. Il est incroyablement fort, mais derrière les remparts qu'il a construits pendant son enfance, il n'y a que de la douceur, un gamin qui ne demandait qu'à protéger sa petite sœur.

— Quand est-ce que tu les as vus pour la dernière fois ?

— Quand j'avais dix ans, au tribunal. J'étais un témoin de l'accusation. Ils vont passer des dizaines d'années en prison. Ce qui est tordu, c'est que pendant longtemps, je me suis senti coupable de les avoir dénoncés.

— Ce n'est pas tordu, Isaiah. C'est humain.

Je me déplace pour pouvoir le regarder dans les yeux.

— Tu as été un bon frère pour Emily, et tu es un bon frère pour Naya. Il faut que tu le saches.

Il sourit, mais la tristesse dans ses yeux montre qu'il n'est pas convaincu.

— Je le pense vraiment, dis-je avec véhémence. Ce qui s'est passé aurait pu te rendre froid. Au lieu de ça, tu es une… une *lumière*.

Il lève une main pour replacer une mèche de cheveux derrière mon oreille.

— C'est la chose la plus gentille qu'on m'ait jamais dite.

Puis il tire vers nous le dessert que nous avions oublié et nous partageons une tarte comme si nous étions deux personnes qui n'ont jamais eu le cœur brisé.

Étiquettes

Dix-sept ans, Tennessee

— Est-ce qu'il embrasse bien ? veut savoir Meagan quand j'entre dans la bibliothèque le lundi matin.

Je prends la chaise en face d'elle en haussant timidement les épaules.

— Allez, insiste Soph. Dis-nous tout.

— Les filles, elle n'est pas obligée de répondre, réplique Paloma avant de m'adresser un sourire narquois. Sauf si elle en a envie.

Je souris jusqu'aux oreilles.

— Il embrasse *très* bien.

Leurs rires suffisent à faire venir la bibliothécaire, qui nous fait taire en levant les yeux au ciel avec bienveillance. Plus bas maintenant, Sophia commente :

— Tu as l'air heureuse.

— Je me sens heureuse.

Paloma serre ma main.

— Tu as parlé de lui à tes parents ?

— Pas encore.

Je ne leur avais jamais rien caché, mais j'ai l'impression que ma liste de secrets ne cesse de s'allonger. Passer l'existence d'Isaiah sous silence comme s'il n'avait pas d'importance… ça ne me fait pas plaisir.

— Ils adoraient Beck, et ils sont très proches de ses parents. Je ne suis pas sûre qu'ils comprendront.

— Il n'y a qu'un moyen de le savoir, philosophe Meagan.

— Je sais. Je leur dirai, un jour ou l'autre. Mais Isaiah et moi n'avons même pas encore défini notre relation. Je ne veux pas que mes parents s'énervent alors que ce n'est peut-être pas sérieux.

— Votre relation est sérieuse, intervient Sophia.

— Mais je ne sais pas si nous sommes ensemble.

— Vous êtes ensemble, décrète Meagan avec conviction.

Je hausse les épaules.

— Pour l'instant, je veux garder ça pour moi.

— Alors c'est ce que tu dois faire, conclut Paloma en hochant la tête avec détermination.

***

Plus tard, en céramique, je suis assise sur mon tabouret habituel. Aujourd'hui je commence un nouveau projet, la petite maison qui figure au programme de Mme Robbins. J'ai rassemblé un morceau d'argile, un rouleau à pâtisserie et des guides, mais je n'ai pas encore commencé parce que je suis occupée à offrir à Paloma un soutien moral pendant qu'elle envoie un texto à Liam, qui se comporte comme le plus gros con du monde. C'est son avis, pas le mien.

— Il n'a toujours pas digéré qu'on l'ait mis sur liste d'attente, m'explique-t-elle.

— Je comprends.

— Moi aussi, mais il voudrait que je râle avec lui. Je ne devrais pas fêter le fait que j'ai été acceptée ?

— Si, absolument. Il vient toujours pour les vacances de printemps ?

— C'est ce qui est prévu. Mais rien ne semble sûr en ce moment, tu sais…

Je lui adresse un sourire compatissant.

— Je comprends totalement.

Son téléphone bourdonne pour annoncer un nouveau message. Pendant qu'elle le lit, elle affiche une expression furieuse.

— Je te jure, marmonne-t-elle. Je sors avec un gamin de quatre ans.

Lorsqu'elle me regarde, son exaspération est palpable.

— S'il était en face de moi – si on pouvait avoir une vraie conversation –, ce serait tellement plus facile.

Je tends la main pour remettre sa queue-de-cheval derrière son épaule.

— Les relations à distance, c'est compliqué.

Ses pouces pianotent avec fureur sur son portable.

— C'est *lui* qui est compliqué.

— Liam ne connaît pas sa chance, intervient une voix avec sagesse.

Je me tourne vers Isaiah. Son odeur de genévrier et de chlorophylle me chatouille les narines, et le plaisir de le voir m'envahit d'un coup comme des étincelles sur ma peau.

— Salut, me lance-t-il.

— Salut.

Son visage s'illumine.

Il pose une main chaude dans ma nuque et se penche pour m'embrasser, le plus naturellement du monde.

Paloma se racle la gorge.

Elle laisse tomber son téléphone dans son sac, puis lève les sourcils vers moi.

— Pas sérieux, hein ?

Quand la sonnerie retentit, elle quitte la table pour récupérer la maison qu'elle a commencée la semaine dernière.

Isaiah prend le tabouret à côté du mien. Il touche mon tas de terre informe et répète :

— Pas sérieux ?

— Pendant la pause, les filles ont voulu savoir où on en était tous les deux.

Sa bouche se soulève en un sourire hésitant.

— Et tu leur as dit que ce n'était pas sérieux ?

— Je leur ai dit que nous n'en avions pas parlé.

Il attrape la base de mon tabouret et me tire vers lui. Il m'interroge à voix basse :

— C'est comme ça que tu définirais notre relation ? Pas sérieuse ?

Quand je suis avec lui, j'ai l'impression de tenir mon cœur palpitant dans mes mains. Il me rend plus heureuse que je ne l'ai été depuis un an. Avec lui, je me demande si je ne serais pas capable de tout reprendre à zéro. Mais je suis terrifiée – complètement *terrorisée* – par toutes les inconnues. Comment réagiront mes parents ? Comment réagiront Bernie et Connor ? Comment notre relation survivra-t-elle après le lycée ? Est-ce qu'admettre la profondeur de mes sentiments pour Isaiah est un dernier adieu à Beck ?

— Les relations sans importance, ce n'est pas vraiment mon genre, lui dis-je.

— Moi non plus, admet-il et ses épaules se détendent. Tu crois qu'on a besoin de… mettre une étiquette sur ce qu'il y a entre nous ?

Je suis en terrain inconnu. Beck et moi n'avons jamais eu besoin d'avoir ce genre de conversation. C'était implicite. C'était même un prérequis. Avec Isaiah, il y a beaucoup d'interrogations. Mais ça me fait plaisir qu'il pose des questions. J'apprécie beaucoup qu'il donne autant qu'il prend.

— Je ne déteste pas l'idée d'une étiquette.

Il sort un stylo de son sac à dos. Il étend sa paume ouverte et croise mon regard. Je glisse ma main dans la sienne et il commence à dessiner.

— Bon, donc, tu me plais et… tu m'aimes bien.

— Je t'aime plus que bien.

Concentré sur l'insecte ailé qu'il est en train de dessiner sur mon poignet, il sourit.

— Et si je t'appelais ma petite amie ?

— Alors je t'appellerai mon petit ami.

Il lève son regard et nous partageons un immense sourire jusqu'à ce que, par-dessus son épaule, je voie Paloma revenir à la table.

— Nous allons avoir de la compagnie, alors à moins que tu ne veuilles être le sujet d'un nouvel interrogatoire de la part de mes potes, tu devrais aller chercher ton projet.

Il acquiesce et ajoute une antenne recourbée à son gribouillis de libellule. Il remet le capuchon sur son stylo et se lève. Il quitte son tabouret en laissant traîner sa main le long de mes épaules.

— Alors ? me lance Paloma en se rasseyant.

— Vous aviez raison, lui dis-je alors qu'elle soulève le plastique de sa maison en chantier. C'est sérieux.

Elle affiche un sourire triomphant.

— Meuf, depuis le temps que je suis à côté de vous deux, je le savais.

Rendez-vous

Au début du semestre, le placard à vernis était utilitaire, sombre et poussiéreux.

Maintenant, c'est le paradis des tentations.

Un frôlement de pied, un signe de tête, un clin d'œil coquin.

Il suffit qu'elle attire son attention.

Il se lève le premier et s'éloigne avec désinvolture, adresse un sourire innocent à leur prof en chemin.

Il pourrait tout aussi bien joindre les mains dans le dos et siffloter, pense-t-elle en se retenant de rire alors qu'elle se lève pour le rejoindre.

Ça ne dure jamais plus de quelques minutes.

La façon dont il mobilise ses sens, l'intensité avec laquelle elle le désire – même quand elle est avec lui – la laisse haletante.

Il vaut la peine de risquer de se faire prendre.

Il lui prend les mains et l'embrasse sur la bouche.

Il l'illumine comme une torche.

Elle l'entraîne à reculons, jusqu'à ce qu'ils soient cachés par la porte partiellement fermée, puis elle allume un feu en lui.

Il lui écarte les cheveux et déclare :

— Je pense que je pourrais faire ça jusqu'à la fin des temps.

Du sable qui s'écoule

Seize ans, Virginie

Je me représentais mon dernier été avec Beck comme les grains de sable qui s'écoulent dans un sablier.

Fin juin, mes parents et moi sommes allés avec les Byrne à la plage de Rehoboth, où nous avons loué une maison sur le rivage. Beck et moi passions nos journées à jouer dans les vagues avec ses sœurs, et nos soirées à aller et venir sur la plage. Nous mangions des sandwichs au beurre de cacahuètes et au miel sous le soleil de midi, des crabes qui venaient d'être pêchés pour le dîner et de la glace artisanale pour le dessert. Nous sommes rentrés à Rosebell bronzés et heureux.

Un jour de début juillet, nous nous sommes levés super tôt pour aller à Williamsburg. Nous avons fait la queue dès l'ouverture du parc d'attractions de Busch Gardens. Nous avons fait un tour sur nos montagnes russes préférées, caressé les Clydesdale et nous sommes régalés de bratwurst et de beignets. Nous sommes restés jusqu'à la fermeture du parc. Dans le 4Runner, sur le chemin du retour, je me suis cramponnée à la main de Beck et j'ai commencé à me tracasser du peu de temps qu'il nous restait.

Alors que l'été filait à toute allure, nous nous sommes efforcés de terminer de biffer les éléments de notre liste de choses à faire à Washington (avant que Beck ne parte pour VCU). Nous nous sommes baladés dans le quartier des ambassades, nous avons mangé des Tartes Ted – des espèces de Pop Tarts, mais fraîches – chez Ted's Bulletin, et nous avons fait une randonnée sur l'île Theodore

Roosevelt. Nous avons emmené Norah et Mae dans tous les parcs de la ville. Nous avons joué à des jeux de société avec nos parents. Nous sommes allés à des soirées avec Raj, Stephen, Wyatt et Macy. Nous avons mangé dans des restaurants chics et nous nous sommes fait des marathons de films en pyjama.

Et puis, par un samedi humide d'août, notre temps était entièrement écoulé.

Je suis allée chez les Byrne pour dire au revoir à Beck. Le pick-up de Connor était garé dans l'allée, la plateforme arrière chargée de cartons, de valises et de sacs en plastique réutilisables. Je savais ce qu'il y avait dans chacun d'eux, car j'avais passé la semaine précédente à aider Beck à emballer ses affaires. Tout y était : ses vêtements, ses baskets, ses bandes de résistance et une barre de traction à accrocher dans l'encadrement d'une porte. Il y avait des serviettes de bain propres et du linge de lit tout neuf choisi par Bernie, parce que son fils se fichait pas mal de savoir à quoi ressemblait son édredon. Il avait sélectionné une douzaine de romans, parmi ses préférés, et je me disais qu'il ne trouverait jamais le temps de les relire. Il y avait des cahiers, des stylos, une calculatrice graphique. Un nouvel ordinateur portable. Des photos encadrées de sa famille, de nous deux. Tout était plié, enveloppé et emballé, toute sa vie était rangée à l'arrière d'un pick-up.

J'ai dû détourner les yeux. La vue des affaires de Beck prêtes à parcourir plus de cent cinquante kilomètres vers le sud-ouest, où elles seraient déchargées dans une chambre d'étudiant, où elles resteraient – *avec Beck* – me donnait envie de pleurer à chaudes larmes.

J'ai préféré me réfugier dans la maison. J'ai entendu Connor, Bernie et les jumelles dans la cuisine évoquer les snacks pour le trajet. Toute la famille Byrne allait à Charlottesville, Beck et son père à bord du pick-up, et

Bernie et les filles dans sa Subaru. Le 4Runner resterait sur place, car, d'après Beck, c'était galère de se garer sur le campus. Ils m'avaient proposé de les accompagner, mais même si je mourais envie d'y aller, la famille de Beck avait autant de mal que moi à le laisser partir. Je ne voulais pas les priver de leurs adieux. Et puis, j'étais persuadée que si je mettais les pieds dans la résidence universitaire de Beck, il faudrait me traîner pour me sortir : je crierais et je me débattrais.

Tandis que Norah hurlait qu'elle voulait des raisins secs, que Mae se battait pour avoir des crackers en forme de poisson et que leurs parents jouaient gentiment les médiateurs, je suis descendue au sous-sol.

Beck était assis sur son lit, son téléphone à la main.

— J'allais t'envoyer un message, a-t-il déclaré en me souriant. On va se mettre en route.

J'ai éclaté en sanglots.

Il s'est levé d'un bond et m'a prise dans ses bras.

— Merde, Amelia. Je ne veux pas que tu sois triste.

Je l'ai laissé me serrer jusqu'à avoir mal à la gorge à force de pleurer. Puis j'ai reculé et j'ai essuyé les traces de mascara sous mes yeux avec les bretelles de mon débardeur. J'ai inspiré profondément et je me suis ressaisie, car je ne voulais pas qu'il parte en pensant que j'étais dévastée.

— Ça va, ai-je affirmé. Je vais bien. *Super* bien.

— Menteuse.

— Je t'assure, Beck. Ça va bien. Je suis super contente que tu partes vivre ton rêve.

— *Notre* rêve.

Il a déposé un baiser au sommet de mon crâne. Puis il a ajouté :

— Et au cas où je ne l'aurais pas exprimé clairement, tu vas me manquer chaque seconde où on ne sera pas ensemble.

— Beck ! a appelé Connor depuis le rez-de-chaussée. Il est temps de se mettre en route !

Dehors, Bernie s'est tamponné les yeux en attachant les jumelles dans leurs rehausseurs. Connor, toujours aussi peu sentimental, jetait ses clés en l'air.

Quand elle a eu fini, Bernie a laissé Norah et Mae dans le SUV avec le moteur allumé, puis est venue passer un bras autour de moi et l'autre autour de Beck. Elle pleurait encore.

— M'enfin, maman, a protesté Beck. On se retrouve dans quelques heures.

— Tu comprendras, un jour, quand tu regarderas tes bébés voler de leurs propres ailes.

Beck a croisé mon regard. Je venais d'imaginer la même chose : lui et moi, dans quelques décennies, dans une allée semblable à celle des Byrne, en train d'aider un oisillon à quitter le nid. Je me suis mordu la lèvre, essayant de tenir bon, même si j'étais convaincue de vivre le pire jour de l'année.

Beck a décrété :

— N'imposons pas ça à Lia plus longtemps.

Sa mère a hoché la tête, puis m'a serrée très fort dans ses bras.

— On survivra, ma chérie.

— Je sais. Prudence sur la route.

Elle m'a serré l'épaule avant de monter dans le Subaru. Connor était déjà dans le pick-up, dont le moteur grondait. Beck m'a attirée dans ses bras ; je l'ai étreint comme si c'était ma dernière occasion, espérant de tout mon être que le temps passe vite jusqu'à nos retrouvailles.

Lorsque nous nous sommes séparés, il a reniflé et a déclaré :

— Merde, le moment est vraiment venu.

— Beckett, ai-je dit. Ne t'apitoie pas sur ton sort.

— Jamais. On se voit bientôt ?

— Très bientôt.

Puis il est monté dans le pick-up avec son père, ils sont sortis de l'allée et de l'univers dans lequel je vivais.

Arnaqueuse

Dix-sept ans, Tennessee

Samedi après-midi, mes parents ont un rendez-vous en amoureux, le premier depuis longtemps.

— On va au cinéma, puis au restaurant, me détaille mon père en nouant les lacets de ses Samba. Tu es sûre que tu ne veux pas venir ?

— Certaine.

Même s'ils n'avaient pas choisi une comédie romantique et un bistro rempli de tables pour deux, je n'aurais jamais voulu les accompagner et être la troisième roue du carrosse.

Et de toute façon, j'ai moi aussi un *date*.

Ma mère descend les escaliers en sautillant. Elle porte une robe à fleurs, des Veja blanches et une veste en jean usée qu'elle a empruntée dans mon placard. Avec son brushing, elle est toute jolie et a l'air heureuse.

— C'est pas vrai, Cam, s'exclame-t-elle en regardant les vieilles baskets de mon père. C'est ça que tu portes aux pieds ?

Il se tourne vers moi.

— Elles te plaisent, non, Millie ?

— Je les adore.

Je jette un coup d'œil à l'horloge. S'ils ne partent pas bientôt, je vais être en retard.

— À ta prochaine affectation, décrète ma mère, ces vieux trucs fileront dans la pile des choses à donner.

— Il n'y a pas intérêt ! se récrie mon père en jouant les effarés.

Elle hausse les épaules d'un air théâtral.

— Les déménagements, c'est le chaos. Des choses s'égarent.

— Tous mes T-shirts de fraternité, se lamente-t-il, comme s'il avait perdu un véritable trésor. Disparus.

— Allez, allez.

Je lui tapote l'épaule et le pousse vers la porte.

— Vous allez rater votre film si vous ne partez pas. Amusez-vous bien !

Depuis le porche, je les regarde monter dans la Volvo. Mon père dit quelque chose à ma mère. Elle sourit en baissant la tête, ce qui signifie qu'il s'agit d'un compliment, sans doute malaisant pour moi. Ils démarrent. Ils me rappellent comment ils étaient avant que nous quittions la Virginie, avant le décès de Beck, avant que la vie ne se complique d'un coup.

Je ravale le goût amer de la culpabilité.

Ils ne seraient pas d'aussi bonne humeur s'ils étaient au courant de mes secrets.

Je remplis les bols d'eau et de croquettes de Major, j'enfile un sweat à capuche et j'applique du baume sur mes lèvres. Puis je me dirige vers le terrain de basket.

Isaiah est là, avec Trevor et Molly. Ils se lancent le ballon de loin, font les imbéciles. Quand Trevor réussit un panier à trois points, Molly s'approche et lui embrasse la joue. Isaiah m'aperçoit à ce moment-là et son expression vexée à cause du tir chanceux de Trevor s'efface aussitôt. Il s'approche en courant, me prend la main et me fait tourner.

— Comment est-ce que tu parviens à être si sexy en tenue de sport ?

Je ris. Je porte un legging de course anthracite, des Nike noires et un sweat à capuche bleu clair. Je descends la fermeture Éclair pour lui montrer ce qu'il y a dessous :

le T-shirt de son équipe de basket que j'ai acheté à la boutique du lycée.

— Je me suis dit que, quitte à être avec une star du basket, autant avoir le look qui correspond.

Sa paume trouve ma joue et sa bouche rencontre la mienne. Nous nous embrassons et cet accueil me remplit de chaleur. Quand nous nous écartons, sa main passe sur mon menton et descend le long de mon cou, jusqu'à ce que ses doigts trouvent l'encolure de mon T-shirt. Il murmure :

— Je l'aime, ce T-shirt.

Une vague d'émotions me submerge. C'est la première fois qu'il utilise ce mot. Ce n'était qu'une remarque anodine à propos de ma tenue, mais il aurait pu utiliser une douzaine d'autres verbes. Son choix, ce moment, semble déterminant. Je sais déjà que j'y repenserai avant de m'endormir ce soir et que je m'en souviendrai demain matin au réveil.

Est-il possible qu'il soit en train de tomber amoureux ? Quand nos regards se croisent, ses yeux brillent. Quand il me parle, sa voix est douce comme du miel. Lorsque nous nous touchons, son corps se détend, comme je l'imagine s'enfoncer dans son lit à la fin d'une longue journée. N'est-ce pas ça, l'amour ? Le confort personnifié par l'autre ?

Parfois, je me dis que je suis en train de tomber amoureuse, moi aussi.

Mais quand cette idée me traverse l'esprit, elle est suivie de près par *arnaqueuse*. J'ai l'impression de l'arnaquer en ne lui offrant qu'une fraction de ce qu'il mérite.

Je ne suis pas sûre d'être capable d'aimer quelqu'un comme j'ai aimé Beck.

Je me hisse sur la pointe des pieds et j'embrasse à nouveau Isaiah. Il me répond en m'attirant contre lui. Mon cœur se serre, puis gonfle.

L'amour.

Peut-être… probablement. Et si… ?

— Isaiah ! lui crie Trevor. On joue ou quoi ?

Isaiah recule et lève les yeux au ciel.

— J'arrive.

Nous restons un moment sur le terrain, les garçons font des mêlées enthousiastes, et nous lancent le ballon à Molly et à moi quand nous sommes assez attentives pour le rattraper. Après avoir manqué de peu un panier, Molly court vers Trevor et saute sur son dos. Il saisit ses jambes en riant.

— Tu as promis qu'on irait chercher une glace au yaourt quand tu aurais fini, lui rappelle-t-elle. C'est-à-dire à peu près…

— Maintenant, complète Trev.

Il se tourne vers Isaiah et moi.

— Vous voulez venir ?

— Non merci, allez-y sans nous, répond Isaiah.

En les regardant s'éloigner, je demande à Isaiah :

— Tu n'es pas fan de yaourt glacé ?

— Ce n'est pas mauvais. Mais je préférerais des cookies.

— Moi aussi.

Je regarde l'heure. Le film de mes parents doit probablement se terminer maintenant, ce qui veut dire qu'ils sont en route pour leur resto et que j'ai plus d'une heure avant qu'ils ne rentrent à la maison.

— Tu veux aller à la boulangerie Buttercup ? On peut marcher jusqu'à chez moi et prendre ma voiture.

Il cale le ballon sous son bras, me prend la main et nous nous mettons en route.

Nous approchons de mon allée lorsqu'une berline argentée tourne au coin de la rue. Je suis tellement sous le charme du rire d'Isaiah et de la chaleur de sa paume que je n'y prête pas attention. La voiture ralentit devant nous. Malgré tout, il me faut une seconde pour la reconnaître.

C'est la Volvo de ma mère. Elle est sur le siège passager et mon père est au volant.

Mon estomac se noue immédiatement.

Mon père s'arrête à côté de nous.

Il baisse la vitre.

Il relève ses lunettes de soleil, le regard dur comme de l'acier.

Ma mère reste bouche bée.

Je lâche la main d'Isaiah.

— Lia, dit mon père.

D'une voix sans timbre, je demande :

— Je croyais que vous alliez dîner ?

— On en vient, répond ma mère en nous observant tour à tour, Isaiah et moi.

Je m'éloigne d'un pas.

— Le film était complet, alors nous avons mangé tôt, m'explique mon père avant de se racler la gorge. Tu ne nous présentes pas... ton copain ?

Je jette un coup d'œil à Isaiah, dont le visage est fermé.

Je croasse :

— Isaiah. Mes parents. Cam et Hannah.

— Colonel et Mme Graham, corrige mon père.

J'ai envie de vomir. Il n'a jamais – *jamais* – suggéré que mes amis s'adressent à eux de manière aussi formelle. La première fois que Paloma, Meagan et Soph sont venues, il s'est montré décontracté et sympa, et Beck a toujours appelé mes parents par leurs prénoms.

— Enchanté, dit Isaiah. Lia et moi étions juste...

Je termine pour lui :

— Nous étions au parc. Et Isaiah me raccompagnait.

Il croise mon regard. Je m'attendais à ce qu'il soit perplexe ou embêté, peut-être même fâché. Son expression, sombrement vide, est bien pire.

— Exactement, conclut-il d'un ton calme et posé.

Il fait un geste vers la maison.

— Et maintenant que nous sommes là – que *vous* êtes là –, je vais m'en aller.

Il se met face à moi et fixe un point juste au-dessus de ma tête. La main qui tenait la mienne se serre et se desserre dans un poing anxieux.

« Je pense que je pourrais faire ça jusqu'à la fin des temps », a-t-il dit l'autre jour.

Aujourd'hui, il déclare d'un ton froid :

— C'était sympa, Lia.

Puis il se remet à marcher sur le trottoir, le ballon de basket sous le bras, seul.

Blessé

Dix-sept ans, Tennessee

La silhouette d'Isaiah qui s'éloigne me fend le cœur. C'est encore pire quand je pense à ce qui va suivre. Il va devoir appeler Marjorie pour qu'elle vienne le chercher. Il va se réfugier dans sa chambre. Il va se sentir hyper mal.

À cause de moi.

Je traverse la pelouse jusqu'à la porte d'entrée et j'entre dans la maison. Major arrive en courant, débordant d'amour, et me renifle. Je l'évite et, en attendant mes parents, je vais dans la salle à manger, où je me poste à la table et contemple notre puzzle en cours, qui met en scène une variété de plantes grasses.

Je m'attends à une dispute.

Je *veux* une dispute.

J'ai réussi à placer trois pièces du bord avant qu'ils me rejoignent.

Mon père est énervé.

Ma mère évite mon regard.

Ils laissent tomber clés, téléphones et portefeuilles sur le comptoir.

— Lia, nous ne sommes pas fâchés, commence mon père.

Je ne le crois pas.

Mes amies avaient raison. J'aurais dû leur parler d'Isaiah. Ça aurait été difficile, mais ce qui s'est passé – la peine visible d'Isaiah, la stupéfaction de mes parents – est bien pire.

— Nous sommes… surpris, poursuit-il. Et perdus.

Ma mère prend une inspiration frémissante.

— C'est qui, ce garçon ?

Je n'aime pas leur posture, debout devant moi. J'aimerais qu'ils s'asseyent. J'aimerais qu'ils me traitent comme une égale.

— J'ai fait sa connaissance au lycée. Il est avec moi en céramique.

— Est-ce qu'il est…

La voix de ma mère se brise, et elle s'arrête, s'efforçant de se ressaisir.

— Tu lui donnais la main.

Je n'ai aucune idée de ce qu'il faut dire… Oui, c'est vrai.

Mais est-ce que c'est si grave ?

D'un côté, je suis soulagée qu'ils nous aient surpris. Mais d'un autre, j'aurais voulu garder Isaiah pour moi indéfiniment. Une partie de moi a envie de brûler, brûler, brûler, jusqu'à ce que je ne sois plus qu'un tas de cendres balayé par le vent.

Qui sont-ils pour me faire subir un interrogatoire parce que je marchais main dans la main avec un garçon ? J'avais quinze ans la première fois qu'ils nous ont vus, Beck et moi, nous embrasser, et ils étaient ravis. Pendant des mois, ils ont prêché pour que je me remette de mon chagrin, pour que j'avance, que je trace mon propre chemin. Maintenant qu'ils me voient faire exactement ce dont ils rêvaient, ils se comportent comme de gros hypocrites.

Ma mère s'approche du buffet, sur lequel elle a fièrement exposé le pot au colombin que j'ai terminé le mois dernier ; il est penché comme la tour de Pise. Mon père s'assied à la table. Il croise les mains, se penche vers moi comme si j'étais un soldat subalterne.

— Est-ce que c'est sérieux entre toi et ce garçon ?

Pendant une seconde, j'envisage de mentir. Mais j'en suis incapable. Je ne peux pas faire ça à Isaiah, pas après la façon dont j'ai minimisé son importance sur le trottoir.

— Ce n'est pas *pas* sérieux.

— Pourquoi est-ce que nous apprenons son existence seulement maintenant ?

— Parce que je savais que vous réagiriez comme ça, dis-je d'un ton assez dur pour qu'ils aient tous les deux l'air abasourdis. Parce que vous me regardez comme si j'avais fait quelque chose d'horrible, comme si j'avais trahi mon destin.

— Lia..., commence ma mère, mais je lui coupe la parole.

— Je ne fais rien de mal. J'essaie juste... j'essaie de donner une deuxième chance à la vie. Mais si vous croyez que je ne me sens pas coupable quand je suis avec Isaiah, vous vous faites des idées. Si vous croyez que Beck ne me manque plus, vous vous trompez. Si vous croyez que je ne suis capable d'aimer qu'une seule fois, eh bien, peut-être que vous ne me connaissez pas du tout.

Les yeux de mon père sont luisants de larmes.

Ma mère joint les mains, comme pour prier, les traits ravagés par la tristesse.

— Nous avons peur que ce soit trop tôt.

Je m'emporte :

— Ce n'est pas à vous de décider. Vous avez perdu votre droit à une opinion il y a cinq minutes, devant la maison. La façon dont tu as traité Isaiah, papa... Mon Dieu. Je suis humiliée. Je n'ose pas imaginer ce qu'il ressent.

Ma mère s'avance.

— Mon cœur, je suis désolée. *Nous sommes* désolés.

Mon père acquiesce.

— On va arranger ça. La prochaine fois qu'on le verra, on se rattrapera.

Je revois Isaiah sur le trottoir, son air blessé.

Je ne suis pas sûre qu'il y aura une prochaine fois.

Mes parents lui ont fait de la peine, mais moi encore plus.

Je l'ai laissé partir.

Chute libre

Dix-sept ans, Tennessee

J'attends le dimanche après-midi pour envoyer un texto à Isaiah. Je lui écris un *Qu'est-ce que tu fais de beau ?* complètement nul parce que je ne sais pas comment m'y prendre pour réparer ce que j'ai détruit hier.

En général, il répond vite, mais près de trente minutes s'écoulent avant que je ne reçoive sa réponse : *Rien.*

Découragée, j'envoie à Paloma un long message avec un résumé de la catastrophe d'hier. Alors que Meagan et Soph vivent dans une bulle de bonheur rose, Paloma et Liam se disputent beaucoup. Ils s'engueulent pour des bêtises et des sujets importants, mais leur loyauté est profonde. Si quelqu'un est capable de me donner des conseils pour combler le fossé que j'ai creusé, c'est Paloma.

Elle appelle immédiatement.

— Meuf, tu dois lui parler en face à face.

— Et s'il ne veut plus jamais me voir ?

— Alors il n'est pas celui qu'on croyait.

Je ravale la boule que l'inquiétude a fait grossir dans ma gorge.

— Paloma. Et si j'ai tout gâché ?

Sa réponse est empreinte d'une compassion qui ne fait qu'aggraver ma culpabilité.

— Alors je t'aiderai à te reconstruire.

Le lundi, au lycée, j'ai l'estomac noué. Je n'ai cours avec Isaiah qu'en dernière heure, et quand vient le moment d'aller en cours de céramique, je tremble presque d'angoisse. Il entre dans le garage de Mme Robbins au début de l'heure, réduisant à néant toutes les chances que j'avais de discuter avant la sonnerie.

Paloma m'adresse un haussement d'épaules compréhensif.

Mme Robbins nous rappelle les échéances qui approchent, puis nous laisse travailler.

— Je crois que je vais me lancer dans la confection d'un pot, annonce Paloma en se levant du tabouret.

Elle désigne Isaiah du menton avant de se diriger vers les tours de poterie.

Il se lève aussi, mais avant qu'il ne puisse s'éloigner, je serre sa main dans la mienne.

— Tu veux bien m'aider à choisir un vernis pour mon projet ?

Ses yeux sombres sont méfiants – il sait que c'est une excuse bidon – mais il me suit quand même. Je ne ferme pas complètement la porte du placard, comme chaque fois que nous nous retrouvons ici, puis je me tourne pour lui faire face.

Son attitude apathique me fait peur, mais je me lance dans le monologue que je répète depuis samedi soir :

— J'ai merdé. J'ai réagi comme si tu n'avais pas d'importance, et c'était nul. C'est tout le contraire de ce que je ressens. C'est nouveau pour moi de présenter un garçon à mes parents. Ce serait déjà bizarre dans les meilleures circonstances, mais ma situation – *notre* situation – est compliquée. J'essaie de tirer ça au clair et je vais probablement encore me planter, mais j'apprends. J'essaie, et je te jure, Isaiah, que je ne te traiterai plus jamais comme de la merde.

Son expression est indéchiffrable.

— Tu as stressé tout le week-end pour ça ? me demande-t-il.

— Je… oui. J'espérais qu'on pourrait parler hier, mais tu avais l'air fâché.

— Je l'étais.

Il se concentre sur moi avec une telle intensité que je dois lutter contre l'envie de détourner les yeux.

— C'était nul à chier, la façon dont tu t'es comportée.

— Je sais.

— Je ne vais pas faire semblant de comprendre.

— Je ne m'attends pas à ce que tu comprennes.

— Mais je suis content que tu te sois excusée.

— J'étais sincère.

— Je sais. Alors… ça y est ? Notre première dispute ?

Il me semble déceler de l'humour dans sa voix.

— Je suppose, dis-je en hasardant un sourire. Et si c'était aussi notre dernière ?

Il s'avance, pose la joue sur le sommet de mon crâne, et je soupire, libérant l'anxiété qui m'oppresse depuis samedi. Ces dernières semaines, je me suis laissée tomber amoureuse de lui. S'il décide de me quitter – si je continue à le pousser à me quitter –, je vais être anéantie. Ce serait comme sauter sans parachute, en chute libre vers le sol.

Je murmure dans le coton de son sweat-shirt :

— Ne renonce pas à moi.

Il m'embrasse, un baiser abrégé, mais plein de désir. Il recule légèrement, comme si la distance était une nécessité plus qu'une envie. Puis il passe ses paumes le long de mes bras et, m'ancrant dans l'instant, il déclare :

— Lia, je ne pourrais pas, même si je le voulais.

Une aubaine

Seize ans, Virginie

En octobre, quand j'étais en première, mes parents m'ont laissé aller à Charlottesville avec Connor, Bernie et les jumelles. Ils étaient réticents, au début. J'avais seize ans, j'étais leur seule enfant, il m'arrivait d'être naïve, et ainsi de suite. Je suis sûre qu'ils imaginaient des étudiants bourrés maintenus en poirier sur un fût de bière pour boire le plus possible… C'est-à-dire le genre de soirées arrosées auxquelles ils participaient à la fac, *hum hum*. J'ai vendu le voyage plus comme une visite de VCU que comme un week-end sans supervision avec mon petit ami, ce qui n'était pas totalement faux.

L'automne s'était avéré encore plus difficile que ce à quoi je m'étais préparée. J'étais très occupée à Rosebell, j'étudiais comme une dingue, j'étais directrice du Key Club et vice-présidente du club de français, et je passais beaucoup de temps avec Macy, qui était devenue ma meilleure amie de remplacement, en l'absence de Beck. Lui était débordé et essayait de prendre ses marques en première année. Son emploi du temps pour la fac était déjà épuisant, ses entraînements sportifs l'étaient encore plus. Quand il n'était pas en cours, il était à la bibliothèque, à la salle de sport ou avec son colocataire, James, qui devait avoir des horaires nettement moins éreintants parce qu'il semblait trouver le temps de faire la fête tous les jours de la semaine.

Parfois, quand nous nous parlions, Beck avait l'air de mauvaise humeur et surmené. Parfois, je provoquais une dispute pour attirer son attention. Les jours les plus difficiles, je me demandais si nous n'avions pas eu tort de vouloir maintenir une relation à distance.

Nous avons quitté Rosebell le vendredi après-midi, après le lycée et le retour de Connor du travail. Pendant tout le trajet jusqu'au campus, assise sur la troisième rangée de banquettes du Subaru de Bernie pendant que les jumelles regardaient des films sur des iPad au milieu, j'ai frémi d'impatience. Je n'avais passé qu'un seul week-end avec Beck depuis qu'il était à la fac, quand il était revenu en covoiturant pour être à la maison au moment de son anniversaire. Je voulais que mon séjour à VCU soit comme ces jours-là : heureux.

J'étais presque sûre qu'il le serait. Connor, Bernie et les jumelles nous rejoindraient au match de football des Eagles samedi, et nous visiterions le campus et mangerions avec eux, mais ils avaient réservé une chambre d'hôtel. La version officielle pour mes parents, c'était que je dormirais dans la résidence de Beck, mais avec Trish, la petite amie de James, au deuxième étage réservé aux filles, loin de tout pénis. En réalité, James passerait le week-end avec Trish et je passerais mes nuits avec Beck.

Il nous attendait dehors.

Ses sœurs se sont précipitées hors du SUV et ont couru sur le trottoir pour le serrer dans leurs bras. Bernie et Connor les ont suivies. Je suis restée en arrière à étirer mes jambes en regardant Beck étreindre sa mère, puis son père. Pendant que Norah et Mae s'amusaient à se poursuivre sur la pelouse toute proche et que leurs parents tentaient de les aiguiller pour qu'elles n'entrent pas en collision avec les étudiants qui se dépêchaient de rejoindre leur résidence, je me suis avancée dans les bras tendus de Beck. Il a enfoui son visage dans mes cheveux, inspirant à fond comme quand nous avions dansé ensemble pour la première fois au bal. Comme s'il essayait d'enregistrer cet instant dans ses plus infimes détails.

Toutes mes inquiétudes ont été balayées d'un coup.

Beck et moi étions à nouveau réunis.

***

Connor et Bernie nous ont emmenés dîner dans une pizzeria du coin. Beck a répondu à leurs questions, qui tournaient toutes autour de VCU, et a aidé ses sœurs à relier les points du dessin imprimé sur les menus. Sous la table, sa main s'est posée sur mon genou, puis a migré lentement vers ma hanche. Plus nous restions assis dans ce box, plus mon cœur battait vite. Quand Connor a suggéré une pizza dessert, je bouillonnais et risquais d'imploser.

Les Byrne nous ont déposés sur le campus avant de se rendre à leur hôtel. Dès que Beck et moi sommes entrés dans l'ascenseur vide, nous nous sommes embrassés, sans retenue ni délicatesse. Après une aussi longue séparation, après le repas qui s'était éternisé avec sa famille, la bienséance n'avait plus sa place.

Le dos contre la paroi de la cabine, alors que Beck embrassait mon cou, j'ai repris mon souffle assez longtemps pour murmurer :

— Ce soir, d'accord ?

Il a levé la tête pour me regarder. D'une voix rauque, il m'a demandé :

— Tu es sûre ?

J'ai passé mes doigts dans ses cheveux.

— Certaine.

Les portes de l'ascenseur se sont ouvertes.

Il a souri, a attrapé la poignée de ma valise et m'a pris la main. Nous avons marché dans le couloir. J'ai eu des papillons dans le ventre jusqu'à sa chambre. Après s'être débattu avec sa clé, il a ouvert. J'avais suffisamment vu son espace de vie sur FaceTime pour ne pas être surprise par la pièce minuscule, les lits étroits et sa télévision beaucoup trop grande.

Par contre, ça m'a étonnée de trouver James occupé à fouiller un tiroir.

Beck nous a présentés à contrecœur, même si nous avions déjà échangé beaucoup de banalités au cours des deux derniers mois quand j'appelais Beck. James a souri jusqu'aux oreilles en rangeant son sweat et son déo dans un sac de sport. Il a dû sentir l'énervement de son colocataire, car il a déclaré :

— C'est bon, vieux, je me tire. Je devais prendre quelques trucs avant d'aller chez Trish.

Beck lui a lancé un regard noir.

— Tu n'es pas censé t'approcher de cette pièce de tout le week-end. *Grouille.*

— Je me dépêche ! J'essaie juste de ne rien oublier pour ne pas devoir débarquer ici plus tard.

J'ai retenu mon rire et je me suis perchée sur le bureau de Beck, qui était rangé, sans doute en prévision de ma venue. Il s'est penché pour murmurer, exaspéré :

— Ce type, putain…

— Lia, a déclaré James en fermant son sac, ce fut un plaisir.

— Pareil.

Il a décoché à Beck un sourire moqueur. Puis il m'a dit, très sérieusement :

— J'espère que le plaisir se poursuivra pour toi ce soir.

Beck a attrapé une paire de chaussettes roulées en boule sur le bureau de James, qui était beaucoup moins bien rangé, et la lui a lancée dans le dos alors qu'il battait en retraite. James s'est esquivé par la porte en ricanant.

Beck m'a montré où ranger ma valise, puis m'a accompagnée jusqu'à la salle de bains commune de l'étage. Il a monté la garde pendant que je me lavais la figure et que je me brossais les dents. De retour dans sa chambre, il m'a laissée me changer et est retourné dans la salle de bains pour prendre une douche.

Vêtue du pyjama que j'avais acheté spécialement pour l'occasion – un petit short noir et un débardeur assorti garni de dentelle, ma mère serait *morte* si elle avait vu cet ensemble –, j'ai exploré l'espace où Beck vivait. Son couvre-lit était en lin gris, épais et doux. Sur son bureau se trouvaient son ordinateur portable, quelques manuels et cahiers, une tasse de l'armée américaine remplie de stylos et de crayons, une photo encadrée de Norah et Mae déguisées respectivement en Raiponce et en dinosaure, et une photo encadrée de nous deux devant le bassin artificiel. Le mini-frigo était plein de bouteilles d'eau et de boissons énergisantes, et les étagères garnies de poudres protéinées et de barres énergétiques. James avait accroché un tas de posters d'équipes sportives de New York au mur au-dessus de son lit – les Mets, les Giants, les Knicks – mais Beck avait opté pour une tapisserie noire et blanche.

Il a franchi la porte vêtu d'un pantalon de survêt et d'un des nombreux T-shirts de VCU qu'il avait achetés depuis qu'il avait décidé d'y étudier. Ses cheveux étaient mouillés et bouclaient dans sa nuque, et il était entouré de cette odeur familière, que j'avais fini par associer à lui et à mes moments les plus heureux.

Il avait la main sur la poignée, le battant encore entrouvert, quand ses yeux se sont posés sur moi. Il a eu l'air momentanément perdu, comme s'il n'était pas sûr d'être entré dans la bonne pièce, puis son expression est devenue dubitative, comme si c'était trop beau pour être vrai de trouver une fille sur son lit.

— Tout va bien ? lui ai-je demandé.

Il a secoué la tête.

— Je crois que oui.

— Tu veux bien fermer la porte ?

Son visage s'est fendu d'un sourire. Il a poussé le battant, puis a fait tourner le verrou.

— James n'a pas la clé ?

— S'il se pointe ici avant dimanche soir, a-t-il décrété en se dirigeant vers moi, je le tue.

J'ai ri.

— Je t'aiderai.

J'ai reculé sur le lit pour lui faire de la place. Il s'est enroulé autour de moi, à la façon d'une parenthèse collée contre une virgule. Puis il a dit :

— Tu as été adorable avec moi ces derniers mois. Je sais que j'ai été un petit ami de merde, mais c'est dur la fac, c'est dur le lancer de poids et c'est horrible d'être séparé de toi. Mais ça va s'arranger. Ça deviendra plus facile. Tu le sais, hein ?

— Oui. Et tu n'es pas un petit ami de merde, Beckett. Tu es ma personne préférée.

Il a souri, puis m'a embrassée avec tant d'adoration que j'ai senti mon âme vibrer.

J'ai passé mes bras autour de son cou pendant que ses mains vagabondaient. Bientôt, mon joli pyjama est tombé. Son survêt a suivi. Il a sorti un préservatif du tiroir de son bureau parce que, même si nous avions parlé de contraception et que je faisais confiance à la pilule qu'on m'avait prescrite, il était du genre à se montrer doublement prudent.

Et puis c'est arrivé, Beck et moi, ensemble de la seule façon que nous n'avions pas encore explorée.

J'avais lu suffisamment d'articles de magazines pragmatiques, de blogs au contenu hot et de romances explicites pour avoir une vision relativement holistique du sexe. Macy m'avait raconté, sans censure, sa première fois avec Wyatt. J'avais vu des films comme *American Pie*, *Lady Bird* et *The Girl Next Door*. Je savais que je ne devais pas avoir d'attentes trop élevées, que je devais me préparer à des maladresses, des hésitations et sans doute à l'inconfort. Que je devais laisser tomber les images de feu d'artifice. Mais être avec Beck dans ce lit dépassait toutes les mises en garde, les conseils et les gestes techniques. C'était ses yeux qui cherchaient les miens, sa sollicitude, les mots d'amour qu'il murmurait. Il a entrelacé ses doigts dans les miens. Il a embrassé mes tempes, mes clavicules, ma bouche. Et puis il y a eu des feux d'artifice, parce que Beck était attentif et déterminé, et qu'il ne faisait jamais rien à moitié.

Plus tard, alors que nous étions allongés dans son lit, nous avons écouté les bruits de la résidence étudiante : musique étouffée, portes qui claquent, cris qui fusent. Alors que ses bras m'enlaçaient et que son souffle me chatouillait avec régularité l'épaule, j'ai repensé à ce qu'il avait admis juste avant : c'était une torture pour lui d'être séparé de moi. Son honnêteté me rassurait, comme le fait de savoir qu'il éprouvait les mêmes difficultés que moi. Vouloir maintenir une relation à distance était compliqué. Il avait tendance à ne pas se rendre compte de ce qui se passait pour moi, et je pouvais me montrer égocentrique. Nous faisions tous deux des suppositions et, parfois, nous étions complètement à côté de la plaque.

Pourtant, je ne l'avais jamais autant aimé que ce jour-là.

Je me suis blottie contre son torse, persuadée d'avoir fait le bon choix.

Coup dur

Dix-sept ans, Tennessee

— Je peux passer ? demande Isaiah.

La tension dans sa voix est perceptible même au téléphone.

C'est le milieu de la semaine et il est presque minuit. J'étais en train de finir mes devoirs dans ma chambre, en luttant contre l'envie de dormir, mais maintenant je suis totalement réveillée.

Personne n'appelle aussi tard pour annoncer une *bonne* nouvelle.

Je réfléchis rapidement. Mes parents sont couchés depuis un moment, mais je ne suis pas sûre qu'ils dorment. Même s'ils ont juré d'arranger les choses avec Isaiah la prochaine fois qu'ils en auraient l'occasion, je doute qu'ils aient envie qu'il vienne me rendre visite si tard. Major est couché sur mon lit, mais s'il entend une voix inconnue dans la maison, il se lèvera et aboiera.

— Je te retrouve dehors dans quelques minutes, dis-je à Isaiah.

Je porte un pantalon de pyjama en flanelle et un débardeur. J'enfonce mes pieds dans une paire de pantoufles, puis je sors un sweat de la pile sur l'étagère de mon placard. J'ai porté ce sweat Ole Miss tellement de fois que ses manches sont usées, mais il est chaud et j'y suis attachée. Je brosse rapidement mes cheveux et je vérifie mon reflet dans le miroir posé sur mon bureau : j'ai déjà eu plus fière allure.

Quand je me redresse, une photo de Beck attire mon attention. C'est moi qui l'ai prise quand il était en terminale. Il sort d'une rencontre d'athlétisme, les joues rosies par l'effort. Il sourit parce qu'il vient de battre son record personnel. Je ressens la montée de tristesse à laquelle je suis habituée, mais au lieu de s'amplifier, la vague s'estompe, puis se dissipe.

Combien de jours se sont écoulés depuis son décès ?

Je ne le sais plus avec exactitude.

Un jour, tu cesseras de compter les jours qui se sont écoulés depuis son absence.

Je porte la main à mon cœur.

Il est là, bien à l'abri sous ma cage thoracique, il bat à un rythme normal. Mais pourquoi n'a-t-il pas mal ?

« Ce ne sera pas toujours aussi difficile », m'a dit Meagan en novembre.

Je sors de ma chambre sur la pointe des pieds et je descends l'escalier. Je m'éclipse par la porte de derrière, puis je fais le tour de la maison pour rejoindre l'allée. Au bout de la rue, des phares trouent l'obscurité. Le Suburban de Marjorie. Mes pantoufles claquent sur le béton lorsque je me précipite sur le trottoir.

Quand j'atteins le SUV, Isaiah se penche pour ouvrir la portière passager. Son équipe a perdu d'un panier ce soir. Le match était organisé par une riche école privée au sud de Nashville, un match qui, s'il avait été gagné, aurait propulsé notre lycée dans les play-offs du district. Je suppose que la visite d'Isaiah à minuit est liée à la défaite et à la fin de la saison.

— Tes parents vont vraiment me détester s'ils te chopent à faire le mur pour moi, commente-t-il alors que je monte dans le Suburban, réconfortée par la chaleur qui règne à l'intérieur.

Des taches sombres s'étendent sous les yeux d'Isaiah et une ombre de barbe couvre sa mâchoire. Je passe la main par-dessus la console pour toucher sa joue, qui est comme du papier de verre sous ma paume.

— Ils ne le sauront jamais. Je suis désolée pour le match.

Il hausse les épaules.

— C'est pas grave.

— Non ?

— Si, mais il y a autre chose.

Il soupire en tambourinant des doigts sur le volant.

— Marjorie et moi avons eu une conversation tout à l'heure, après que Naya est allée se coucher. L'audience est prévue pour vendredi, et après ce sera terminé. Il n'y a aucune raison de faire traîner son affaire plus longtemps. Elle va rentrer chez elle.

— Oh, Isaiah. Je suis vraiment désolée.

À presque tous points de vue, c'est une bonne nouvelle : elle va retrouver sa mère. C'est la meilleure solution pour elles deux. Mais Isaiah est son grand frère depuis plus d'un an. Les adieux vont être déchirants pour lui.

— Je suis content pour elles, poursuit-il, et bien que sa voix soit hésitante, je pense qu'il est sincère. Je ne sais pas pourquoi j'ai l'impression d'être surpris. L'objectif a toujours été qu'elle retourne chez sa mère. L'assistante sociale la soutient totalement, et Marjorie aussi, même si le départ de Naya va lui briser le cœur.

— C'est… Je ne sais pas trop quoi dire.

Il secoue la tête, les yeux baissés.

— Elle va vraiment me manquer.

— Je sais. Mais qu'est-ce qui t'empêche d'aller la voir ?

— Sa mère. C'est stigmatisant de se faire retirer son enfant, de savoir qu'une inconnue s'occupe d'elle pendant qu'on reprend sa vie en main. Je ne serais pas étonné que Gloria ne souhaite pas que je vienne lui rappeler tout ça, ainsi qu'à Naya. Je comprendrais qu'elle désire tourner la page.

Je déteste ce qui lui arrive. Il perd à nouveau quelqu'un. Je pose ma main sur son bras.

— Ça craint, putain.

Il rit. Le son ressemble à une pierre qui tombe dans l'eau et me serre le cœur.

— Merci d'être venue. Marjorie et moi, nous avons pleuré tout à l'heure, et ça nous a fait du bien. Mais être avec toi… Je n'ai jamais eu de personne spéciale dans ma vie, tu comprends ?

Une valve s'ouvre dans ma poitrine, libérant une chaleur qui se propage jusqu'au bout de mes oreilles, de mes doigts et de mes orteils. Je sais ce qu'il veut dire : une personne à laquelle on pense en premier quand on a une bonne nouvelle à partager ou un coup dur à encaisser. Une personne qui donne l'impression que la vie pourrait s'arranger, même quand on fait face à une situation vraiment merdique.

J'avais une personne spéciale dans ma vie. Quand je l'ai perdue, j'ai refusé l'idée de pouvoir en rencontrer une autre.

En fin de compte, de nouvelles personnes m'ont trouvée.

Paloma, Meagan et Sophia.

Isaiah.

Je murmure :

— Je suis heureuse d'être ta personne spéciale.

Il affiche un sourire triste et se penche pour passer les doigts dans mes cheveux.

— J'espère qu'un jour tu me laisseras être la tienne.

Sculpté dans la cire

Dix-sept ans, Tennessee

Quand je rentre chez moi le jeudi après-midi, après une heure passée à boire du chocolat chaud et à manger des pâtisseries avec les filles chez Buttercup, je trouve mon père en train de tondre la pelouse devant la maison. À l'intérieur, ma mère est un tourbillon d'énergie : elle range le salon, plie le linge, emballe la nourriture du chien dans des sacs Ziploc, prépare des repas qui seront faciles à réchauffer au micro-ondes.

Ils s'envolent demain pour la Virginie. Major va passer un long week-end avec la commandante en second de mon père, qui propose de garder notre chien depuis qu'elle l'a rencontré à l'automne dernier. Je serai seule du vendredi soir au mardi après-midi et, franchement, j'ai hâte.

Alors que le soir descend, je retrouve mes parents dans leur chambre pour discuter du dîner. Mon père a fini de tondre la pelouse et de préparer son bagage cabine. On dirait que ma mère se prépare pour une traversée transatlantique de plusieurs semaines, vu les vêtements, les articles de toilette et les chaussures qu'elle a organisés en piles dans toute la pièce.

— J'allais commander de la pizza, annonce mon père en glissant des chaussures noires habillées dans sa valise.

Comme il doit faire un discours à la cérémonie en l'honneur de Connor, il portera son uniforme. Il prendra la parole devant sa famille, ses mentors et ses pairs, et dira un million de choses merveilleuses sur son meilleur ami.

J'aimerais presque être là.

Ma mère me regarde. Elle s'arrête pour plier un pantalon et déclare :

— Tu as le droit de changer d'avis, ma chérie. On peut encore t'acheter un billet.

— Non. Mais c'est gentil.

— Tu es sûre ? insiste mon père. On pourrait se rendre à l'université George Mason. Voir si on peut faire une visite guidée.

Parce qu'il croit que j'attends encore de savoir si j'ai été acceptée.

Mon visage s'échauffe.

— Je me demande si on pourrait trouver le temps d'aller jusqu'à Charlottesville en voiture, Cam ? l'interroge ma mère. Pour donner à Lia une nouvelle occasion de faire le tour du campus ?

— Nous avons tout à fait le temps d'y faire une excursion en journée, répond-il charitablement.

— Je n'ai pas besoin de retourner à VCU, dis-je.

L'expression de mes parents s'illumine un instant d'un nouvel espoir, que je réduis à néant.

— J'y serai cet automne. J'ai déjà envoyé un acompte.

Mon père tripote la chemise qu'il a en mains.

— Tu as quoi ?

C'est le moment de tout leur avouer. Ils seront furieux, mais juste après ils partiront pour quelques jours. Le temps qu'ils reviennent, ils se seront calmés.

Et de toute façon, ça n'a pas d'importance.

Ce qui est fait est fait.

— Je n'ai pas fait de demande d'admission anticipée. J'ai fait une demande de décision anticipée. Quand j'ai appris que j'étais acceptée, il y avait une date limite pour confirmer. Et je l'ai fait.

— Mais tu n'as pas encore reçu les réponses pour tes autres candidatures, souligne ma mère, abasourdie.

Je pourrais continuer à mentir là-dessus aussi. Ils pourraient ne jamais savoir que j'ai postulé exclusivement à VCU. Mais je peux également faire preuve d'intégrité. Dire la vérité sur ce qui m'a conduite à choisir l'université du Commonwealth de Virginie.

Alors que je ne suis même pas sûre de vouloir y aller.

— Il n'y a pas d'autres candidatures. Je n'ai postulé qu'à VCU.

Le visage de mon père se fait livide.

Ma mère se laisse tomber sur le lit.

Mon père reste droit comme un piquet.

Les mains de ma mère s'agrippent à ses genoux.

On dirait que j'ai commis un crime en étant acceptée dans l'université qui est mon premier choix.

— Lia, comment as-tu pu ? s'offusque-t-elle.

Le visage de mon père est déformé par l'indignation.

— Je ne sais plus qui tu es.

Il n'a pas crié. Elle n'a pas pleuré.

Leurs visages sont de marbre, blêmes.

On dirait qu'ils sont sculptés dans de la cire.

— Va dans ta chambre, m'ordonne mon père.

Comme je ne bouge pas, il me regarde droit dans les yeux et ajoute d'un ton cinglant :

— Tout de suite.

Vanille

Seize ans, Virginie

Au cours des années, Beck et moi nous sommes disputés pour des choses idiotes.

Quel film regarder ?

Quel est le meilleur animal de compagnie ?

Qui est le plus fort, à poids égal ?

Quel est le meilleur manège de Busch Gardens ?

Est-ce que Pluton est une planète ?

Est-ce que Pluto est de la même espèce que Dingo ?

Quand nous étions petits, nous avons failli en venir aux mains pour savoir lequel de nos deux pères ressemblait le plus à G.I. Joe, et nos parents avaient trouvé cet accrochage très drôle.

Il y a eu aussi des discussions sérieuses. Qui nous ont façonnés tous les deux, qui *nous* ont façonnés ensemble. Qui, dans leurs moments les plus lourds, ressemblaient à des batailles monumentales.

Quelques jours avant la date à laquelle il devait quitter VCU pour les vacances de Thanksgiving, Beck m'a appelée en renfort au sujet de parfums de glace. James et lui étaient sur le point de s'empoigner pour savoir quel parfum était indiscutablement le meilleur.

— Beck adore la vanille ! a beuglé James. Tu imagines ça, Lia ? Vanille !

— Il choisit toujours ça, ai-je répondu en me pelotonnant sur mon lit. Pas de chocolat fondu. Pas de vermicelles. Dans un pot, même pas un cornet.

Beck a ri sans honte et James a gémi, comme si les préférences de son coloc pour les glaces fades le blessaient physiquement.

— Je ne peux pas. *Vanille*. Lia, c'est quoi ton préféré ?

— Vanille au caramel fondant et noix de pécan croustillantes, a répondu Beck sans hésiter. Dans un cornet.

— Un choix respectable, a admis James. Pourquoi est-ce que ta petite amie est tellement plus intéressante que toi ?

— Va te faire foutre, a répliqué Beck d'un ton léger.

Puis à moi :

— Tu as vu à quoi j'ai droit ?

— Pauvre bébé, ai-je dit en me réfugiant sous ma couette.

J'aurais tellement voulu être là pour lui donner à la cuillère sa glace insipide, pour l'embrasser et mettre fin à ses récriminations.

— Vanille ! a continué à se lamenter James. Pourquoi ?

— Parce que c'est toujours délicieux, a dit Beck comme si c'était l'évidence même. « Pourquoi essayer quelque chose de nouveau et risquer d'être déçu ? »

James a commencé à énumérer des parfums de glace, comme si ni Beck ni moi n'avions jamais mis les pieds dans un Baskin-Robbins.

— Beurre de cacahuètes, chewing-gum, noix de coco grillée.

Je n'écoutais qu'à moitié, parce que j'étais bloquée sur ce que Beck venait de dire : « Pourquoi essayer quelque chose de nouveau et risquer d'être déçu ? »

Est-ce qu'il parlait de… moi ?

Un choix sûr et mesuré ?

James a fini par laisser tomber et est parti faire la fête dans l'une des résidences de sa fraternité. Beck a pris quelques minutes pour me parler de l'examen qu'il avait passé cet après-midi-là. Il était sûr d'avoir tout déchiré, mais la séance d'entraînement qui avait suivi *l'avait* littéralement déchiré. Puis il m'a interrogée sur ma journée.

Au lieu de répondre, je lui ai posé une question.

— Est-ce que je suis ta vanille ?

Il a bredouillé un rire.

— Ma quoi ?

— Ta vanille.

— Qu'est-ce que tu racontes ?

— Beckett. Est-ce que tu es avec moi parce que tu as peur d'essayer quelque chose de nouveau ?

Il a ri à nouveau, même s'il semblait plus exaspéré qu'amusé. Je l'imaginais assis jambes pliées sur son lit, occupé à se frotter le visage d'une main quand il a décrété :

— Ça doit être la question la plus tarée que tu aies jamais posée.

— Tu ne le nies pas.

— Parce que ça ne mérite pas de réponse.

Il a expiré lourdement.

— Est-ce que tu es ma vanille ? Purée, Lia.

Notre conversation avait basculé de la légèreté à l'agressivité en trois regrettables secondes.

C'était ma faute, je le savais. J'avais déclenché une dispute sans raison valable. Mais ça m'énervait qu'il refuse de répondre. Qu'il ne me dise pas : « Tu es le contraire de la vanille. Tu es fun et intéressante. » Je me suis mise à insister de plus belle, incapable d'empêcher le vomi de mots de jaillir.

— Je suis un choix sûr, admets-le. Tu pourrais te retrouver avec une fille menthe aux pépites de chocolat. Mais au lieu de risquer ton cœur, tu t'es rabattu sur moi, une fille qui ne te déçoit pas.

Il a gémi.

— Tu ne pourrais pas être encore plus insultante ?

— *Tu* te sens insulté ?

— Putain, oui. C'est ça que je suis pour toi ? Un lâche qui se contente de trucs potables, parce qu'il est trop trouillard pour prendre des risques ?

— Peut-être que je ne sais pas qui tu es, ai-je lancé d'un ton vindicatif.

Il a poussé un profond soupir.

— Je ne peux pas faire ça ce soir. J'ai un autre examen demain matin et deux heures au gymnase après.

— Ravie de savoir où je me situe sur ta liste de priorités.

— Merde, Lia. Tu n'aurais pas pu attendre ce week-end pour déclencher une dispute ?

— Je n'ai pas choisi de me di…

Il a raccroché.

***

Je n'ai pas fermé l'œil de la nuit, rongée par les remords.

Je l'avais provoqué. Et le pire, c'est que je n'arrivais pas à comprendre pourquoi. J'avais peut-être l'impression qu'il me négligeait, avec tout ce qui lui arrivait dans sa bulle à la fac. Ou je me sentais seule et je cherchais à attirer l'attention comme une gamine turbulente. Ou j'avais projeté sur lui mes propres insécurités. Ce n'était pas comme si j'étais quelqu'un qui prenait des risques. Au lieu de faire des choix importants, des choix difficiles, je m'appuyais sur des prédictions qui dataient d'avant ma naissance.

Je testais peut-être Beck… ou le destin.

Quoi qu'il en soit, je m'en voulais à mort.

Toute la matinée, j'ai été sur les nerfs, je ne tenais pas en place dans la maison vide. J'étais déjà en congé ; le lycée Rosebell nous accordait toute une semaine de relâche pour Thanksgiving. Mon père était en mission courte, dix jours à Hawaï. Ma mère avait fait des heures supplémentaires pour encoder les résultats des évaluations de lecture. Macy passait beaucoup de temps avec Wyatt. Comme la matinée s'était écoulée sans le moindre texto de Beck et que j'étais trop gênée pour le contacter, je suis allée déjeuner dans un café.

J'en suis ressortie l'estomac plein, sans me sentir mieux.

Quand je suis rentrée à la maison, une boîte en carton m'attendait sous le porche. Elle m'était adressée et était couverte d'autocollants : *Périssable ! Garder au congélateur !* Je l'ai traînée jusqu'à la cuisine et j'ai pris des ciseaux dans le tiroir à bric-à-brac. En découpant le ruban adhésif, j'ai remarqué le nom figurant sur l'adresse de retour : *Scoop and Savor*, un glacier artisanal de Richmond. À l'intérieur de la boîte se trouvait une glacière isolante contenant six pots de glace. Je les ai sortis un par un et je les ai empilés en deux tours sur le plan de travail. Mon sourire s'est agrandi au fur et à mesure que je lisais les parfums. Miel de lavande, Chocolat et brownie fondant, Goyave et praliné de noix de cajou, Crème et biscuits aux noisettes, Ruban de guimauve au caramel et sel de mer, et… Gousse de vanille.

Au fond de la boîte se trouvait une carte. Un message y était écrit en caractères d'imprimerie soignés.

> *Amelia, qu'est-ce que ça peut faire si tu es ma vanille ? C'est mon parfum préféré. Et je te choisirai toujours.*
>
> *Beck*

J'avais déclenché notre dispute. J'avais mis en doute son dévouement. Je l'avais laissé passer toute la nuit persuadé que je doutais de sa sincérité. Je l'avais obligé à passer un examen et à s'entraîner en pensant que je doutais de lui, de nous.

Il avait dépensé une petite fortune pour faire livrer des glaces chez moi.

Je l'ai appelé.

Ça a sonné plusieurs fois avant qu'il ne décroche.

— Salut, a-t-il dit d'une voix lourde de sommeil.

— Salut. Je te réveille, hein ?

— Oui, mais ce n'est pas grave. Qu'est-ce qu'il y a ?

— Je voulais te demander pardon. Je suis vraiment une emmerdeuse, Beck. Et tu es le meilleur type que je connaisse. Je t'aime… tellement.

Il a ri et le son m'a paru un peu groggy.

— Tu as reçu ta glace ?

— Oui. Tu la partageras avec moi ce week-end ?

— Pourquoi crois-tu que j'ai pris Gousse de vanille ?

J'ai souri.

— Tu as l'air vraiment crevé. Ça va ?

— Mieux, maintenant que tu m'as appelé.

— Rendors-toi. Tu me rappelleras plus tard.

— D'accord. Je t'aime, Amelia Graham.

— Je t'aime aussi, Beckett Byrne.

Remonter le courant

Dix-sept ans, Tennessee

Mes parents m'ont ordonné de rentrer directement après les cours le vendredi, et je ne suis pas contente.

Isaiah n'était pas présent au cours de céramique et il n'a pas répondu à mes textos. Je n'arrête pas de penser à l'audience d'aujourd'hui et à Naya. J'aimerais pouvoir aller chez Marjorie, mais mes parents, qui m'ont adressé dix mots au total depuis mon aveu d'hier soir, ont un vol à prendre et, apparemment, des règles à m'imposer.

— Interdiction de rouler en dehors de la ville, énumère mon père en prenant son portefeuille et ses clés dans le panier posé sur le plan de travail de la cuisine.

— Pas d'amis à la maison, ajoute ma mère.

— Pas d'alcool, précise-t-il.

Ma mère a l'air abasourdie.

— Cam, Lia ne boit pas.

Il lui jette un regard désapprobateur… il n'a pas autant confiance en moi qu'elle.

— Tu nous contactes tous les matins, poursuit-il.

— Et tous les soirs, renchérit-elle.

— Pas de garçons, déclare-t-il.

Donc… je suis punie, mais sans surveillance.

Parfait.

Dehors, le ciel est couvert de nuages d'orage. Alors que mes parents se dirigent vers la porte avec leurs valises et leurs bagages cabine, un coup de tonnerre fait vibrer la maison.

Ma mère frissonne.

— Si nous pouvions reporter notre départ, nous le ferions, m'informe-t-elle.

— Tu as de la chance qu'on n'insiste pas pour que tu nous accompagnes, conclut mon père, la main sur la poignée.

Le seul moyen de me faire monter dans cet avion, ce serait de m'administrer un tranquillisant puissant. C'est fou, le pouvoir qu'ils pensent détenir sur moi. Ils croient pouvoir choisir l'université où je ferai mes études, la personne avec qui je sors, l'endroit où je passe mes vacances de printemps.

Dans moins d'une semaine, j'ai dix-huit ans.

Je me tourne vers l'escalier en murmurant :

— Amusez-vous bien en Virginie.

Je suis à mi-chemin de ma chambre quand la porte d'entrée se referme avec un *clic* audible. Je suis prise de regrets.

J'aurais dû dire « au revoir ».

J'aurais dû dire « je vous aime ».

Ce n'est pas comme si j'ignorais ce que ça signifie de perdre soudainement quelqu'un qu'on aime.

Le jour où Beck est mort, ma mère est rentrée à la maison avec du poulet aux amandes, du riz sauté et des nems. Elle était de bonne humeur. C'était la veille de Thanksgiving, la météo annonçait de la neige, et mon père rentrait d'Hawaï. Il avait déjà effectué le premier des deux vols qui le ramèneraient à l'aéroport Ronald Reagan, en Virginie, tôt le matin.

Pendant que nous mangions, j'ai pensé à Beck. Des heures s'étaient écoulées depuis que je l'avais appelé pour le remercier pour la glace. J'étais tracassée par sa voix au téléphone : il avait l'air épuisé, comme s'il était en train de tomber malade. Mais il avait eu une semaine de cours éprouvante et son programme d'entraînement était intense.

Il n'avait sans doute pas bien dormi la nuit précédente. Moi, j'avais mal dormi, il n'y avait pas de doute à ce sujet.

J'étais en train de chasser mon inquiétude quand le portable de ma mère a sonné.

Ce coup de fil a été surréaliste, comme ces instants juste avant de s'endormir, où les sons sont étouffés, les muscles relâchés et les paupières lourdes. Je me souviens de la peur sur son visage. Elle est devenue blême d'un coup et s'est laissée tomber sur sa chaise parce que ses jambes n'avaient pas la force de la soutenir. Les larmes lui sont montées aux yeux tandis qu'elle écoutait Bernie. Je ne comprenais pas ce qu'elle disait, mais son ton était hystérique.

Ma mère a appuyé une main sur sa poitrine et a déclaré :

— Je viens tout de suite. Je serai là dans dix minutes.

Ses yeux ont trouvé les miens. Elle a secoué la tête, sous le choc, et mon cœur s'est serré.

Beck.

Dès qu'elle a raccroché, elle s'est levée et a fait le tour de la table. Elle m'a tirée pour me mettre debout et m'a prise dans ses bras.

— Beck a été emmené à l'hôpital. Bernie et Connor doivent aller à Charlottesville, et ils ont besoin que je m'occupe des jumelles.

— Je vais aller à Charlottesville aussi.

— Non, tu viens avec moi. Norah et Mae ont besoin de toi.

— *Beck* a besoin de moi.

— Tu ne peux pas y aller, Lia. Bernie a dit…

Elle a plaqué une main sur sa bouche pour étouffer un sanglot. À travers les larmes, elle a fini par lâcher :

— C'est grave.

Si j'avais été à l'hôpital, Beck aurait déplacé des montagnes pour venir me voir.

Je me suis redressée, convaincue que ma mère pourrait changer d'avis.

— Raison de plus pour que j'y aille. Je prendrai la voiture.

— Hors de question !

J'ai tressailli, et une boule de panique m'a obstrué la gorge.

Elle m'a regardée droit dans les yeux.

— Je suis désolée. Je suis vraiment désolée, ma chérie. Si j'en savais plus, je te le dirais. Si ça avait un sens que tu ailles à Charlottesville, je te laisserais partir. Mais je ne peux pas te laisser rouler à cette heure-ci, pas avec tout ce qui se passe, et la neige qui arrive. Viens chez les Byrne avec moi. Nous serons là pour les jumelles. C'est la meilleure chose que tu puisses faire pour Beck.

J'étais perdue. Complètement paumée.

J'avais parlé à Beck moins de six heures plus tôt.

Il n'avait rien.

Je lui avais dit : « Tu me rappelleras plus tard. »

Et il avait répondu : « Je t'aime, Amelia Graham. »

Il est mort en faisant l'activité la plus sûre au monde : en faisant la sieste dans son putain de lit.

Aujourd'hui, mes parents vont monter dans un avion, s'élever à des milliers de mètres d'altitude et se diriger vers la côte est. S'ils avaient un accident en cours de route, s'ils mouraient et que notre dernière conversation avait été une dispute, je ne m'en remettrais jamais.

Je m'apprête à courir en bas pour m'excuser, leur dire ce que j'ai sur la conscience, c'est-à-dire que je suis désolée, vraiment désolée pour tout, quand j'entends une portière de voiture claquer. En regardant par la fenêtre, je vois ma mère sur le siège passager de la Volvo. Mon père est en train de charger le coffre. Il a l'air effondré, comme si quelqu'un lui avait piétiné le cœur avec des grosses bottes. Il contourne la voiture, puis grimpe au volant.

Mon estomac se noue, lourd de culpabilité.

Le ciel est chargé de nuages anthracite qui projettent des ombres violettes sur notre quartier. Un éclair jaillit ; moins de cinq secondes plus tard, le tonnerre gronde.

Mon père démarre, puis fait marche arrière dans l'allée.

Ils sont partis.

Pour la Virginie.

Sans moi.

***

Dehors, la pluie s'abat sur River Hollow, mais à l'intérieur, tout est étrangement calme. Mes parents ne sont partis que depuis quelques heures, mais le bruit des griffes de Major sur le parquet, les podcasts sur l'histoire que mon père écoute tout le temps, les cliquetis et les bruits de ma mère qui s'affaire dans la cuisine me manquent.

Elle a envoyé un texto juste après l'embarquement. Grâce à une brève accalmie, ils allaient bientôt décoller.

Je devrais être avec eux.

Je teste l'idée à haute voix.

— J'aurais pu survivre à un voyage en Virginie, dis-je, timidement d'abord. J'aurais pu serrer Bernie, Connor et les jumelles dans mes bras. J'aurais pu être présente à la cérémonie de départ de Connor. J'aurais dû y aller pour Beck.

Il aurait voulu que je sois là. Il aurait voulu beaucoup de choses : que je fasse confiance à mon instinct, que je prenne des risques, que je cherche à concrétiser mes rêves.

Au lieu de ça, je me laisse aller à la dérive.

Mon père aime dire : « Même un poisson mort peut se laisser porter par le courant. »

Je pourrais aller en Virginie.

Et pas en théorie ; je pourrais faire ma valise tout de suite. Prendre ma voiture et rouler toute la nuit. Je pourrais être à Rosebell – je vérifie l'heure – demain matin à l'aube.

Je pourrais remonter le courant au lieu de me laisser porter.

L'orage redouble d'intensité. Oh là là, j'espère qu'il ne va pas y avoir une coupure de courant.

La boule magique 8 posée sur mon bureau attire mon attention. Je l'ai consultée suffisamment de fois pour savoir qu'elle m'offrira une de ses vingt réponses. Dix réponses positives, cinq négatives et cinq agaçantes, parce que trop vagues. Si je lui pose la question qui me trotte en tête, il y a de fortes chances que j'obtienne une réponse positive. Mais je ne veux pas qu'un jouet prenne cette décision à ma place.

Je sais ce que je dois faire.

Je me tourne vers le placard, impatiente maintenant de prendre la route. L'air se rafraîchit, comme si une bourrasque était passée. La chair de poule se répand sur mes bras, et quand je me retourne, je constate que ma fenêtre est battue par la pluie, mais fermée. Tout est en ordre. Sauf… mon tableau d'affichage. Un rectangle de liège est apparu, le vide laissé par une photo tombée au sol.

Je la ramasse et la retourne. J'ai le souffle coupé en voyant les visages réunis qui me sourient. Les Byrne et les Graham, le jour de mon seizième anniversaire, il y a mille ans, me semble-t-il. Je suis au centre du groupe, rayonnante, vêtue d'une robe babydoll traversée par une banderole qui proclame MISS SEIZE ANS. Beck me tient la main en riant, tandis que ses sœurs tourbillonnent dans des cercles flous au premier plan. Nos parents font office de serre-livres, ma mère et mon père à côté de moi, Connor et Bernie à côté de lui.

Nous sommes tous les huit ensemble, comme l'avaient promis les étoiles.

Sauf que les étoiles se sont trompées.

Ou peut-être pas.

Beck et moi avons partagé seize années extraordinaires. Il m'a appris à vivre avec compassion. Avec enthousiasme. Il m'a montré comment apercevoir le côté drôle des situations les plus difficiles. Grâce à lui, j'ai appris à m'épanouir là où je me trouve.

Il m'aimait inconditionnellement.

Mais « destin » et « éternité » ne sont pas synonymes.

J'ai mal interprété ce qu'a dit la voyante à ma mère, et cette erreur m'a laissé des cicatrices profondes.

Et pourtant, chaque jour je vais mieux que le précédent.

Tout ce que je peux te dire, c'est que ton cœur guérira.

Je pose un doigt sur le visage souriant de Beck.

J'ai pris la bonne décision.

Capitulation

Dix-sept ans, Tennessee

Je roule sous des trombes d'eau. Ma valise est dans le coffre de la Jetta. J'ai les nerfs à vif, j'espère qu'Isaiah sera chez lui. Il faut que je le voie avant de partir.

Marjorie vient m'ouvrir et s'efforce de sourire.

— Oh, tu es trempée, observe-t-elle en me faisant signe d'entrer. Isaiah ne m'a pas dit qu'il t'attendait.

— Il n'est pas au courant. J'espère que ça ne dérange pas que je passe sans prévenir.

— Bien sûr que non.

Ses yeux sont rouges, gonflés, et elle a un mouchoir dans sa manche, comme ma grand-mère quand elle se prépare à regarder un film triste.

— Aujourd'hui, c'était une journée compliquée, me confie-t-elle. Il sera content de te voir. Monte.

À l'étage, je trouve la porte d'Isaiah fermée. Je frappe légèrement.

— Oui ? appelle-t-il d'une voix saccadée.

— C'est moi.

Il ne faut qu'une seconde avant que le battant s'ouvre.

Il me conduit jusqu'au lit, où je m'assieds à côté de lui. Il se penche en avant, les coudes sur les genoux, le visage dans les paumes, et pousse un énorme soupir. Je le serre contre moi, même si je suis trempée. Nous restons comme ça, à l'abri entre les murs de sa maison jusqu'à ce que l'orage s'éloigne vers l'est et que la tension dans son corps s'apaise. Il soupire à nouveau, de plaisir cette fois, et je commence à me rendre compte qu'il me fait confiance pour le soutenir dans les moments difficiles.

Il se redresse et se passe une main sur la figure. Quand son regard croise le mien, il dit « Salut », comme si je venais d'arriver.

Je glisse mes doigts le long de son front, de sa mâchoire, de sa joue échauffée. J'aimerais tant avoir un élixir à lui proposer ou un sort à lui jeter, n'importe quoi pour soulager sa peine. Plus que jamais, je comprends la signification du mot « doux-amer ». Le retour de Naya chez elle est la meilleure solution pour elle et sa mère, mais c'est aussi un coup dur pour son frère par intérim.

— Je voudrais dire quelque chose de profond, mais… je ne suis pas sûre que ça t'aiderait.

— Non, en effet, admet-il. Purée, c'était horrible de la voir partir.

— Tu es un super frère.

Il me lance un regard désespéré.

— Plus maintenant.

J'insiste avec fermeté :

— Si. Ne fais pas ça. Ne réduis pas à zéro l'influence que tu as eue sur elle ni l'effet qu'elle a eu sur toi. Perdre quelqu'un n'efface pas l'empreinte que cette personne a laissée dans ton cœur.

Il acquiesce et ferme les yeux.

Je pense qu'il comprend. Ce n'est pas une platitude.

Mais il se fait tard. J'ai dix heures de route devant moi et un orage à affronter.

— Je m'en vais, dis-je.

Il rouvre brusquement les yeux.

Je m'empresse de préciser :

— Pour quelques jours. En Virginie. C'est un truc que je dois faire, et si je ne me mets pas en route maintenant, je vais me dégonfler.

— Attends, tu y vas en voiture ? Toute seule ?

— Ça va aller.

— Lia… Tes parents sont d'accord ?

— Ils ne le savent pas. Ils sont déjà dans l'avion. Je leur ai dit que je ne voulais pas y aller et maintenant j'ai changé d'avis. C'est juste que… je ne comprends pas très bien moi-même, mais si je n'y vais pas, je le regretterai. Je le sais.

Il penche la tête et m'observe avec autant de désapprobation que de bienveillance. Il pense clairement que je ne devrais pas rouler seule en pleine nuit, mais son empathie est perceptible.

— Je comprends que tu veuilles faire ton deuil. Crois-moi. Mais ça fait plus de huit cents bornes. C'est trop loin pour conduire toute seule. Et si tu es fatiguée ?

Je hausse les épaules.

— Je boirai du Mountain Dew.

En réalité, je n'ai pas vraiment réfléchi aux problèmes éventuels.

— Et si tu te perds ?

— Impossible. GPS.

— Et si tu as un pneu crevé ?

— Je le changerai. Mon père m'a appris.

Sa bouche se soulève pour former un sourire – il ne s'y attendait pas. Mais il n'a pas fini.

— Je déteste l'idée que tu fasses autant de route toute seule. Il y a un millier de choses qui pourraient mal tourner.

Ma détermination commence à vaciller. Je veux aller en Virginie – j'ai *besoin* d'y aller – mais je ne veux pas qu'Isaiah se tracasse pour moi. Je ne veux pas être un poids pour lui.

Je pense : *S'il te plaît, ne me demande pas de rester.*

Il prononce mon prénom, d'un ton suppliant, et je me prépare au pire.

— Laisse-moi venir avec toi.

Avant et après
Dix-sept ans, Tennessee

Moins de dix minutes plus tard, nous chargeons le sac d'Isaiah dans le coffre de la Jetta.

Marjorie nous dit au revoir depuis l'allée, partiellement cachée par un parapluie.

Elle n'était pas très enthousiaste à l'idée qu'Isaiah s'en aille, mais elle a écouté ses arguments. Puis elle est allée dans la cuisine préparer un sac avec des snacks et des bouteilles d'eau. Elle l'a serré dans ses bras dans l'entrée, en glissant une liasse de billets pliés dans la poche de sa veste.

— Juste au cas où, a-t-elle dit en embrassant sa joue, puis la mienne.

Je conduis pendant les deux premières heures. Isaiah ne parle pas, il regarde la nuit venteuse qui défile derrière les vitres. Je n'ai pas l'énergie de faire la conversation. Je n'arrête pas de penser à la dernière fois que j'ai parcouru cette route, dans l'autre sens. J'étais abattue, mais j'étais convaincue de ce que j'allais faire. Aujourd'hui, c'est l'inverse : je suis optimiste – sincèrement heureuse, la plupart du temps – mais mon avenir est un trou noir, vaste, mystérieux et terrifiant. La musique comble le silence, c'est une playlist que Paloma m'a préparée après que je lui ai envoyé un SMS pour la prévenir de mon voyage impromptu et m'excuser parce que je ne pourrai pas faire la connaissance de Liam avant plusieurs jours.

Juste après Knoxville, nous nous arrêtons pour faire le plein. L'air est froid et inconfortablement humide. Des gens louches rôdent autour des pompes. Je me précipite dans le bâtiment pour aller aux toilettes, puis je prends des paquets de bonbons en forme de ver de terre et des chewing-gums à la chlorophylle. En tendant ma carte de paiement à la caisse, je jette un coup d'œil par la fenêtre et j'aperçois Isaiah, appuyé sur le coffre de ma voiture, les bras croisés pour se protéger du vent, qui attend que le réservoir de la Jetta se remplisse. Ses cheveux noirs sont ébouriffés et sa veste ouverte sur son sweat de l'équipe de basket du lycée. Il doit sentir que je l'observe, car il lève le menton pour regarder vers la station-service éclairée par des néons. Nos regards se croisent et, malgré les événements de la journée, il sourit.

C'est un humain extraordinaire. Un héros au cœur de lion.

Mon cœur se gonfle.

Ça prend une seconde, mais…

… un mot me vient pour qualifier cette émotion : *l'amour.*

J'empoche nos friandises et je me dépêche de sortir en contournant ma voiture pour le rejoindre. Il me lance un regard interrogateur avant que je ne me jette sur lui en glissant mes bras à l'intérieur de sa veste pour l'enlacer. Il rit et me serre en me gardant contre lui même après que la pompe à essence émet un cliquetis pour signaler que le réservoir est plein.

J'ai passé toute ma vie à aimer Beck. C'était un réflexe, comme respirer ou cligner des yeux. Avec Isaiah, c'est différent. Mes sentiments sont réfléchis et conscients, mais ça ne les rend pas moins merveilleux.

Mon cœur quitte « l'avant » pour faire un saut aveugle et confiant dans « l'après ».

— Tout va bien ? demande-t-il à voix basse contre mon oreille.

J'acquiesce, en m'éloignant à contrecœur.

Il prend le volant, me laissant m'allonger sur le siège passager. Je lui passe des chewing-gums alors qu'il roule sur l'autoroute.

Au moment où un morceau se tait pour laisser place au suivant sur la playlist, je lui demande :

— Ça va ?

— Oui, je suis content d'être avec toi.

— Et… tout le reste ?

Il hausse les épaules.

— C'est une épreuve. Je la surmonterai.

— Tu es un *badass*, tu le sais ?

Il m'adresse un sourire, puis reporte son attention sur la route. Il conduit avec les mains à dix et à quatorze heures, comme mon père me l'a appris. Dès qu'Isaiah s'est installé au volant, il a baissé la musique. Il est prudent, peut-être à cause du mauvais temps, peut-être parce qu'il ne conduit pas tous les jours, peut-être parce qu'il tient à la cargaison du véhicule. Quelle que soit la raison, je ne me suis jamais sentie à ce point en sécurité.

— Tu devrais dormir, me conseille-t-il quand nous roulons depuis bientôt quatre heures.

— J'ai trop d'énergie pour dormir.

— Ce voyage… il compte beaucoup pour toi, hein ?

Quand nous étions dans sa chambre, pendant qu'il fourrait des vêtements, des chaussures et une brosse à dents dans un sac, je lui ai expliqué que Connor quittait l'armée. Isaiah n'a pas posé beaucoup de questions, mais j'ai eu l'impression qu'il comprenait que je n'y allais pas juste pour applaudir un ami de la famille qui changeait de carrière.

— Quand nous avons déménagé l'été dernier, ça a été soudain. Enfin, non : je savais depuis des mois que nous allions nous installer dans le Tennessee… mais avec le recul, je me rends compte que je vivais en Virginie, puis que je me suis retrouvée tout à coup dans la voiture avec mes parents pour rouler par là.

Je pointe mon pouce dans la direction opposée à celle que nous empruntons.

— Il y a des personnes importantes à qui je n'ai pas dit au revoir. J'ai laissé beaucoup de non-dits. J'ai sans doute brûlé quelques vaisseaux... (Là, je pense à Macy.) Je m'étais convaincue que je faisais le bon choix, en coupant les ponts rapidement et proprement. En simplifiant les choses pour tout le monde. Mais j'ai commencé à comprendre que je suis partie comme une voleuse juste parce que c'était plus facile pour moi. Je ne pensais qu'à ma petite personne.

— Le recul, c'est cruel parfois.

— Oui, dis-je avec un soupir mélancolique. Et il est tout le temps sur mon dos, ces derniers temps.

— Parce que tu restes bloquée dans ta tête, tu revis les bons moments et tu es obsédée par les mauvais. Toi et moi, on est pareils. La première fois qu'on s'est embrassés ? Je n'ai pensé qu'à ça pendant des semaines.

Je remonte la capuche de mon sweat pour cacher ma rougeur.

— Est-ce que je suis censée savoir si c'est une bonne ou une mauvaise chose ?

Il me prend la main, entrelace ses doigts dans les miens.

— Super bonne, Lia. Vraiment bonne, putain.

J'ai l'impression d'être une traîtresse en exprimant à haute voix cette question, mais il faut que je la pose :

— Ça t'est déjà arrivé d'être *certain* d'une décision, et puis, d'un coup, de commencer à te demander si tu n'es pas en train de faire la plus grosse erreur de ta vie ?

— Tu n'es pas sûre de vouloir aller à VCU, devine Isaiah, comme s'il avait passé les dernières minutes dans ma tête. Qu'est-ce qui se passe ? Tu ne veux pas décevoir tes parents ?

Je laisse échapper un rire amer.

— Mes parents seraient ravis que je n'y aille pas.

— Alors qu'est-ce qui te retient ?

— Eh bien, j'ai fait une demande de décision anticipée.

— Et alors ? Ils ne vont pas te jeter en prison parce que tu ne t'es pas présentée à la journée d'orientation pour les étudiants de première année.

— Il y a tout de même des conséquences.

— Exactement comme il y a des conséquences à vivre un avenir dont on ne veut pas. Quoi d'autre ?

Je déglutis, la gorge sèche.

— Beck.

Il me lâche la main pour tenir le volant. Parce que la pluie a recommencé ? Ou parce qu'il ne veut pas me toucher pendant que je parle de mon premier amour ?

La nuit où Beck est décédé, ma mère et moi sommes restées chez les Byrne avec Norah et Mae, qui dormaient à notre arrivée.

Juste après minuit, Connor nous a appelées pour nous dire que tout était fini. J'ai sombré dans un état de choc terrible, un peu comme si j'étais enterrée vivante.

Obscurité, solitude, désespoir.

Ma mère m'a réconfortée par tous les moyens qu'elle a trouvés, mais j'étais inconsolable.

J'ai fini par descendre dans la chambre de Beck. Les lumières étaient éteintes et je n'ai pas allumé. Mes yeux se sont rapidement habitués. La couette était douce. Il n'y avait rien sur le bureau. La table de nuit avait été époussetée. L'air sentait la lessive en poudre Tide et l'odeur de Beck.

Je suis tombée sur le lit et j'ai enfoui mon visage dans son oreiller. J'ai remonté la couette pour me couvrir la tête. Tout mon corps me faisait mal, mais la douleur était encore plus atroce dans la cavité située derrière mes côtes. Désespérée, j'ai essayé d'imaginer qu'il était avec moi, qu'il respirait mes cheveux, qu'il me chuchotait qu'il m'aimait, qu'il me désirait, qu'il ne pouvait pas imaginer le monde sans moi. J'ai pleuré en silence, des sanglots déchirants et convulsifs qui ont provoqué des crispations musculaires et des maux de tête. À l'aube, épuisée, j'ai fini par sombrer dans un sommeil peuplé de cauchemars, avant d'être réveillée brusquement par un bruit de pas dans l'escalier.

Je me suis redressée, je me suis frotté les yeux, je me suis raclé la gorge.

Le désespoir pesait lourdement sur ma poitrine.

La lumière qui se faufilait à travers les stores tirés indiquait que c'était le matin, mais j'avais envie de me glisser à nouveau sous les draps et de me noyer dans le chagrin.

Des petits poings ont tambouriné à la porte.

Norah et Mae.

Je me suis extirpée de la couette et j'ai laissé mes pieds me porter jusqu'au bout de la pièce. Quand j'ai ouvert, je me suis retrouvée face à deux visages encadrés de boucles blond vénitien. Elles portaient des pyjamas identiques et arboraient des sourires similaires. J'ai dégluti avec difficulté en imaginant l'expression qu'elles auraient quand elles apprendraient ce qui était arrivé à leur frère.

— Te voilà, a observé Norah, comme si elles m'avaient cherchée partout.

— Pourquoi ta maman dort sur le canapé ? a demandé Mae.

Je me suis efforcée d'afficher un visage serein. Un masque.

— Elle doit être fatiguée.

— Tu as une drôle de voix, a fait remarquer Norah.

Je me suis à nouveau éclairci la gorge.

— Je suis peut-être en train d'attraper un rhume.

Mae a haussé un sourcil sceptique.

— Tu n'as pas le droit d'être dans la chambre de Beck avec la porte fermée.

Je suis retournée vers le lit et me suis assise sur la couette froissée.

— C'est seulement quand Beck est avec moi.

— Tu as dormi ici ? a voulu savoir Norah.

— Oui. Je n'ai pas le droit non plus, je sais, mais si on s'allongeait toutes les trois un petit moment ?

Mae a froncé les sourcils.

— Beck n'aime pas qu'on vienne dans sa chambre quand il n'est pas là.

J'ai chuchoté :

— Je ne pense pas que ça le dérangerait.

Elles se sont regardées, communiquant en silence comme elles le faisaient souvent, puis elles ont grimpé sur le lit. Elles se sont blotties chacune d'un côté de moi et j'ai passé mes doigts dans leurs boucles, pendant que des larmes coulaient sur mes joues.

Moi aussi, j'aurais voulu m'endormir et ne jamais me réveiller.

— Beck étudiait à VCU, dis-je à Isaiah par-dessus le bruit de la pluie et des essuie-glaces. Il m'avait demandé de le rejoindre après le lycée. Nous allions commencer notre vie commune à Charlottesville. Même après sa mort, j'ai continué à penser que c'était là que je devais aller. Que je lui devais de réaliser notre projet, même si ça n'avait pas toujours été le mien. Maintenant je prends conscience que… que cette fille assez bête pour ne s'inscrire qu'à VCU et à aucune autre fac… Elle court peut-être après une chimère.

Il ne fait pas de commentaires. Il digère pensivement ma confession. Mal à l'aise dans ce silence, j'étudie son profil : front lisse, nez cassé, lèvres pleines, menton fort. Un visage de guerrier.

Il finit par répondre, avec des mots choisis avec soin, prononcés avec réflexion.

— Peut-être que tu ne cours pas après une chimère. Peut-être que tu tentes de rattraper la personne que tu étais quand tu étais avec lui.

Cette Lia – la Lia d'avant – n'est plus là. Elle est morte et enterrée, comme son premier amour, son meilleur ami.

— Peut-être, dis-je sans trop m'engager.

— Et si tu ne vas pas à VCU ?

— Alors je ne vais pas à l'université.

Je déclare ça comme s'il s'agissait d'un échec retentissant.

— OK, fait Isaiah d'un ton qui suggère que ça n'a aucune importance. Donc, tu ne vas pas à la fac le semestre prochain. L'année prochaine, même. Disons que tu prends une année sabbatique. À quoi est-ce que tu l'utiliserais ?

— Honnêtement, je n'y ai jamais réfléchi.

Il me jette un coup d'œil, les yeux brillant dans la pénombre.

— Il est peut-être temps que tu t'y mettes.

À la place de la fac

1. *Faire du bénévolat*
2. *Partir en sac à dos à l'étranger (flippant !)*
3. *Formation professionnelle (pour apprendre quel métier ?)*
4. *École de commerce (pour étudier quoi ? La cosmétologie ?)*
5. *Un stage*
6. *Bosser comme vendeuse*
7. *Jeune fille au pair (peut-être pas une mauvaise idée ?)*
8. *Écrire… quelque chose*
9. *Apprentissage (différent d'un stage ?)*
10. *Licence d'agent immobilier (ça rapporte, pas besoin de diplôme universitaire !)*
11. *Prof particulière*
12. *M'engager dans l'armée (que dirait papa ?)*
13. *Dire l'avenir (*rires mêlés de sanglots*)*

Demi-tour

Dix-sept ans, Virginie

Je me réveille au son de mon prénom.

En ouvrant les yeux, je vois le pare-brise de la Jetta moucheté d'insectes morts. Le moteur tourne, mais nous sommes garés, de l'air chaud sort des bouches d'aération. Je me redresse dans un craquement d'articulations et referme mon journal, qui a atterri à l'envers sur mes genoux quand j'ai sombré dans le sommeil.

Isaiah nous a amenés dans un parking couvert et s'est garé en marche arrière sur une place, à une vingtaine de mètres de la sortie béante. Dehors, le ciel de l'aube est dégagé.

J'attache mes cheveux en queue-de-cheval.

— Où est-ce qu'on est ?

— Tu promets de ne pas te fâcher ?

— Promis, dis-je, intriguée par son expression à la fois un peu suffisante et pleine d'espoir.

Tout à coup, je comprends, et j'ai l'impression qu'on m'a jetée dans une piscine glaciale.

Université du Commonwealth de Virginie.

Isaiah a choisi de faire étape à VCU.

— On peut s'en aller, m'assure-t-il d'une voix inquiète. Tu dormais quand je suis sorti de l'autoroute, tu avais l'air d'un ange, et je n'ai pas pu me résoudre à te réveiller. Je me suis dit que si tu pouvais te balader sur le campus, te faire une impression maintenant, aujourd'hui, tu pourrais plus facilement te décider.

Je fixe des yeux la sortie du parking.

Je ne sais pas comment réagir, je ne suis même pas sûre de pouvoir le regarder.

Je sors de la voiture sans dire un mot. J'étire mes jambes, ma colonne vertébrale, mes bras au-dessus de la tête. Puis je marche vers la sortie du parking.

***

Je découvre rapidement que nous sommes garés près de la bibliothèque. Le trottoir est désert et l'air est humide, et même si je ne suis plus désorientée, je me sens perdue.

Je suis à Charlottesville.

Et maintenant ?

Va te promener, Amelia.

Je suis au milieu du campus. Le stade de football se trouve au sud-ouest, le complexe médical au sud-est. La plupart des salles de classe et des amphithéâtres se situent au nord. Si je tourne à droite, je tombe sur la place centrale, avec sa rotonde en marbre et sa jolie pelouse. Si je vais à gauche, j'arriverai à l'ancienne résidence de Beck.

À droite, donc.

Je passe devant quelques résidences étudiantes et le bâtiment des inscriptions, avant d'atteindre la place. Grâce à l'heure matinale, il n'y a presque personne. Debout au bord de la pelouse, je m'imprègne du campus : les trottoirs propres, le gazon luxuriant, les bâtiments en briques, les fanions bleu et rouge suspendus aux lampadaires. Il règne une atmosphère d'érudition irréfutable, qui me plaît beaucoup.

La dernière fois que j'étais ici, Beck m'a fait visiter pour passer le temps avant d'aller retrouver sa famille au stade. Nous nous étions arrêtés ici pour nous asseoir dans l'herbe, bondée d'étudiants, de familles et d'anciens revenus pour le match.

— Plus que deux ans, a-t-il commenté en passant son bras autour de mes épaules.

Je me suis appuyée contre lui.

— J'ai hâte.

À l'époque, j'étais tellement sûre de l'avenir que je désirais : des après-midi à la bibliothèque, des week-ends à manger des pizzas et à aller à des soirées, des nuits collée contre Beck dans le lit trop étroit de sa chambre d'étudiant.

Dix-huit mois plus tard, je vis une existence que je n'aurais jamais imaginée.

« Je ne sais pas qui je suis sans toi », lui ai-je dit le lendemain matin de sa remise de diplôme.

Je ne le sais toujours pas.

Mais je commence à apprécier cette nouvelle version de moi-même : la Lia qui ne dépend pas de Beck.

Je commence à croire qu'elle va s'en sortir.

Je pense à James, qui a demandé un transfert à Virginia Tech pour sa deuxième année.

Je comprends maintenant pourquoi il ne pouvait pas rester ici.

Des oiseaux gazouillent, des moteurs ronronnent, des étudiants passent sur les trottoirs.

VCU se réveille, et moi aussi.

Je quitte la pelouse pour m'installer sur un banc. Je suis assise depuis quelques minutes seulement quand Isaiah me rejoint. Il me tend un gobelet en carton.

— Mocaccino ?

Je prends le café.

— Merci. Où est le tien ?

— Je l'ai terminé sur place. Je voulais te laisser un peu de temps.

Il est très chaud et très chocolaté, exactement comme je l'aurais commandé.

Quand j'abaisse le gobelet, il me demande :

— Tu en veux plus ?

— De café ?

— De temps, répond-il en souriant.

Je secoue négativement la tête, j'en ai eu suffisamment.

Il contemple le gazon, les sourcils froncés. Il a laissé un gouffre entre nous. Ça ne doit pas être marrant pour lui de me voir pleurer un avenir impossible. Qu'est-ce qui l'a poussé à conduire toute la nuit pour me déposer à Charlottesville ? Pourquoi est-ce qu'il m'achète un mocaccino et qu'il s'assied à côté de moi dans une université où il n'a aucune envie d'aller ?

Je suis certaine d'une chose : j'ai beaucoup de chance de l'avoir à mes côtés.

— La dernière fois que je suis venue ici, j'étais avec Beck. Je lui ai rendu visite à l'automne, pendant sa première année, environ un mois avant qu'il ne décède. Quand je suis retournée à Rosebell, je n'avais aucun doute : je voulais étudier à VCU.

— Il me semble que c'est une bonne université.

— Oui, mais je ne crois pas que ce soit la bonne pour moi.

Son regard se tourne vers le mien.

— Non ?

— Je ne pouvais pas me l'avouer avant ce matin, mais maintenant que Beck n'est plus là, VCU est devenue un… un *fardeau*. Il n'aurait pas voulu que je m'inscrive avec cet état d'esprit.

Je laisse échapper un rire sec.

— Et maintenant que j'ai les idées claires, il est trop tard pour faire demi-tour.

Isaiah secoue la tête.

— Il n'est jamais trop tard.

Je hausse les épaules, pas tout à fait convaincue.

— J'ai fait ce que tu m'as suggéré. Hier soir, dans la voiture. J'ai réfléchi à ce que je ferais si VCU n'était plus au programme.

— Et… ?

— Il y a pas mal de possibilités, en fait.

Il se lève et me tire.

— Tu vas m'en parler pendant qu'on va se chercher un petit déjeuner.

Inconditionnel
Dix-sept ans, Virginie

Le trajet de Charlottesville vers le nord de la Virginie se fait en un clin d'œil.

Je conduis, en insistant pour qu'Isaiah dorme un peu. Il incline le siège passager et ferme les yeux, mais je ne suis pas sûre qu'il s'assoupisse. Quoi qu'il en soit, j'ai de la musique pour m'accompagner, je peux remettre la playlist de Paloma et j'en ai une autre que Macy et moi avions l'habitude d'écouter quand nous étions amies.

À Fredericksburg, je m'arrête à nouveau pour faire le plein, laissant Isaiah dans la voiture pendant que je cours à la station pour acheter deux Mountain Dew. Dans la file d'attente, je sors mon téléphone pour rédiger les messages que je redoute d'écrire.

D'abord, je prends des nouvelles de mes parents, un rapide *Tout va bien ?* envoyé sur notre fil de discussion à trois. Je reçois un pouce levé de mon père, suivi d'une photo de ma mère : Norah et Mae à la table de la cuisine des Byrne, entourées de crayons gras, de colle et de paillettes, souriant en montrant des dessins colorés pas tout à fait achevés.

Elles sont adorables, j'ai hâte de les retrouver.

En puisant dans le reste de mon courage, je tape un autre texto, que je rédige dans ma tête depuis qu'Isaiah et moi avons pris la route la nuit dernière.

Salut, Mace. Je suis impardonnable de te contacter maintenant, quand j'ai besoin d'un service, mais… j'ai besoin de ton aide. Je suis en route pour le nord de la Virginie avec quelqu'un, et j'espérais qu'on pourrait passer une nuit ou deux dans votre appartement, si Wyatt et toi êtes d'accord. Pas de souci si vous ne voulez pas. Je peux trouver une autre solution. Mais tu me manques et j'aimerais beaucoup te voir. Tiens-moi au courant, d'accord ?

Je me relis. Je m'en veux de lui demander un service après l'avoir abandonnée aussi longtemps, mais je n'ai personne d'autre vers qui me tourner. Quand j'ai décidé d'entreprendre ce voyage, je me suis dit qu'il faudrait que je me prenne mon courage à deux mains et que je dorme chez les Byrne. Mais à partir du moment où Isaiah a proposé de m'accompagner, j'ai su que je devrais faire autrement. Je pourrais réserver un hôtel – j'ai une carte de crédit pour les cas d'urgence – mais je ne serais pas du tout à l'aise de faire payer mes parents pour nous loger, Isaiah et moi.

Je finis de régler le plein à la caisse quand mon téléphone vibre. Mon cœur se fend quand je le sors de ma poche : *Reste aussi longtemps que tu en as besoin, mon chou.*

Macy a inclus son adresse, un complexe d'appartements proche de l'université George Mason.

Je pousse un soupir de soulagement.

***

Wyatt et elle ont un paillasson, ce qui me semble très adulte. Il est écrit *Revenez avec un mandat*, mais c'est tout de même un paillasson. Une plante, une sorte de palmier, trône dans un pot sous la sonnette. J'essaie d'imaginer mes amis l'entretenir, mais la Macy et le Wyatt que je connais sont des lycéens. Elle adorait les alcools fruités, les pantalons à bretelles et jouer du violon. Lui aimait par-dessus tout faire rire une pièce remplie de gens. Les Macy et Wyatt qui vivent ici sont des étudiants qui paient leurs factures, font leurs courses et ont peut-être même une armoire pour ranger les draps et les serviettes. Ils vivent heureux pour toujours, comme à la fin d'un conte de fées.

C'est le genre d'avenir dont je rêvais pour Beck et moi.

De la musique filtre à travers la porte ; je reconnais Haim, le groupe préféré de Macy.

La nostalgie me frappe comme une gifle.

Isaiah s'éclaircit la gorge.

— On ne devrait pas sonner ?

— Si, dis-je, sans faire le moindre geste.

Il m'adresse un sourire de consolation, puis appuie sur le bouton.

La musique s'interrompt.

Des pas s'approchent.

Mon cœur cogne contre mes côtes.

En première, je suis retournée au lycée deux semaines après Thanksgiving. Seize jours après avoir perdu Beck. Mes parents voulaient que je reste à la maison jusqu'après Noël. Ils m'ont pratiquement suppliée de prendre plus de temps. Mais ça m'importait peu d'y retourner en décembre, en janvier, en mai, ou des dizaines d'années plus tard. Ce serait horrible de toute façon.

J'ai survécu à la première moitié de la première journée sans incident. J'ai eu droit à de nombreux regards apitoyés. Quelques âmes courageuses m'ont présenté leurs condoléances. Mes profs m'ont fait comprendre que je ne devais pas me stresser pour rattraper mon retard. Tout ça était tolérable, car je m'y attendais.

Ce à quoi je ne m'attendais pas, c'était l'autel qui avait été érigé dans l'entrée du gymnase. Quelqu'un – un employé de l'administration ou un conseiller, probablement – avait agrandi un portrait de Beck. Il était posé sur un chevalet, entouré de fleurs, de peluches et d'accessoires d'athlétisme. Des bougies sur piles vacillaient, et des cartes de condoléances et des lettres s'étendaient jusqu'aux vestiaires, où je me dirigeais quand j'ai découvert la scène.

Le couloir s'est vidé pendant que je restais là, à fixer le visage de mon petit ami : ses yeux vert kaki, son sourire enjoué, ses cheveux cuivrés. La sonnerie a retenti. J'étais en retard pour mon cours d'éducation physique, mais je m'en fichais. Mon regard a parcouru les souvenirs qui avaient été laissés, je me suis agenouillée dans le hall d'entrée, seule dans mon chagrin…

… Jusqu'à ce qu'une voix m'appelle.

Macy.

Nous ne nous étions pas parlé depuis l'enterrement. Elle m'avait envoyé des textos et m'avait appelée. Elle était passée la semaine précédente, le lendemain du jour où j'avais sorti en cachette les magazines de charme de Beck de chez lui. J'avais dit à ma mère que je ne voulais voir personne, mais elle avait essayé de me convaincre, jusqu'à ce que je me redresse dans mon lit et que je lui crie de me laisser tranquille. Ses yeux s'étaient remplis de larmes. Elle avait renvoyé Macy, puis avait fait ce que je demandais. J'étais restée enfouie sous ma couette pendant tout l'après-midi.

Ça devait se voir que j'étais effondrée parce que Macy s'est précipitée et s'est baissée à côté de moi. Elle a désigné l'autel d'un geste.

— Les gens ont apporté des trucs depuis que nous avons appris la nouvelle. Wyatt et moi aurions dû te prévenir.

Elle a passé son bras autour de mes épaules.

— Je suis vraiment désolée.

Je ne voulais pas qu'elle soit désolée.

Je voulais qu'elle me fasse rire.

Je voulais qu'elle me taquine.

Je voulais qu'elle ramène Beck, qu'elle s'arrange pour que la vie d'avant reprenne.

Sa pitié m'a fait me sentir encore plus mal.

Je me suis éloignée en me levant.

— Mace, je ne peux pas.

Son expression s'est transformée en confusion.

Je ne voulais pas entendre parler de Wyatt. Je ne pouvais pas supporter qu'elle me rappelle ce qu'elle avait et que j'avais perdu. Ma jalousie était déplacée et injuste, mais elle était féroce.

— Être près de toi, ai-je expliqué. C'est trop dur. C'est trop comme avant. Ça me donne envie de croire que tout va bien. Que d'une seconde à l'autre, mon téléphone va sonner, que ce sera lui et que je… je ne peux pas.

— Lia, j'essaie de t'aider.

— Mais tu ne peux pas. Tu ne peux rien faire pour arranger ça… pour me réparer.

— Je n'essaie pas de te *réparer.*

— Si. Et tu en fais trop.

Elle a hoché la tête, mais je voyais bien qu'elle ne comprenait pas.

— Je suis désolée, a-t-elle répété. Je vais te laisser tranquille. Envoie-moi un message demain. Ou la semaine prochaine. N'importe quand. Je suis là pour toi. Wyatt aussi. Nous serons toujours là pour toi.

Nous.

Mon estomac s'est noué, ma bouche s'est remplie de ressentiment.

— Non, ai-je déclaré avec fermeté. J'ai besoin que vous sortiez de ma vie. Wyatt et toi.

Elle a tressailli, n'en croyant pas ses oreilles.

— Lia…

J'ai tourné les talons.

Je suis partie.

Elle avait perdu Beck aussi, mais au lieu d'être un réconfort pour elle, une *amie*, je l'ai chassée de ma vie.

Je me sens fiévreuse maintenant, comme ce jour-là dans le hall d'entrée du gymnase. Isaiah doit remarquer que mes joues sont écarlates et brûlantes, car il me tend la main. Il la serre rapidement pour me soutenir. Il la lâche au moment où la porte s'ouvre.

Macy.

Elle s'est laissé pousser les cheveux sous les épaules et arbore un petit anneau argenté dans le nez. En revanche, elle a toujours ses lunettes à monture épaisse et son sourire aux dents écartées.

— Mace, salut.

Elle s'élance pour me serrer dans ses bras en riant :

— Ça fait un bail.

Elle prend aussi Isaiah dans ses bras, et si elle est surprise que le « quelqu'un » dont j'ai parlé soit un garçon, elle n'en laisse rien paraître.

Elle nous fait entrer dans l'appartement en disant :

— Wyatt va bientôt arriver.

Elle nous fait visiter le salon meublé de manière éclectique, la minuscule cuisine avec une table pour deux personnes et leur chambre, avec des tables de nuit dépareillées et des coussins en fausse fourrure. La chambre d'amis est minuscule et ne contient qu'un futon, mais je n'en reviens pas qu'ils en aient une. Isaiah et moi déposons nos sacs dans un coin, puis nous retournons dans le salon où Macy, qui est une hôtesse charmante, nous sert une planche de fromages.

Je lui adresse un grand sourire tandis qu'elle dépose sur la table basse du cheddar et du Pepper Jack, un morceau de brie, une variété de crackers et des grappes de raisin.

— Mace, tu n'avais pas besoin de te donner autant de mal.

— Bien sûr que si. Vous avez fait un long trajet et vous venez d'arriver. Maintenant, il faut manger un bout.

Isaiah ne se le fait pas dire deux fois. Pendant que Macy m'explique ses cours – elle est étudiante en communication –, il prépare des sandwichs avec les crackers, et m'en passe un de temps en temps. Je les dévore en veillant à ne pas répandre trop de miettes sur le canapé.

Wyatt ne tarde pas à arriver. Il pousse un cri de joie. Il me serre dans ses bras comme si on s'était vus la veille. Il aide Isaiah à finir le repas et entame une conversation sur les équipes sportives de Washington DC. Je ne sais pas pourquoi je suis surprise qu'ils s'entendent aussi bien – Wyatt est quelqu'un de très gai et Isaiah est sociable. C'est donc tout à fait normal. Je souris en les écoutant comparer les mérites et les faiblesses des Wizards de Washington avec ceux des Grizzlies de Memphis.

Macy capte mon regard et fait un signe de tête en direction de la cuisine.

Je la suis.

— Je suis tellement contente que tu sois là, déclare-t-elle dès que nous avons tourné le coin. Tu n'imagines pas comme tu m'as manqué.

Je sors carrément les excuses que j'aurais dû lui présenter avant de partir.

— Je te demande pardon, Macy. Pour tout. La façon dont je t'ai traitée… les choses que j'ai dites ce jour-là au lycée. C'était nul. Mon attitude était odieuse. J'aurais compris si tu n'avais jamais voulu me revoir.

— Tu étais en deuil. Nous étions tous sous le choc de la mort de Beck.

— Oui, mais je t'ai laissée t'en sortir toute seule.

— Il n'y a pas de bonne façon de se remettre d'un décès, répond-elle avec générosité. Crois-moi, j'ai commis beaucoup d'erreurs en cours de route. Wyatt a vraiment eu beaucoup de mal. C'est encore parfois difficile pour lui. Beck était irremplaçable. Une étoile brillante. Le perdre… si ça a été horrible pour moi, je ne peux pas imaginer comme ça a dû te détruire.

J'acquiesce en lui prenant la main.

— Si je pouvais revenir en arrière, je serais une meilleure amie pour toi.

— Je sais, répond-elle, puis elle m'adresse un grand sourire. Et si tu te rattrapais en me racontant tous les détails de la période où on a été séparées ? En commençant par m'expliquer comment tu as rencontré le BG assis dans mon salon.

Vertigineux

Dix-sept ans, Virginie

Tard dans la nuit de samedi à dimanche, après des poké bowls avec Macy et Wyatt et une douche chaude qui ne fait pas grand-chose pour détendre les nœuds que j'ai accumulés après dix heures de voiture, je pousse la porte de la chambre d'amis pour y trouver Isaiah. Il s'est douché juste avant moi et il est assis au bout du futon en short de basket et T-shirt froissé.

Il me regarde et esquisse un sourire.

— Je ne m'attendais pas à avoir de la compagnie quand j'ai fait mes valises, dis-je, soudain gênée par mon débardeur côtelé et mon pantalon de survêt ample.

— Qu'est-ce que tu aurais emporté si tu avais su que je serais avec toi ?

Je baisse les yeux sur mon pyjama en haussant les épaules.

— Probablement ça.

Son sourire s'élargit.

— C'est bien.

Je me retourne pour ranger ma trousse de toilette dans ma valise, puis je la fouille sans but, trop nerveuse pour me retourner. De ma vie, je n'ai passé la nuit qu'avec un seul garçon, et j'ai analysé, planifié et envisagé de dormir avec Beck pendant des années avant de grimper dans son lit. Ce soir, Isaiah et moi partageons un futon avec des draps en cachemire, et c'est beaucoup moins réfléchi.

Derrière moi, le sol grince.

Des bruits de pas se font entendre sur le tapis.

En effleurant à peine mon dos avec son torse, il attrape mes mains et les éloigne de ma valise. Il fait glisser ses paumes le long de mes bras. Je commence à me détendre tandis qu'il masse ma nuque raide, mes épaules, mes poignets et mes doigts. Je ferme les yeux et je me laisse aller contre son torse, passant de la tension à la béatitude en l'espace de quelques minutes. Lorsque ses bras m'enlacent, je laisse échapper un soupir. Je pourrais me fondre dans le sol et, simultanément, flotter dans le ciel. Au lieu de ça, je me surprends à penser à quel point cette journée a dû être pénible pour lui. Alors qu'il vient de perdre Naya, il a plongé dans la tristesse de mon passé… et de la vie que je partageais avec un autre.

En tirant sur ma main, il me tourne vers lui, puis, d'une voix douce et posée, il décrète :

— Ça ne me dérange pas de dormir sur le sol. Ou sur le canapé du salon.

— Non. Ça va aller.

— Tu es sûre ?

Je m'efforce de filtrer mes besoins et mes espoirs de la tempête d'émotions dans ma tête. Sans conviction, je réponds :

— Je crois que oui.

— Je resterai de mon côté du lit si c'est ce que tu veux.

Je lève les yeux vers lui et je parcours les contours de son visage, la pente déformée de son nez, l'incertitude de son sourire. Nous nous regardons droit dans les yeux.

Son âme offrira à la tienne une seconde sœur.

Tout à coup, mes besoins et mes espoirs fusionnent et se fondent en une vision claire. Isaiah et moi sommes en train de tourner la page. Isaiah et moi sommes en train d'écrire une nouvelle histoire d'amour qui nous est propre.

Ses mains glissent le long de mon dos et nos respirations se synchronisent.

Je me dirige vers le futon et j'écarte les couvertures, puis je m'assieds.

— Je veux que tu dormes avec moi, Isaiah, et je ne veux pas que tu restes de ton côté du lit.

***

Nous chuchotons jusque tard dans la nuit.

Il me parle des villes qu'il explorera l'année prochaine. Des sites qu'il visitera. Des routes qu'il empruntera : la U.S. Highway 1, qui longe la côte est, la fameuse route 66, la Great River Road, qui suit le cours du fleuve Mississippi.

— Tu pourrais m'accompagner, propose-t-il en me rapprochant de lui.

Je pense à l'agence de placement de jeunes filles au pair que j'ai trouvée sur Internet hier soir, pendant qu'il conduisait. Je me souviens de l'exaltation que j'ai ressentie en pensant aux différents pays que je pourrais choisir. L'Allemagne, l'Afrique du Sud ou l'Australie… l'Australie ! Je pourrais partir une année entière. Je pourrais passer du temps avec des enfants en gagnant de l'argent et en explorant le pays de mes rêves.

Ça semble parfait.

Mais une année sur la route avec Isaiah me tente aussi.

— Réfléchis, murmure-t-il. Ce serait une aventure. Une aventure rien qu'à nous.

Hors des rails

Dix-sept ans, Virginie

Isaiah, Macy, Wyatt et moi passons le dimanche à regarder des films et à dévorer du pop-corn au micro-ondes. Nous commandons une pizza pour le dîner, puis Wyatt et Isaiah allument la Xbox et commencent une partie de *Madden NFL*. Quand Macy part pour un groupe de travail, j'envoie un texto à Paloma pour lui demander comment se passe le séjour de Liam à River Hollow. Elle me répond tout de suite, me disant qu'ils forment le couple le plus heureux du monde, et je suis ravie pour elle. Puis, à contrecœur, je contacte mes parents. Je prétends que je n'ai pas quitté le quartier et que je mange bien.

Je redoute le moment où nous nous verrons à la cérémonie demain, le moment où ils se rendront compte que j'ai menti.

Isaiah et moi nous couchons tard, surtout au vu de l'heure à laquelle je me suis réveillée. J'ai hâte que nous soyons collés l'un contre l'autre comme la nuit précédente, et nous y arrivons quand il s'écarte soudain pour demander :

— À quelle heure est-ce qu'on doit partir demain ?

Il veut dire pour Mount Vernon.

Pour la cérémonie de départ de Connor.

Isaiah croit… il s'imagine qu'il va venir avec moi ?

— *Je* dois partir à sept heures et quart.

Nous partageons son oreiller, nos visages sont très proches. Je vois tout de suite son étonnement.

— Tu ne veux pas que je vienne ?

Je m'empresse de dissiper la peine que je lis sur ses traits.

— Ce n'est pas ça. Je ne m'attendais pas à ce que tu veuilles venir. Ce ne serait pas bizarre ?

Il s'éloigne, et balance ses jambes pour se redresser.

— Je ne sais pas, Lia. C'est à toi de me le dire.

— Mes parents seront là.

— Et ils ne m'aiment pas.

Je corrige :

— Ils ne te connaissent pas.

Il émet un *pff* énervé.

Je m'assieds aussi, je redresse mon top et je lisse mes cheveux, essayant de formuler un argument solide, mais qui ne le blessera pas.

Le mieux que je trouve, c'est :

— Les parents de Beck seront là aussi.

— Sans blague.

Je me penche en avant et je pose ma paume dans son dos.

— Je voudrais que tu fasses la connaissance de mon père et de ma mère. Et que tu rencontres Bernie et Connor.

— Tu en es sûre ?

— Oui, Isaiah. C'est juste que, demain, ce n'est pas le bon moment.

— Il n'y a jamais de moment parfait. Nous rentrons mardi. Après la remise des diplômes, je pars pour un an. Qui sait où tu seras.

Je retire ma main et je murmure :

— Je ne sais pas ce que tu veux que je réponde.

Il se tourne, son regard se heurte au mien.

— Je veux que tu dises que tu as tourné la page. Peut-être que je suis un connard de te demander ça, mais merde, si tu es encore amoureuse de lui, qu'est-ce qu'on fiche ensemble ? Je veux que tu me dises que je compte pour toi. Que tu tiens à moi. Que nous avons un avenir, ensemble. Je veux que tu reconnaisses notre relation pour ce qu'elle est.

— Qu'est-ce qu'elle est ?

— Tu le sais. Tu *sais* que je suis amoureux de toi. Mais tu ne l'admets pas… tu ne t'autorises pas à le ressentir. Tu me maintiens à distance pour que ta conscience ne déraille pas.

— Ce n'est pas juste.

— Sans déconner, réplique-t-il, l'air abattu.

Je serre les dents. Je suis tellement irritée que j'ai perdu la capacité de parler. Comment ose-t-il faire une déclaration pareille – « je suis amoureux de toi » –, puis m'insulter la seconde d'après ? Comment ose-t-il me mettre la pression pour conclure par un « sans déconner » désinvolte ? Comment ose-t-il me faire sentir aimée et en même temps bouillonner de rage ?

Je visualise la scène qui vient de se produire ainsi : le puzzle de notre relation, assemblé laborieusement, est poussé par-dessus un rebord et atterrit sur le sol dans un fracas dévastateur, les pièces s'éparpillent et l'image devient méconnaissable.

Je l'aime aussi, d'une manière qui me submerge, qui me donne l'impression d'être à deux doigts de me perdre à nouveau.

Je me suis laissée emporter par mon amour pour Beck. Il ne m'a jamais demandé de changer, de me sacrifier, il n'avait pas à le faire. C'est moi qui ai abandonné celle que j'étais. J'ai mis de côté mes objectifs et oublié mes rêves de mon plein gré, avec plaisir même. Ça en aurait sûrement valu la peine ; si Beck et moi avions vieilli ensemble, je ne l'aurais jamais regretté. Mais maintenant, je sais trop bien que céder à une autre relation, à un autre garçon – même aussi altruiste et gentil qu'Isaiah – reviendrait à réduire à néant dix-huit mois de guérison, de redécouverte de *moi-même.*

— Tu te souviens de ce que tu as promis la semaine dernière pendant le cours de céramique ? me demande-t-il, la voix rauque d'émotion.

Je lui ai dit que je ne le traiterais plus jamais comme de la merde.

Mais ce n'est pas ce que je suis en train de faire.

En taisant mes sentiments, je le ménage. En gardant mes distances, je le traite avec considération. En me rendant seule à la cérémonie de Connor, je lui épargne du stress, du malaise et de la peine.

J'essaie de bien agir, pour lui comme pour moi. Mais tenter une explication… j'ai peur d'avoir l'air de me défendre. De chercher des excuses. D'éviter de me montrer vulnérable.

Il se recouche, vers le bord du lit, frustré par mon silence.

Je me recroqueville sur le côté, submergée par la tristesse.

Je ne peux pas l'emmener à Mount Vernon.

Un fil

LIA : Isaiah me déteste.

PALOMA : Mais non.

LIA : J'ai fait une connerie. Je lui ai fait de la peine.

MEAGAN : Tu n'as qu'à réparer ton erreur.

LIA : Je ne sais pas comment m'y prendre. Il est convaincu que je suis toujours amoureuse de Beck.

SOPHIA : Oooh. 😟 Il est où ?

LIA : Au lit.

PALOMA : Et toi, tu es où ?

LIA : Au lit.

SOPHIA : Dans le même ?

MEAGAN : À ton avis, Soph ?!

LIA : Il dort. Nous nous sommes disputés. Il a eu des mots durs. Mais justes. J'ai dit ce qu'il ne fallait pas. Qu'est-ce que je dois faire ?

PALOMA : Réveille-le. Dis-lui ce que tu ressens.

SOPHIA : Ne le réveille pas. Laisse-le dormir dessus.

MEAGAN : Réveille-le. Séduis-le pour qu'il te pardonne tout.

LIA : Je savais que je pouvais compter sur toi pour en rire, Megs.

MEAGAN : Mais sérieusement. Discutez demain, après la cérémonie. Il se sera calmé, et tu auras surmonté une épreuve difficile. Ça se passera mieux.

PALOMA : Meagan à la rescousse avec des conseils qui déchirent.

SOPHIA : Une des millions de raisons pour lesquelles je l'aime.

PALOMA : Pareil, sincèrement.

MEAGAN : Lia ? Tu vis toujours ?

LIA : Je suis là. Et si je n'allais pas à l'université ?

SOPHIA : Jamais ?

LIA : Je ne sais pas. Prendre une année sabbatique ?

PALOMA : Oui, oui, oui.

MEAGAN : Fais-le.

SOPHIA : Mais… et VCU ?

LIA : J'ai changé d'avis.

SOPHIA : Viens à Austin Peay avec Megs et moi. Commencer le semestre de printemps.

PALOMA : Non, une année entière de break ! Tu ferais quoi ?

LIA : Isaiah m'a proposé de partir en road trip avec lui. Voir le pays.

SOPHIA : Waouh.

MEAGAN : Ça te branche ?

LIA : À fond. Mais j'ai aussi des idées.

PALOMA : Comme ?

LIA : Jeune fille au pair… en Australie.

MEAGAN : Badass.

SOPHIA : Ah ouais. Trop bien.

PALOMA : On pourra venir te voir ?

LIA : Évidemment.

SOPHIA : Mais et Isaiah ? Le road trip ?

LIA : Je ne sais pas si on sera encore ensemble après la Virginie.

PALOMA : Mais si.

SOPHIA : Oui ! Mais même si vous êtes encore ensemble, ça ne veut pas dire que tu dois accepter sa proposition.

MEAGAN : Oui. Prends une année pour toi. Pour mettre de l'ordre dans ta tête.

PALOMA : Vous y survivrez tous les deux.

LIA : Tu crois ?

PALOMA : Certaine. Isaiah et toi, vous êtes un couple modèle.

LIA : À propos, ça va toujours bien avec Liam ?

PALOMA : Très bien. Il n'est plus sur liste d'attente à la fac.

LIA : Quoi ?! Il est accepté à USC, il va être un Trojan ?!

PALOMA : Comme moi. ❤

MEAGAN : Tu es folle amoureuse.

PALOMA : Hé, là !

MEAGAN : T'inquiète, moi aussi.

SOPHIA : Oooh !

LIA : Vous me manquez.

SOPHIA : Tu nous manques !

PALOMA : On se voit mercredi, le jour de ton anniversaire ! Chez Buttercup ?

LIA : Avec plaisir.

MEAGAN : Tu nous raconteras comment ça s'est passé.

PALOMA : On est là pour toi, meuf.

Envol
Dix-sept ans, Virginie

Après une nuit de sommeil agité, mon réveil sonne avant le lever du soleil.

Cérémonie de Connor. Huit heures. Mount Vernon, ancienne résidence de George Washington.

Je prends une douche rapide, puis j'enfile une robe pull bordeaux, des collants à motifs en losange et des bottes camel, avant de m'essuyer les cheveux et de les attacher en une queue-de-cheval soignée. Ensuite, je me maquille à la hâte en espérant que j'aurai l'air plus reposée que je ne le suis.

Je suis en train de rassembler mes clés, mon téléphone et mon sac dans la cuisine quand Isaiah apparaît dans l'entrée.

— Tu rentres quand ? demande-t-il.

— Vers onze heures ?

Je me rapproche et je passe la main dans ses mèches ébouriffées. Je ne suis plus en colère comme hier soir. Après avoir échangé des messages avec mes copines, j'ai réfléchi… Isaiah ne veut pas se taper l'incruste à la cérémonie ; il veut juste que j'aie envie qu'il soit présent.

Je lisse ma robe et je chuchote :

— Ça va ?

Il secoue la tête.

— Je… Je ne sais pas. C'est pas évident. Mais aujourd'hui, c'est ta journée, la journée de ta famille et la sienne. Je ne vais pas tout foutre en l'air.

Il n'a jamais prononcé le nom de Beck à haute voix. Je ne sais pas trop ce que je dois en penser.

— Je t'enverrai un message quand je serai sur le chemin du retour.

— D'accord.

Les yeux baissés, il ajoute :

— Roule prudemment.

— Isaiah.

Il lève le menton, le regard froid, la mâchoire serrée.

— Va faire ce pour quoi tu es venue. On discutera plus tard.

***

L'air scintille dans la fraîcheur de l'aube, mais le ciel est dégagé et le soleil est éblouissant à l'est. C'est un jour idéal pour une fête.

Je m'engage sur l'autoroute, où je suis bloquée par un embouteillage. Fébrile, je me faufile d'une voie à l'autre pour essayer de grappiller quelques mètres, mais dès que je crois que ça roule, les feux stop s'allument devant moi. L'horloge du tableau de bord se rapproche de huit heures, puis les dépasse, ce qui m'angoisse.

Quand je me gare enfin au domaine, je suis à cran. Ça fait des années que je ne suis pas venue à Mount Vernon, et le temps de passer au centre d'accueil des visiteurs, puis de contourner un premier jardin pour arriver à l'endroit où se tient la cérémonie, sur une grande pelouse située devant l'imposante demeure, la séance a déjà commencé.

Mon père est devant quelques dizaines de personnes, très élégant dans son uniforme, et parle de l'engagement noble et altruiste de Connor. Je reste près d'un bosquet à l'arrière, suffisamment près pour entendre, mais pas assez pour que mon arrivée cause une interruption. Je repère Bernie et les jumelles au premier rang, ainsi que sa mère et les parents de Connor. Ma mère est de l'autre côté de

Bernie. Dans la lumière du matin, ses cheveux ressemblent à de l'or filé.

Je pourrais pleurer en regardant ces personnes que j'aime tant.

Mon père termine son discours en disant :

— C'est un honneur d'avoir servi cette grande nation avec toi, Connor, mais mon plus grand privilège pendant ce quart de siècle a été ton amitié.

Ma poitrine enfle de gratitude. Les Byrne sont unis aux Graham depuis tellement longtemps. Quelle chance nous avons d'être là les uns pour les autres.

Si Beck était ici, je lui prendrais la main.

Avant que Connor ne prenne la parole, il accepte une multitude de médailles et de certificats, avec un sourire à la fois digne et espiègle, comme celui de son fils.

Oh, mon cœur.

Il s'éclaircit la gorge avant de se lancer dans la présentation de sa carrière militaire. Il parle de ses parents, qui l'ont toujours soutenu avec enthousiasme. De Bernie, son grand amour. Des Graham, de la famille qu'il a choisie. Il parle de ses filles, qui lui apportent tant de bonheur.

Il parle de Beck.

— Mon aîné, mon fils, n'est plus parmi nous. C'est toujours une réalité insupportable. Sa disparition est, en grande partie, la raison pour laquelle j'ai choisi de renoncer à la carrière militaire. Ma famille a besoin de moi, de moi tout entier.

Il marque une pause pour laisser son chagrin se dissiper, la respiration difficile.

— Et puis, je suis devenu trop vieux et trop râleur pour faire le maximum de pompes au test physique.

Les rires fusent. En plus de leurs cheveux roux, Beck et son père partagent un sens de la légèreté, un don pour dire des choses drôles pile au bon moment. Dieu merci, car je suis au bord des larmes depuis que j'ai posé le pied sur la pelouse de George Washington.

— Je vous remercie d'être venus aujourd'hui, poursuit Connor, que vous ayez affronté la circulation sur le périphérique ou que vous ayez traversé le comté en avion. Votre soutien me conforte dans ma décision de quitter l'armée. Vos visages souriants me réconfortent et m'apportent beaucoup de bonheur. C'est bizarre : quand on a traversé une épreuve douloureuse, les joies qui s'ensuivent sont d'autant plus vives.

Un cri résonne dans le domaine historique.

Tout le monde lève les yeux. Un aigle plane au-dessus de nous, les plumes blanches de sa tête se détachent dans le ciel cobalt.

Il glatit à nouveau, plonge comme s'il faisait une démonstration de son assurance.

Un frisson parcourt ma peau.

Beck est avec nous.

Il sera toujours avec nous.

Je reporte mon regard sur la cérémonie pour constater que le visage de Connor a changé. Il a l'air stupéfait, mais il ne s'intéresse plus à l'oiseau. Il me fixe. Il lui faut un moment pour comprendre ce qu'il voit, pour se rendre compte que ma présence n'est pas un simple effet de lumière. Un sourire se dessine sur son visage.

Bernie se retourne pour découvrir la source de la surprise de son mari.

Lorsqu'elle m'aperçoit, elle reste bouche bée.

Ma mère aussi.

Mon père lève une main pour se protéger les yeux et regarde vers moi dans le soleil.

Les jumelles s'exclament en chœur :

— Lia !

Et avant que Bernie ne puisse attraper leurs petites mains, elles courent sur le gazon et se jettent dans mes bras ouverts.

***

Norah et Mae restent près de moi jusqu'à la clôture officielle de la cérémonie.

L'aigle s'attarde, plonge et remonte dans le ciel.

Connor a des invités à accueillir, mais ma mère, mon père et Bernie se précipitent vers les jumelles et moi. Bernie me serre dans ses bras avant de me pousser dans ceux de ma mère. Elle m'étreint, passe une main sur mes cheveux, puis c'est au tour de mon père.

— Tu n'étais pas censée quitter le quartier, me rappelle-t-il.

Pendant une seconde, je pense qu'il est en colère, mais lorsqu'il s'écarte, ses yeux sont pleins de tendresse.

— Comment es-tu… ? commence ma mère.

— Je suis venue en voiture. Je suis partie vendredi soir après que vous avez décollé. Je ne pouvais pas rater ça.

J'ai enfreint des règles. J'ai menti. Notre dynamique familiale n'a jamais été aussi chaotique. Mais j'espère qu'ils passeront l'éponge.

Ma mère glisse un bras autour de mes épaules.

— Je suis tellement contente que tu sois là.

— Moi aussi, renchérit mon père.

— Où est-ce que tu loges ? m'interroge Bernie alors que les jumelles tournent en rond autour de nous.

— Près du campus de GMU, avec Macy et Wyatt.

Mon père m'ébouriffe les cheveux.

— Je n'en reviens pas que tu aies fait tout ce trajet toute seule.

Je déglutis, espérant qu'il accueillera avec autant de bienveillance ce que je vais lui annoncer.

— En fait, Isaiah est venu avec moi.

S'il est mécontent, il n'en laisse rien paraître. J'observe Bernie pour essayer de voir si ce nom lui dit quelque chose, si ma mère lui a parlé de la nouvelle personne dans ma vie. Je discerne de la douleur dans ses yeux, mais aussi de l'acceptation. Elle m'attrape et je me colle contre elle, regrettant d'avoir passé dix-huit mois à éviter ses câlins.

— Je suis contente que tu n'aies pas été seule, murmure-t-elle.

Bernie est toujours sincère avec moi.

— Tu n'es pas fâchée ?

— Non, ma chérie. Je m'attendais à ce que tu tournes la page un jour ou l'autre. Ce que toi et Beck avez vécu était extraordinaire. Ton prochain amour le sera aussi.

J'acquiesce, les larmes aux yeux.

Elle sourit.

— Tout ce que je veux, c'est que tu sois heureuse. Beck le souhaiterait aussi. Il voudrait que tu vives, Lia. Il voudrait que tu aimes à nouveau.

L'aigle lance son cri, son glatissement transperce la matinée paisible.

Nous le regardons s'élever au-dessus de la maison, les ailes déployées, en direction du Potomac.

Nous le regardons disparaître dans le soleil de printemps éblouissant.

Changement d'avis

Dix-sept ans, Virginie

Bernie et Connor organisent un brunch après la cérémonie dans un restaurant tout proche, le Café Americana. Ils ont réservé une salle privée, avec un buffet de quiches et de pâtisseries, des plats maintenus au chaud remplis d'œufs, de bacon et de saucisses, et des plateaux débordant de fruits. Je suis mes parents dans la file d'attente, je charge mon assiette d'ananas, de bacon et d'un pain aux raisins, puis je les rejoins à une table libre. Bernie, Connor et les jumelles sont assises à côté, avec Nana, la mère de Bernie, et papy et mamie Byrne.

Mon père me laisse le temps de finir un morceau de bacon avant de demander :

— Qu'est-ce que… – il se racle la gorge – Isaiah fait ce matin ?

Je pique un morceau d'ananas avec ma fourchette.

— Il m'attend chez Macy et Wyatt.

Ma mère sourit.

— C'est gentil de sa part d'avoir fait tout ce chemin avec toi.

— Je trouve aussi, déclare mon père. Je suis content que tu aies décidé de venir. Ta présence a rendu l'absence de Beck plus facile à supporter, pour maman et moi, mais surtout pour les Byrne. Ça aurait été bizarre qu'aucun de vous deux n'ait été là.

C'est vrai. En regardant cet aigle survoler Mount Vernon, j'ai compris que j'avais pris la bonne décision en revenant en Virginie. Et en voyant la joie des Byrne, je regrette de ne pas leur avoir rendu visite plus tôt, mais je suis fière d'avoir été présente au moment le plus important.

— Je voulais que Connor et Bernie sachent à quel point je tiens à eux, dis-je à mes parents. Je voulais que Mae et Norah sachent à quel point je les aime.

— Ils le savent, répond ma mère.

J'ajoute :

— Je vous aime aussi. Je ne l'ai vraiment pas montré ces derniers temps, mais je vous aime.

Ma mère se penche pour me serrer dans ses bras ; elle sent les pétales de rose et le réconfort. Elle reste quelques instants avant de se redresser et de tamponner une larme avec sa serviette.

— Quand nous rentrerons, nous espérons qu'Isaiah passera à la maison, affirme mon père. Il t'a soutenue pour te permettre de faire ce voyage… ça a l'air d'être quelqu'un de bien. Un bon ami. Nous aimerions apprendre à le connaître.

— D'accord.

Après la nuit dernière, je ne suis pas sûre qu'Isaiah veuille encore me voir et encore moins sympathiser avec mes parents.

Mais aujourd'hui, je peux imprimer le changement. Je peux commencer à réparer mes relations. Je peux réorienter mon parcours. Je croise le regard de ma mère, puis celui de mon père.

— J'ai autre chose à vous annoncer… Je ne veux plus aller à VCU.

Mon père relâche un souffle qui ressemble à un soupir de soulagement.

Ma mère demande :

— Qu'est-ce qui explique ce changement soudain ?

— Isaiah et moi, on s'est arrêtés à Charlottesville en venant ici. Me retrouver là-bas sans Beck… ce n'était plus pareil. Ça ne le sera jamais. Je regrette juste de ne pas avoir fait de demande d'admission anticipée. J'ai foiré… j'ai sans doute fichu mon avenir en l'air.

— Non, ma chérie, me rassure ma mère. Ce n'est pas une erreur irréversible.

Mon père acquiesce.

— Nous allons contacter VCU. Nous t'aiderons à expliquer la situation.

— Mais le dépôt de garantie…

Il fait la grimace.

— Je préfère perdre de l'argent que de te laisser étudier sur ce campus en sachant que tu n'y seras pas heureuse. Ne t'inquiète pas pour la caution, Millie. Concentre-toi sur la suite. Après le lycée. Après cet été.

— Je ne veux pas aller à l'université.

En voyant son visage se décomposer et les yeux de ma mère s'écarquiller, j'ajoute :

— Pas tout de suite. J'ai besoin de tirer au clair certaines choses, d'être moi-même pendant un moment. Je dois d'abord partir à l'aventure.

Ils se regardent. L'éducation, c'est important. Nous avons toujours considéré comme une évidence que j'irais à la fac. Ils pourraient me rappeler que je *dois* y aller, ce qui ne ferait qu'envenimer les choses.

Ou ils pourraient me soutenir. Me faire confiance et me laisser m'engager dans une voie qui m'est propre.

Ils se tournent vers moi, l'air approbateur.

— Quel genre d'aventure ? veut savoir mon père.

D'un coup, mon cœur déborde d'amour.

— Je ne suis pas encore certaine. Tout ce que je sais, c'est que je veux faire plus. Voir plus. *Être* plus.

— Je trouve que c'est un projet qui a du sens, décide ma mère.

Mon père sourit judicieusement.

— Je n'y suis pas opposé.

— Opposé à quoi ? demande Connor, qui vient frapper mon père sur l'épaule.

Bernie nous rejoint aussi, elle s'installe sur la chaise à côté de ma mère après avoir laissé les jumelles finir le brunch avec leurs grands-parents.

— Lia va partir à l'aventure, leur annonce ma mère. Après la remise des diplômes.

— Oh, une année sabbatique ! s'exclame Bernie. J'aurais aimé qu'on en fasse une, Hannah. Imagine toutes les bêtises qu'on aurait faites !

Connor pouffe de rire. Mon père rit en levant les yeux au ciel.

— Trop tard, maintenant, répond ma mère en souriant. Nous devrons nous contenter de les vivre par procuration à travers Lia.

— Oui ! Et après, VCU, c'est super !

— À propos de VCU, dis-je, en espérant que Connor et Bernie seront aussi compréhensifs que l'ont été mes parents. Je ne… je ne m'en sens pas capable. Pas sans Beck.

Connor tripote ma queue-de-cheval.

— Tu dois faire ce qui est bon pour toi.

— Absolument, renchérit Bernie. Nous sommes de ton côté, peu importe où tu étudies… tant que ce n'est pas à l'université d'État du Mississippi.

Mon père rit.

— Elle n'irait jamais dans la fac rivale d'Ole Miss.

Ils se mettent à évoquer les souvenirs de leurs années d'étudiants, comme ils le font si souvent.

Je m'adosse à ma chaise. Pour la première fois depuis de très nombreux mois, je me sens enthousiaste en pensant à l'avenir qui s'offre à moi.

Le parc du Mall

Dix-sept ans, Washington DC

Après le brunch, j'emmène Isaiah à Washington.

Parce qu'il a fait tout ce chemin et qu'il devrait découvrir les merveilles de la capitale de notre pays.

Parce que si je survis à une promenade dans le parc du Mall, je pourrai affronter toutes les épreuves.

Et parce que je lui dois une explication.

Des excuses, même.

Nous prenons le métro, puis nous marchons jusqu'au bassin artificiel. La journée s'est réchauffée et les cerisiers sont couverts de bourgeons rose pâle. Nous empruntons les chemins très fréquentés, nous longeons l'eau et nous passons devant le mémorial de Jefferson, où ma gorge se noue.

Je respire à fond pour me calmer et je continue à avancer.

Nous visitons le mémorial de Franklin Delano Roosevelt, l'un des monuments préférés de mon père, avant de nous rendre à celui de Martin Luther King. Isaiah se montre très attentif, respectueux. Il ne parle pas – je sais qu'il n'a pas encore digéré notre dispute d'hier soir – mais je suis reconnaissante qu'il me permette de faire cette balade touristique. Je ne pourrais revenir ici en compagnie de personne d'autre.

L'humeur maussade, nous nous approchons du mémorial de Lincoln.

Je peux y arriver : je peux monter l'escalier, rejoindre le sommet.

Ça va aller… je le sais.

Mais au bout de quelques marches, tout à coup, ça ne va plus du tout.

Je m'arrête, je me tourne vers le miroir d'eau et respire à pleins poumons.

« Je t'adore, Lia », m'a avoué Beck avant que nous nous embrassions et que nous scellions notre destin.

Je sursaute quand Isaiah me touche l'épaule.

— Ça va ?

Je hoche la tête, mais non. Ça ne va *pas* du tout.

— Tu veux continuer ?

— Vas-y, toi, dis-je.

— Sans toi ?

Je n'ai pas du tout envie qu'il continue seul, mais mon corps se rebelle.

Poumons : léthargiques.

Muscles : tremblants.

Vision : tachetée de points noirs.

Je hoche à nouveau la tête, déçue de ma réaction. *Énervée* contre moi-même. Je me baisse pour m'asseoir sur une marche froide et dure, et je regarde la progression d'Isaiah. Il arrive à mi-chemin de la statue avant de s'arrêter pour jeter un coup d'œil en arrière. Nos regards se croisent. Il lève la main pour m'adresser un signe discret. Je lui souris de manière encourageante. J'arrive à inspirer à pleins poumons maintenant.

Il se retourne et monte.

Mon attention se porte sur une famille de quatre personnes, deux pères qui se tiennent par la main, et deux enfants, un garçon et une fille qui semblent être proches en âge, dont l'un a quelques centimètres de plus que l'autre. Ils jouent au bord du bassin et le plus trapu des pères essaie de les maîtriser, mais ils sont pleins d'énergie et rient aux éclats. Ils me rappellent Beck et moi quand nous étions petits : ils s'éclatent en toute liberté.

Et puis, une voix murmure dans mon oreille : *Vas-y, Amelia. Fais comme eux. Joue. Vis.*

Je respire profondément et je me fais une promesse… Je vais accepter mon nouveau destin.

Je me lève, je me retourne pour chercher Isaiah, mais il a franchi les colonnes du portique à l'entrée du bâtiment en forme de temple.

Je ne réfléchis même pas : je monte l'escalier quatre à quatre en évitant les touristes et en me concentrant uniquement sur le sommet. Lorsque j'y parviens, je suis exaltée, la force de mon âme est aussi solide que le marbre sous mes pieds.

Isaiah se tient près de la statue de Lincoln, il contemple le visage sculpté du seizième président des États-Unis. Je m'avance vers lui, à pas rapides et assurés, jusqu'à ce que je me heurte à son dos et que je passe mes bras sous les siens. Je le sens tressaillir, mais dès que je le serre et que je pose ma joue dans le creux de ses omoplates, il expire. Ses côtes se contractent, ses poumons se vident, il se retourne pour me serrer contre son torse. Je sens les battements de son cœur à travers son sweat-shirt et sa veste. Le mien cogne très fort aussi. Nous restons comme ça un long moment, à reconstituer en silence le puzzle que nous formons ensemble.

Quand enfin il se recule pour me regarder, il me demande :

— Qu'est-ce qui a changé ?

— Je suis en paix avec ce que je désire.

Il sourit, puis m'entraîne dehors, vers le soleil et les marches.

Main dans la main, nous faisons le tour du miroir d'eau et nous nous arrêtons à l'obélisque, où nous trouvons un coin d'herbe et nous nous asseyons pour regarder par où nous sommes venus.

Il avait raison : j'ai été trop précautionneuse… avec mon cœur et le sien.

J'ai été réticente à faire confiance, autant à moi-même qu'à lui.

Au lieu de simplement chérir le passé, je l'ai laissé prendre le contrôle de ma vie.

— Je suis désolé pour hier soir, commence-t-il avant que je n'aie le temps de lui expliquer ce que je viens de réaliser. C'était déplacé de vouloir t'accompagner à la cérémonie. Je n'aurais pas dû m'énerver, mais j'étais jaloux. C'est con, je sais. Comment est-ce que je peux en vouloir à un type qui n'est même pas là pour rivaliser avec moi ?

— Il n'y a pas de rivalité. Il n'y en a jamais eu.

— Je sais. Mais il… Beck fera toujours partie de ton histoire, et hier soir… je n'ai pas respecté ça. Je comprends que tu sois fâchée contre moi.

— Je ne suis pas fâchée. Plus maintenant. Mais j'ai besoin que tu comprennes… Je ne l'oublierai jamais. Il a été toute mon enfance. C'était mon meilleur ami. Mon premier amour.

— Je comprends. Et je commence à me rendre compte que… c'est lui que je dois remercier pour qui tu es aujourd'hui.

Je souris.

— Tu lui aurais plu, j'en suis sûre.

Il prend ma main et fait tourner lentement la bague à mon doigt.

— Je n'en suis pas certain.

— Moi si. Après sa mort, j'ai cru que j'avais perdu toute chance d'être heureuse. Je ne voyais pas comment trouver de la joie dans un monde sans Beck. Il t'aurait bien aimé parce que tu m'as montré que la capacité de mon cœur à aimer est infinie. Il y a de la place pour conserver des souvenirs de lui, et pour de nouveaux souvenirs, avec toi.

Ses yeux scintillent d'espoir.

— Qu'est-ce que tu veux dire ?

J'entrelace nos doigts.

— Je suis en train de te dire qu'en cours de route, je suis tombée amoureuse de toi.

Il sourit.

— Moi, c'était le premier jour où je t'ai connue.

Je ris.

— Quand j'ai sangloté dans ton T-shirt, puis que je t'ai sauté dessus pendant que tu attendais Marjorie ? Tu aurais dû prendre tes jambes à ton cou.

— Si je l'avais fait, je ne serais pas ici, avec une fille qui rend l'avenir beaucoup moins flippant. J'étais sérieux l'autre jour, Lia. Mon road trip pourrait être *notre* road trip.

Je secoue la tête.

— Je ne peux pas. J'ai très envie de voyager avec toi, mais je dois passer l'année prochaine à penser à moi avant tout.

— Tu vas partir au bout du monde, c'est ça ?

Je souris et pousse son épaule avec la mienne.

— J'espère.

Il ouvre ma main, puis trace un cœur sur ma paume avec son index. Il remonte ma manche jusqu'à mon coude avant de dessiner un chemin de cœurs le long de mon avant-bras. Quand il n'a plus de place, il demande à voix basse :

— Et quand l'année sera finie ? Quand nos aventures seront terminées ?

— Nous commencerons une nouvelle aventure. Ensemble.

Il se penche pour toucher mon menton, effleure du pouce ma lèvre avant de déposer un baiser au même endroit.

— Ensemble, murmure-t-il.

C'était prédit

Épilogue
Un an plus tôt

Quelques mois après la mort de Beck, je me suis mis en tête de consulter une voyante.

À dix-sept ans, ma mère s'était fait lire l'avenir, et cette prédiction était devenue une boussole qui annonçait – à la façon d'une prophétie – les événements les plus importants de sa vie. J'étais convaincue qu'une lecture de mon avenir me donnerait la direction qui me manquait depuis que j'avais perdu Beck, depuis que j'avais perdu mon destin.

En cherchant sur Internet, j'ai trouvé Jasmine, une voyante en exercice à Arlington. À en juger par la photo sur son site, elle me paraissait digne de confiance. Le rendez-vous a été fixé à un après-midi glacial de la fin février. Le trajet a duré une éternité et, quand je me suis retrouvée devant la vitrine sur laquelle était peint *Voyance Jasmine*, les joues fouettées par le vent froid, je me suis sentie hyper stressée.

Un carillon a tinté quand j'ai poussé la porte. En entrant dans le petit hall, je me suis demandé si ma mère était aussi nerveuse quand elle avait fait la même démarche.

Une porte intérieure s'est ouverte et une femme en est sortie. Dans les films, les diseuses de bonne aventure portent toujours de longues robes, des bracelets et ont les cheveux tressés de façon fantaisiste, mais on aurait dit qu'elle sortait faire ses courses : un pantalon en toile, un pull en grosses mailles et des bottes marron. Son visage était légèrement maquillé et ses cheveux bruns détachés. Elle m'a dévisagée avant de me sourire.

— Lia Graham ?

J'ai hoché la tête, puis j'ai dit :

— Vous ne ressemblez pas à une voyante.

Elle a eu l'air déconcertée.

— Et toi, tu ne ressembles pas à quelqu'un qui a besoin qu'on lui prédise l'avenir.

— C'est une simple observation ou une conclusion professionnelle ?

Elle a haussé un sourcil.

— Veux-tu venir dans mon bureau ?

Je l'ai suivie dans un espace qui rappelait le cabinet de mon thérapeute : un bureau, un canapé, une bibliothèque encombrée, des plantes grimpantes. Pas de thème astral, de coquillages ou d'ossements. Pas d'encens ni de cartes de tarot.

Elle a désigné le canapé. Je m'y suis assise.

Elle s'est installée dans le fauteuil en face, l'air détendue et m'a demandé :

— Eh bien, Lia, qu'est-ce que tu voudrais savoir ?

J'ai hésité, puis j'ai balbutié une réponse.

— Je crois... j'ai juste besoin de savoir ce que je suis censée faire... de ma vie, vous comprenez ?

Elle m'a observée longuement, sans rien dire. Je m'attendais à être un peu gênée, mais je me suis sentie complètement mise à nue et très mal à l'aise, comme si elle fouillait dans ma cachette à secrets. Je n'ai pourtant pas détourné le regard. Ça me semblait important de ne pas dissimuler ma vulnérabilité.

D'un ton professionnel, elle a déclaré :

— Tu as perdu quelqu'un.

— Ça se voit tant que ça.

Elle a esquissé un sourire crispé.

— Tu es… perdue. Tu ne le seras pas toujours.

— Vous me le promettez ? ai-je demandé en tentant vaguement de faire de l'humour.

Elle a répondu sèchement :

— C'est arrivé récemment.

— Ça fait quatre-vingt-seize jours.

— Il était important pour toi. Vos vies étaient liées.

Mes yeux me brûlaient et ma vision se brouillait. D'une petite voix, j'ai répondu :

— C'est toujours ce que je ressens.

— Tu ne t'attendais pas à sa mort.

— Non.

— Et maintenant… ton âme a perdu son miroir.

L'amie dont j'ai parlé – le miroir de votre âme – mettra au monde celui à qui votre fille est destinée.

Un frisson profond m'a parcourue.

J'ai serré les mains et retenu mes larmes.

Mon chagrin devait être palpable, car elle m'a dit, d'un ton plus doux qu'avant :

— Je suis vraiment désolée.

J'ai hoché la tête. J'avais peur de m'effondrer si je parlais.

— J'ai l'impression que tu cherches des informations précises, a-t-elle poursuivi. Tu as demandé ce que tu étais censée faire de ta vie et… je ne sais pas. Tu seras confrontée à des choix… Des choix difficiles, d'autant plus difficiles que tu as une conscience accrue de la fragilité de l'existence. Parfois, tu feras le mauvais choix. Parfois, le bon, mais le résultat ne sera pas celui que tu attendais. Quoi qu'il arrive, ce seront tes choix.

Je me suis déplacée sur le canapé, sentant ma frustration grandir.

— Mais vous êtes censée prédire mon avenir.

Vous êtes censée m'aider, ai-je pensé, désespérée.

Elle s'est penchée, les coudes sur les genoux.

— Je suis une guide, pas une chorégraphe. Tout ce que je peux te dire, c'est que ton cœur guérira. Un jour, tu cesseras de compter les jours qui se sont écoulés depuis son absence. Un jour, tu riras sans te demander si tu as le droit de ressentir de la joie. Un jour, tu penseras à lui et, au lieu d'avoir l'impression de ne pas pouvoir respirer, de ne pas pouvoir exister, tu te réchaufferas à la lueur de son souvenir.

J'ai secoué la tête, incapable d'imaginer le scénario qu'elle décrivait.

— Un jour, a-t-elle continué avec une sincérité qui donnait une allure de promesse à ses propos, tu aimeras à nouveau. Tu chériras cet amour, parce que tu sais que l'éternité n'est pas éternelle.

Elle s'est levée. À contrecœur, j'ai fait de même. Je l'ai suivie dans le hall, irritée d'avoir perdu mon temps, furieuse qu'elle n'ait pas prédit mon avenir.

Je voulais connaître mon destin.

Je voulais de la magie.

Je voulais de l'espoir.

Dans l'entrée, elle m'a surprise en me serrant dans ses bras. Ça a duré longtemps et c'était aussi déconcertant que le regard qu'elle m'avait jeté quand je m'étais assise dans son bureau. Là, dans son étreinte chaleureuse, mon corps a commencé à sentir ce que mon cerveau n'arrivait pas à enregistrer : un changement, un courant électrique qui grésillait en circuit fermé entre nous deux. Ma peau s'est refroidie, la chair de poule est apparue sur mes avant-bras, les poils de ma nuque se sont hérissés.

Elle s'est exprimée d'un ton doux, mais sûr, sa voix pressante à mon oreille :

— Il apparaîtra au moment où tu t'y attendras le moins, avec ses longs membres et ses cheveux noirs, ses cicatrices superficielles et profondes, son nez tordu comme un sentier forestier. En toi, il trouvera une confidente. Dans ton cœur, l'espoir renaîtra. Il t'étreindra comme je le fais maintenant et si tu le laisses faire… son âme offrira à la tienne une seconde sœur.

Lorsqu'elle s'est éloignée, ses yeux étaient distants, sa bouche solennelle. Elle a poussé la porte et m'a fait signe de sortir dans le froid.

Mon cœur, immobile et terré dans l'obscurité depuis des semaines, a vacillé, puis s'est enflammé.

Un nouvel avenir m'était promis.

CV géographique d'Amelia Graham

Âge : de 0 à 2 ans
Lieu d'affectation : Fort Drum
Situation : Evans Mills, New York
(Lieu d'affectation des Byrne : Fort Riley, Junction City, Kansas)

Âge : de 3 à 5 ans
Lieu d'affectation : Fort Bragg
Situation : Spring Lake, Caroline du Nord
(Lieu d'affectation des Byrne : Fort Bragg, Spring Lake, Caroline du Nord)

Âge : de 6 à 7 ans
Lieu d'affectation : Fort Leavenworth
Situation : Leavenworth, Kansas
(Lieu d'affectation des Byrne : Fort Stewart, Hinesville, Géorgie)

Âge : de 8 à 10 ans
Lieu d'affectation : Base de Lewis-McChord
Situation : Lacey, Washington
(Lieu d'affectation des Byrne : Base de Lewis-McChord, Lacey, Washington)

Âge : de 11 à 13 ans
Lieu d'affectation : Fort Carson
Situation : Colorado Springs, Colorado
(Lieu d'affectation des Byrne : Fort Jackson, Columbia, Caroline du Sud)

Âge : de 14 à 16 ans
Lieu d'affectation : Pentagone
Situation : Rosebell, Virginie
(Lieu d'affectation des Byrne : Fort Belvoir, Rosebell, Virginie)

Âge : 17 ans
Lieu d'affectation : Fort Campbell
Situation : River Hollow, Tennessee
(Lieu d'affectation des Byrne : Fort Campbell, River Hollow, Tennessee)

Remerciements

Du début à la fin, je n'ai jamais éprouvé autant de joie à travailler sur un livre. Je suis redevable à toutes celles et tous ceux qui ont pris part à la réalisation de *Ce que je t'avais promis*.

J'ai énormément de chance d'être une autrice de Sourcebooks.

Annette Pollert-Morgan, merci pour votre expertise, votre prévenance et votre enthousiasme. Merci d'aimer Lia, Beck et Isaiah autant que moi, et d'avoir posé toutes les bonnes questions. C'était un rêve de travailler avec vous ! À ceux qui ont joué un rôle dans l'acquisition de ce livre, et à ceux qui ont contribué à le faire briller : Kay Birkner, Jenny Lopez, Thea Voutiritsas, Sarah Brody, Stephanie Rocha, Neha Patel et Kerri Resnick, merci pour votre temps, votre talent et votre créativité. Merci également à Karen Masnica, Rebecca Atkinson et Delaney Heisterkamp pour le marketing et la publicité. Enfin, Dominique Raccah, vous êtes une source d'inspiration.

Je suis extrêmement reconnaissante à mon agente, Pam Gruber : c'est par un heureux hasard que j'ai profité de ses conseils. Vos commentaires, votre patience et votre soutien m'ont aidée à devenir une meilleure autrice (plus heureuse aussi !). Je remercie de tout cœur l'équipe de High Line Literary Collective, et je voudrais exprimer toute ma gratitude à Heather Baror-Shapiro de Baror International, Inc. pour m'avoir si bien représentée à l'étranger.

Alison Miller et Elodie Nowodazkij, mes premières lectrices et mes meilleures amies écrivaines, merci pour vos suggestions, votre compassion et merci d'avoir fêté les bonnes nouvelles avec moi. Temre Beltz, Jessica Patrick et Christina June, merci beaucoup pour votre amitié et votre soutien. Merci également à la communauté d'écrivains de la région de Monterey – et en particulier à Liz Parker – grâce à qui je me suis sentie moins seule en imaginant cette histoire.

Ce que je t'avais promis est un livre profondément personnel, à la fois par sa description des familles de militaires et par celle d'un adolescent placé en famille d'accueil. Je suis une épouse de militaire depuis plus longtemps que je ne suis autrice. Pour les gosses de militaire qui sont devenus amis avec *mes* gosses de militaire : je rêve d'être aussi gentille et résiliente que vous. Liz, Donna et Virginia, nos anges de la protection de l'enfance, vous avez ma gratitude infinie.

Maman et papa, merci de m'avoir donné l'enfance qui m'a inspiré la dynamique familiale chaleureuse de cette histoire. Bev et Phil, vous êtes un couple de militaires exemplaire ; merci pour tout l'amour que vous m'avez donné. Et j'adresse des tonnes de remerciements à mes frères, Mike et Zach ; à mes belles-sœurs et beaux-frères, Jena, Michele, Danielle, Andy, Sam et Kacie ; mes tantes, oncles, cousins et cousines qui m'ont apporté un soutien extraordinaire, ainsi qu'à tous mes neveux et nièces.

Claire, tu as été la toute première ado à lire cette histoire. Ton enthousiasme pour les personnages était l'encouragement précis dont j'avais besoin. Merci pour tes compliments et tes critiques, et pour avoir été ma première fan. Lizzie, ton émerveillement de voir les livres de ta maman dans les bibliothèques est la meilleure motivation qui soit. J'ai hâte que tu lises celui-ci un jour ! Je vous aime tellement, mes chéries !

Matt, tu subviens aux besoins de ta famille, tu es un père extraordinaire, tu as un humour incroyable et tu es un meilleur ami hors pair. Les sacrifices que tu fais pour notre famille ne passent jamais inaperçus et sont toujours appréciés. Merci d'être le personnage principal de mon histoire d'amour.

« Pour l'éditeur, le principe est d'utiliser des papiers composés de fibres naturelles, renouvelables, recyclables et fabriquées à partir de bois issus de forêts qui adoptent un système d'aménagement durable. En outre, l'éditeur attend de ses fournisseurs de papier qu'ils s'inscrivent dans une démarche de certification environnementale reconnue. »

Composition et mise en pages : Nord Compo

PAPIER À BASE DE
FIBRES CERTIFIÉES

hachette s'engage pour
l'environnement en réduisant
l'empreinte carbone de ses livres.
Celle de cet exemplaire est de :
700 g éq. CO_2
Rendez-vous sur
www.hachette-durable.fr

Achevé d'imprimer en France par CPI Brodard & Taupin
Dépôt légal 1re publication : avril 2025
20-0705-2 - ISBN : 978-2-01-729458-0
Édition : 01 - Dépôt légal : avril 2025
N° d'impression : 3060167

Loi n° 49-956 du 16 juillet 1949
sur les publications destinées à la jeunesse